Querida Penelope

Querida Penelope

ARQUELANA
AUTORA DE REALIDADE PARALELA

1ª Edição

Santa Catarina - 2022

Qualis

Editora Responsável | Simone Fraga
Produção Editorial
Preparação de Texto
Assistente Editorial | Bianca Jung
Revisão Ortográfica | Jéssica Dantas
Simone Fraga
Ilustradora | Naah Floro
Capa | Renato Klisman
Projeto Gráfico | Qualis Editora
Diagramação | Marcos Jundurian
Imagens Internas | Shutterstock

DADOS INTERNACIONAIS PARA CATALOGAÇÃO NA PUBLICAÇÃO (CIP)

A772q
Arquelana - 2001 -
Querida Penelope / Arquelana. — [1. ed.] —
Florianópolis, SC: Qualis Editora, 2022.
188 p. : il. ; 23 cm.

ISBN Impresso 978-65-87383-75-0
ISBN Digital 978-65-87383-74-3

1. Literatura 2. Romance Brasileiro 3. Comédia Romântica
4. LGBT 5. Ficção I. Título

CDD – B869.3
CDU – 821.134.3(81)

+14 - contém linguagem sexual acentuada.
1ª edição – 2022

Qualis

Qualis Editora e Comércio de Livros Ltda
Caixa Postal 6540
Florianópolis - Santa Catarina - SC -
Cep.88036-972

www.qualiseditora.com
www.facebook.com/qualiseditora
@qualiseditora
@qualiseditora
contato@qualiseditora.com

Dedico este livro a todos que já viveram um grande amor, quer recíproco ou não, e gostariam de uma segunda chance.

Atenção: este livro NÃO é um sinal para você voltar com seu ex. Não usem minha obra para justificar suas bolas foras, hein? Tô de olho!

NOTA DA AUTORA

Querida Penelope tem uma playlist! Se você quiser acompanhar a leitura com músicas que embalam a história das nossas queridas personagens, é só escanear através do aplicativo Spotify na barra de busca.

Boa leitura, te vejo no final! Ah, e não se esqueça de avaliar o livro na Amazon e no Skoob, tá bom? ;)

PRÓLOGO

Cleo

Eu sempre amei livros de suspense pastelões: garota conhece garoto, garoto parece perfeito, um dia garota aparece morta, garoto precisa provar que não foi ele e descobre que garota na verdade o traía com 30 homens diferentes, tomava vinho só de robe enquanto dançava jazz pela sala e se masturbava ao som de The Weeknd.

O de sempre.

Eu nunca entendi exatamente por que algo tão ruim era tão bom. Quer dizer, normalmente o cara era tão insuportável que me surpreendia que a mocinha não tivesse dado uma de Garota Exemplar e fugido.

Mas nada sai de acordo com o roteiro que imaginamos, e talvez fosse por isso que gostava de ler suspense e evitava romance: a previsibilidade dos finais dos romances me assustava, porque a vida real nunca foi previsível, então para que me iludir achando que algo como o amor seria?

Enquanto olhava para a fachada da empresa da qual haviam me demitido, considerei seriamente que livros de romance teriam uma resposta mágica para meu desemprego. Em um suspense, eu estaria caminhando para a rota final da minha vida. Talvez prestes a ir transar com um estranho que acabaria sendo um assassino confesso ou então me isolar em uma casa velha. Eu guardaria segredos familiares tão cabeludos que fariam o detetive responsável pelo meu caso entrar em depressão, ser abandonado por sua esposa e se afundar em teias sem resposta. Já em um romance, aquele seria o início do melhor período de minha vida, em um suspense seria o fim de toda a mediocridade de meus dias.

Porém, ao contrário da sordidez dos meus pensamentos, apenas peguei o metrô, caminhei pela rua larga da minha casa e me sentei no sofá enquanto minha colega de apartamento, e também minha prima, lavava o cabelo berrando algum rock italiano.

Depois de entregar três anos da minha vida – sendo dois de estágio e um efetivado – em uma editora de livros nem tão boa assim, recebi minha demissão direto do rosto azedo de minha ex-chefe, ela prometia que não era nada pessoal e que desejava toda a sorte do mundo para mim.

Era fácil dizer isso depois que a encontrei com o pênis do chefe de Recursos Humanos na goela dela enquanto o marido a esperava na recepção.

Aposto que alguns livros de romance começariam desse jeito, mas nunca fui uma mocinha de livro de romance. Nunca tomei um chifre de uma namorada, nunca me apaixonei por um chefão de multinacional, nunca fui uma garota que perdeu os dois pais (aparentemente, isso é imprescindível) e acabou indo morar com um tio distante, se apaixonando pelo vizinho irritante ou, como nos livros que minha prima tanto ama, fiz um acordo com um mafioso que na verdade tem um grande coração mole.

Vivi uma vida mediana desde que me entendia por gente. Pais amorosos, família grande que brigava *todo* santo Natal, escola e faculdade públicas. Fim. O máximo de emoção que houve em minha vida foi quando eu me perdi da minha mãe na praia e todo mundo começou a bater palmas, porque eu era uma adolescente de 13 anos desaparecida em plena Copacabana.

O Fantástico poderia ter feito uma matéria sobre isso, na verdade.

É incrível que a demissão de um emprego mediano tenha feito eu perceber que ser uma pessoa satisfeita com pouco não era tão divertido. E em um acesso de adrenalina pós-demissão, mandei uma mensagem simples para minha amiga tradutora.

Eu topo, digitei com o coração na mão, me perguntando se estava realmente louca por aceitar aquilo, mas igualmente contente por me aventurar em algo que nunca fiz antes.

Vou te explicar o trabalho, ela escreveu de volta. Sem esperar um segundo a mais, a tela do meu celular se iluminou, assim como meu semblante em um sorriso psicótico, tão facilmente comparado a um vilão de livro de suspense.

E foi daquela forma que comecei a escrever cartas eróticas para figuras do poder judiciário brasileiro e a encontrei no caminho, como em um maldito livro de romance.

Capítulo um

GUARDA-CHUVAS POR 50 REAIS

Cleo

Uma das vantagens do desemprego é, sem sombra de dúvidas, aprender a viver em um estado de espírito inicial de desespero tão absurdo que é tomado por uma calma quase *zen*.

O mundo está acabando lá fora? Que se dane, estou desempregada.

O Planalto explodiu? Glórias! Talvez precisem de alguém para ajudar a reconstruir aquele antro de cobras, que pena.

Sequestraram a Rainha Elizabeth? Ok, isso talvez chamasse a minha atenção. Nada era mais importante do que fofocas sobre a família real britânica.

— Você vai passar o dia inteiro sentada aí, olhando para o nada? — Lavínia esbravejou ao invadir meu quarto. Eu odiava ficar com a porta fechada, o que dava oportunidades perfeitas para minha prima me monitorar, algo que ela vinha fazendo nos últimos 5 dias sem parar, com medo de que eu explodisse a qualquer momento.

A questão é que eu não queria explodir. Já pensava em pedir demissão há muito tempo, mas nunca fui corajosa o suficiente para aquilo. Sempre quis ser tradutora, trabalhar com manuscritos em italiano, a língua materna por parte de meu avô, e ser intérprete de japonês, um idioma que aprendi quando era mais nova maratonando animes escondida dos meus pais e, novamente, com apoio de vovô. Mas isso significava ter tempo, algo impossível com um emprego mal pago. Eu quitava minhas contas em dia, podia viajar no fim de semana para a Praia Grande e usava meu Vale Refeição.

Eu estava acomodada.

E agora, em total incômodo existencial, diante de um mundo de possibilidades, sentia-me aprisionada. Tanto para realizar, para escolher… Como podia a liberdade ser tão claustrofóbica? Por onde começar? O que fazer?

— Eu estou vivendo a minha ansiedade, querida prima — respondi sem tirar os olhos da janela, que refletia um dia nublado e cinzento. Encarei-a pelo reflexo com um suspiro cansado. — Não sei ser desempregada.

— Ah, meu amor! — Lavínia respirou pesadamente e correu para me abraçar, dando um beijo molhado em minha bochecha logo em seguida. — Bem-vinda ao mundo do brasileiro classe média. Mas precisamos fazer algo antes que quem te dê as boas-vindas seja o Serasa.

Dei uma risada esganiçada quando minha vontade interior era de gritar. Ficar com o nome sujo não seria novidade na minha família, e justamente por isso a ideia me causava ânsia de vômito.

Lavínia e eu dividíamos um apartamento de dois quartos. Como a nossa família era do extremo da zona sul, e toda nossa vida era localizada mais ao centro da cidade – sendo que para nos locomovermos eram sempre necessárias pelo menos 2 horas de transporte público –, decidimos morar juntas. Ela, cursando Odontologia, e eu, Editoração. As duas convivendo em um apartamento minúsculo e com uma pequena infiltração no banheiro que seria o nosso fim e o início da próxima Arca de Noé.

— Você disse que talvez tivesse um *freela* de tradução, não é? — Lavínia questionou ao se jogar na minha cama, encarando-me com os olhos azuis. Virei minha cabeça para fitá-la, cruzando as pernas na cadeira em frente à escrivaninha, o som do assento rangendo com minha mudança abrupta de posição.

— A minha amiga, a Paloma, é tradutora juramentada, mas é bem comum que tradutores passem trabalhos para outras pessoas e só coloquem o próprio nome no documento final.

Lavínia arqueou a sobrancelha em um julgamento velado.

— Não é crime, ok? — defendi-me. — Eu acho. Mas o importante é que ela vai me pagar o valor integral. Até sair o próximo edital de tradução juramentada, vou pegar esses bicos com ela.

— E quando sai o próximo?

— Não sei, normalmente é de dez em dez anos, de acordo com a necessidade de cada federação — comentei cabisbaixa. Lavínia suspirou comigo, mas não perdeu o sorriso pequeno de otimismo.

— Ok, e enquanto esse concurso não acontece, me diga, topou o *freela* com ela?

Desviei o olhar de minha prima, controlando o rubro em minhas bochechas.

— Topei, mas ela pediu para me encontrar e explicar melhor como vai funcionar, é algo bem... hum... diferente...

Uma faísca de curiosidade latente surgiu no rosto de Lavínia, que se ajoelhou na cama e se aproximou de mim com tal velocidade que mal a vi se movimentar.

— Meu Deus, o que você vai fazer? É ilegal? É algo meio *Pequenos espiões*? Ah, meu Deus! Você vai conhecer o Rodrigo Faro?

Diante de suas perguntas, pude apenas gargalhar alto, balançando a cabeça. Lavínia era tão obcecada por fofocas quanto eu era por fugir da galera fazendo rap improvisado no metrô.

— Eu não posso falar, prima, não mesmo, pelo menos não até entregar o trabalho final.

— Ah, para de graça, eu sou sua prima... — Neguei com a cabeça, ao passo que Lavínia apenas bufou. — Então é sério mesmo, né? Hum, eu não vou desistir de querer fuxicar, você sabe, não é?

— Sei, mas eu tenho que pelo menos fingir que tentei — disse com um riso. — Falando nisso, vou me arrumar para ir ver a Paloma. Precisa que eu traga algo no caminho?

— Um guarda-chuva, mas não pra mim, pra você. Que pessoa despreparada... Aí pega uma gripe e fica como?

— Eu estou desempregada — apontei o óbvio. — Não vou gastar dinheiro com um guarda-chuva agora. É ridículo que eu sequer precise explicar isso pra você.

Lavínia se levantou de supetão, saiu do quarto por dois segundos e voltou com uma nota na mão estendida em minha direção.

— Serei sua patrocinadora, vai, anda logo.

— Eu ainda não cheguei no nível de pedir dinheiro emprestado para um guarda-chuva... — murmurei a contragosto, mas aceitei.

Eu tinha dinheiro o suficiente para dois aluguéis e mercado, nada mais. Receberia os meus direitos com o desemprego, mas não queria depender daquilo por muito tempo.

Quando Lavínia percebeu que havia ganhado a batalha, levantou-se e foi fofocar com seu namorado ao telefone no outro quarto, deixando-me sozinha com o compromisso de encontrar Paloma em um restaurante na praça de alimentação do shopping perto de casa.

Assim como minha prima previu, eu peguei chuva. Corri da nossa casa até a estação, lambuzando meu pé de água de rua. Podia sentir a leptospirose subindo por minha perna e atingindo meus vasos sanguíneos – isso aconteceria em um livro de terror *trash* com facilidade, por mais biologicamente errado que fosse.

Ao entrar na praça de alimentação do shopping carregando todas as doenças cutâneas causadas pela poluição metropolitana, avistei Paloma em toda a sua elegância sentada próxima a um fast-food. Ela devorava as batatas com a mesma classe que a Anna Hickman comeria caviar.

— Nossa, você por acaso acabou de dar um mergulho no Rio Tietê e decidiu aparecer? — Paloma perguntou assim que bateu os olhos em mim. Sua pele negra estava perfeitamente seca, enquanto a minha pingava grosseiramente no chão.

— Sim, eu encontrei uma sociedade de tritões por lá, estão prontos pra invadir essa cidade pelo esgoto. Eu até ouvi um deles nos chamar de criaturas da terra.

— Seu senso de humor é tão refinado — ela brincou enquanto eu me sentava à sua frente, ignorando a sensação incômoda da roupa molhada. — Bom, vou direto ao ponto. Não podia falar com você pelo telefone todos os detalhes, porque é muito confidencial.

Arqueei as sobrancelhas em desconfiança. Talvez Lavínia estivesse certa e eu faria algo criminoso, afinal de contas.

— E uma praça de alimentação é mais segura do que uma ligação? — perguntei em confusão. Paloma revirou os olhos e deu uma mordida em seu lanche.

— Eu estava com fome, tá legal? — desconversou. — Estou atolada até o pescoço com algumas traduções, estou entrando no meio editorial e os livros são bem difíceis, então decidi passar algumas pra você. O que acontece é que esse cliente é... exótico.

— Essa é a palavra que usamos pra homens pervertidos com salas de tortura disfarçadas de BDSM[1] — retruquei. Paloma apenas desconsiderou meu comentário.

Durante alguns anos da minha vida, ouvi diversos absurdos. Minha mãe dizendo que, por ser pansexual, eu nunca me casaria, minha antiga chefe mamando o cara do RH, o Palmeiras ganhando campeonatos e por aí vai. Porém nada, em instância alguma, me preparou para o que Paloma disse:

— Meu cliente é um deputado de São Paulo e quer que você traduza uma carta erótica.

Como toda pessoa em seu estado racional normal, fiz a pergunta óbvia:

— Isso por acaso é um novo método de lavar dinheiro?

Diante da negativa de Paloma com a cabeça, apenas recostei-me no banco duro e arqueei a sobrancelha, milhares de perguntas rondando minha mente.

— A carta é boa? — Estava, no mínimo, curiosa. Não se ouvia aquilo todo dia.

— Não li.

— Ele prefere traduzir boceta por "*pussy*" ou por "vagina"?

— Cleo!

— Será que ele fala *xoxota*? — divaguei mais uma vez. Paloma gargalhou, seus ombros sacudindo enquanto eu tentava demonstrar que minhas dúvidas sobre a escolha lexical de uma carta erótica eram genuínas.

— Bom, a questão é a seguinte: ele quer traduzir essa carta para o inglês, pelo visto tem alguma mulher na equação e é meio que um joguinho entre eles.

— Mas por que não fazer uma tradução normal? Por que precisa ser *juramentada*?

— Deve ser algum fetiche, não sei. Ela vai receber a carta no próprio trabalho, deve ter todo um contexto de quase ser pego, essas coisas.

— Bom, não é uma má ideia — comentei reflexiva.

Quer dizer, era uma forma de apimentar a relação, afinal de contas.

— Não sei, não, Paloma... Isso pode dar problema pra mim.

— Eu garanto que não vai.

Ponderei por alguns segundos, mas cheguei à conclusão de que dinheiro bom poderia ser útil naquele momento.

— Eu não quero saber se ele é casado ou não — declarei de supetão. Paloma arqueou a sobrancelha. — Não quero saber o nome dele, nada. Não quero qualquer relação direta.

— Ok, ele vai até preferir assim. Como já fiz outros trabalhos pra ele, nós já nos conhecemos.

— Ele sabe que outra pessoa vai traduzir?

— Sabe — ela suspirou. — Implicou um pouco, mas quando eu contar a sua ideia, vai topar com mais tranquilidade. Vou pedir para ele te ligar nos próximos dias.

— Penelope.

---

1 BDSM - Bondage, Disciplina, Dominação, Submissão, Sadismo e Masoquismo.

— Hein? — ela indagou ao dar um gole final em seu refrigerante.

— Vai ser meu codinome, Penelope.

— De onde veio esse nome? — ela perguntou em uma risada.

— A autora de livros de romance *dark* favorita da minha prima se chama Penelope Douglas.

— Ok, vamos deixar o deputado sem essa explicação — Paloma alertou. — Bom, eu preciso voltar pra casa e trabalhar. Você deveria comprar um guarda-chuva.

Essa é uma opinião comum por aqui hoje, pensei a contragosto.

Levantei-me junto com Paloma, e ao caminhar pelo shopping, pensava unicamente em um deputado com as calças de fora enquanto escrevia sobre amor e *xoxotas*. Honestamente, com uma língua tão bonita quanto o português, como alguém deixou esse terror linguístico acontecer?

— Guarda-chuva, dez reais! — berrava desesperadamente um dos camelôs do lado de fora do shopping, próximo à entrada para o metrô. Um trovão ressoou por perto, tremendo meu corpo já molhado demais pela chuva de minutos atrás.

Tomei a decisão adulta e corri pulando as poças de água suja até o camelô, que sorria para mim por trás de um guarda-chuva salpicado de preto e amarelo. O que nem eu e nem ele esperávamos era um buraco falso ao lado do carrinho de produtos, então quando caí em cima de todos eles, fazendo com que pelo menos cinco unidades voassem para o meio da rua, o choque foi mútuo.

Em minha defesa, a prefeitura de São Paulo foi a verdadeira culpada por aquele incidente.

Gritei assustada ao mesmo tempo que o vendedor corria em direção à rua, mas tarde demais. Uma sequência de carros destroçou os cinco com maestria, em uma sinfonia miserável de poluição, cocô de rato e borracha quebrando metal. Coloquei-me em pé, ainda muito dolorida pelas hastes dos guarda-chuvas e molhada da cabeça aos pés.

Quando o dono do carrinho voltou, seu rosto ostentava uma raiva que somente um paulistano ferrado por outro paulistano poderia reconhecer. Seu corpo estava todo ensopado, apesar de usar uma capa de chuva. Não era um bom marketing de produto.

— Como a senhorita pretende ressarcir isso? — ele reclamou, sua voz alta mesmo com a chuva torrencial.

— Moço, mil desculpas! — pedi em desespero.

Um relâmpago iluminou o céu acima de nós, selando a honestidade do meu nervosismo.

— Desculpada, mas e os meus produtos, hein?

— E-eu… — Tentei pensar com rapidez, mas eu não havia levado nem o celular nem a carteira, sabendo muito bem que molharia tudo na chuva. Uma luz se acendeu em minha cabeça. O dinheiro da Lavínia, claro, depois do tombo tinha até esquecido que estava ali para comprar um guarda-chuva com o dinheiro que ela me deu!

Enfiei a mão no bolso traseiro e, com uma felicidade tão genuína que parecia comercial de margarina, tirei fiapos de papel. O sorriso em meu rosto morreu, ao passo que o do vendedor cresceu.

— Bom, não sou o único fodido no dia de hoje, não é?

— Eu não estou *fodida* — retruquei, minha paciência se esgotando aos poucos.

— Ah, está, porque você vai me pagar isso! — gritou alto demais até para os sons estrondosos da cidade.

Ao nosso redor, várias pessoas amontoadas na saída do shopping esperavam o tempo melhorar para pegarem seus ônibus e, de quebra, presenciavam uma discussão. Uma boa fofoca para contar para o cobrador, eu diria.

— Eu não tenho dinheiro! — berrei de volta, batendo as palmas ao lado dos quadris. — Eu acabei de ser demitida — gritei ainda mais alto, lágrimas de estresse subindo junto às gotículas de água da chuva. — Menti, porque eu estou fodida pra caramba, moço, muito. Sabe esse dinheiro? — Levantei os papéis molhados que representavam uma nota de cinquenta reais diante dos olhos. — Ele nem meu era, minha prima precisou me emprestar! Tô mais do que fodida, eu tô é com o cu arregaçado — finalizei meu discurso choroso já fungando, meus ombros subindo e descendo de cansaço. — E tudo isso porque a maldita da minha chefe fez um belo de um oral no cara do RH na minha frente, você por acaso acha isso justo?!

Diante de mim, o homem permanecia impassível, nem um pouco comovido com a minha triste situação. Talvez fosse algo de cidade grande, estar tão acostumado com o absurdo que a indiferença com o outro se tornava rotina.

— Pode deixar que eu pago.

Virei-me para trás, meus olhos se arregalaram ainda mais conforme a realidade me atingiu, e meus cabelos em pé revelavam o quão vergonhosa fora a minha cena perante o camelô e mais uma plateia de proletários fuxiqueiros.

Diante de mim, em carne, osso e olhos tão vivazes como antes, estava Marina Fonseca, minha primeira namorada e a primeira pessoa a quebrar meu coração.

Capítulo dois

DEPUTADO MINOTAURO DA PAULISTA

Cleo

São Paulo, quando quer, consegue ser extremamente fria. Os prédios que tanto nos aquecem no calor (e nos matam com falta de ar) não fazem o mesmo trabalho durante o frio absurdo de junho. Enquanto batia com os pés sobre o chão de madeira, pensava no quanto seria bom estar com minha família, talvez pedir uma pizza enorme com um refrigerante... Mas eu estava ali sentada, trabalhando, refletindo sobre como gastaria o meu réu primário, e, naquele momento, pensava seriamente em usá-lo arremessando meu celular na cabeça do meu cliente, o deputado das *xoxotas*.

— Senhor Minotauro, precisa entender que trabalhar com tradução juramentada não é a coisa mais artística do mundo... — expliquei novamente enquanto esfregava a têmpora, o cansaço invadia meu corpo molenga em uma noite de domingo que não deveria estar sendo passada daquela maneira.

Minotauro fora o codinome que o deputado escolhera para falar comigo. Eu me apresentei como Penelope. Ele perguntou o motivo do nome e, sem querer dizer o motivo verdadeiro a pedido de Paloma, apenas disse: "É o nome da minha gata".

Após o embaraço inicial, senti-me muito mais confortável moralmente sem saber nada sobre meu cliente. Não gostaria de saber se tinha esposa, filhos, tia, avó, se lavava dinheiro em um cinema ou em uma construtora. Eu só precisava passar pelo desemprego e conseguir dormir à noite. Ele, por outro lado, havia dissecado cada detalhe de minha vida.

— Querida, você disse que conseguiria traduzir essa carta, então traduza! — o homem exclamou, sua voz melodiosa soando quase irritada.

Será que o valor que Paloma havia me oferecido por esse trabalho valia a pena se precisasse lidar com esse cara o tempo todo?

— É uma carta pornográfica para uma funcionária do legislativo — retomei o óbvio. — Como o senhor quer que eu traduza: "sua caverna é molhada como uma noite de Carnaval"?

Talvez *xoxota* fosse um bom vocabulário se comparado àquilo, afinal de contas.

A linha permaneceu muda por alguns instantes, eu conseguia ouvir meramente a respiração nasal do homem que contratou meus serviços e as batidas do meu coração. Se eu perdesse este trabalho, Paloma me contrataria novamente?

Nonno havia me ligado naquela tarde, sua voz empolgada me falava sobre como o período sem trabalhar poderia me ajudar a entender mais sobre quem eu era e o que queria da vida. Seu entusiasmo foi tanto que, em vez de lágrimas, terminei a ligação rindo e confiante de que as coisas melhorariam.

Naquele momento, entretanto, cogitava se o desemprego não era unicamente uma espécie de purgatório ou o próprio inferno.

— Acho que eu preciso reescrever a carta, não? — o deputado indagou com a voz mansa, ao passo que eu segurei uma gargalhada de pura pena. — O que você achou dela?

Ponderei falar a verdade e machucar um homem ou mentir e ser gentil.

— Péssima.

Eu não costumo ser uma pessoa gentil.

— Você conseguiria escrever uma outra para mim? — Preparei-me para negar rapidamente, mas ele se adiantou: — Eu pago o triplo da tradução!

Bem, aquilo era muito dinheiro.

E quem não precisava de muito dinheiro?

O deputado havia me ligado para explicar o trabalho, assim como Paloma disse que faria. Era tudo muito simples: traduzir uma carta de dez páginas em modelo juramentado cheia de impropérios e expressões obscenas que fariam a escritora de *50 Tons de Cinza* chorar em posição fetal.

Li dois livros eróticos nos últimos dias para pegar expressões equivalentes em inglês ao que o homem de cinquenta anos pedia. Os resultados foram promissores, ainda que eu não conseguisse achar que *cock* fosse uma boa equivalência para pau, mas *dick* não combinava tanto assim com o conteúdo grosseiro da carta.

— E aí, vai aceitar, Penelope? — o homem questionou nervoso do outro lado da linha, sua voz mecânica entrecortada pelo mau sinal do meu prédio. Encarei minhas unhas descascadas e ponderei seriamente sua proposta.

Eis a questão: como eu escreveria uma carta sexual se eu sequer me lembrava do que era me sentir sexualmente atraída por alguém? Honestamente, é muito mais complicado do que parece. Enquanto lia os livros eróticos para traduzir o texto do deputado, peguei-me dando risada e fazendo piadas nada engraçadas sobre os enredos. Isso não tinha absolutamente nada a ver com minha sexualidade, eu só não era fã de livros eróticos no geral.

Eu não via nas relações sexuais algo necessário para se viver, na realidade, transar só era concebível na minha mente caso eu confiasse e tivesse intimidade real com aquela pessoa, e talvez nem assim. Não é como se houvesse uma regra. Ter uma relação amorosa não significava sexo, e eu vivia tranquila quanto a essa questão. Sentia desejos sexuais, sentia desejo de transar, mas não com *qualquer alguém*, e sim com uma pessoa que tivesse uma relação comigo muito além da amizade e muito além da superfície. E às vezes o emocional não se conectava com o físico também, acontecia.

Rodei em minha mente todos os relacionamentos que eu já tive (um só) e todos os casinhos pelos quais eu já tinha passado (dois). Somente uma das experiências havia sido realmente boa, e por um tempo eu achei que a falha nas outras fosse culpa minha. Quer dizer, três chances de dar certo e só uma foi bem-sucedida? O problema só poderia ser eu.

Mas isso foi até eu descobrir o meu lugar favorito do mundo: os grupos privados do Facebook.

Em um deles, comecei a perceber que o sexo não era o foco da assexualidade. Eu poderia ser sexualmente ativa, mas condicionada a algumas pessoas e situações. E a partir dali, recusava-me a me abrir (em todos os sentidos) para alguém que não me interessava de verdade só porque eu sentia que *precisava* fazer isso.

E pensando na futura chefe de estado a receber aquela carta medonha, abri um sorriso nervoso. Era melhor ler algo escrito por uma mulher sem transar há mais de um ano do que por um homem de 50 anos que descreve uma vagina como caverna.

— Eu topo, Minotauro.

— Ótimo! Você tem duas semanas.

— Duas semanas? — confirmei. O deputado riu do outro lado da linha. Coloquei o telefone no viva-voz e voltei a comer meu pedaço de bolo de banana, que já estava frio desde que a chamada havia começado.

— Querida, não é possível que demore tanto para escrever uma carta erótica.

Você levou uma semana e saiu essa merda, controlei-me para não dizer. Fechei minha cara em uma carranca automaticamente.

— Tente escrever com base em algo que você goste, não sei… — ele continuou, a voz grossa tomando meu quarto. Arrumei-me desconfortável na cadeira. — Mulheres gostam do básico nas mesmas esferas, não?

Contive o ímpeto de rolar os olhos e gritar um palavrão majestoso em todos os idiomas, mas fui interrompida pelo fluxo de pensamentos contínuos do político.

— De qualquer modo, não sei, faça com que ela se sinta querida e amada na carta, que tal? — Franzi o cenho, levemente confusa. — Ela merece o melhor do mundo, senhorita Penelope.

Ainda atordoada, desliguei a chamada após confirmarmos os prazos.

Apesar de ser ignorante com relação às necessidades de uma mulher, sexualmente falando, aquele deputado queria agradá-la. Não pelos modos corretos, talvez, mas ainda assim…

Desliguei a chamada com aquela ideia martelando na cabeça. Eu não tive experiências sexuais satisfatórias com um homem cisgênero até hoje, e não queria colocar expectativas demais para aquela pobre destinatária que não receberia tanto quanto ele prometia, então o que poderia fazer?

Larguei minhas coisas e decidi passar um tempo com Lavínia na sala. Para alguém mediana, um certo número de emoções ocorreram num período curtíssimo de cinco dias: uma demissão, um político querendo que eu seja a Penelope Douglas das cartas sexuais e, ocupando o primeiro lugar da lista, esbarrar com minha ex-namorada.

Molhada, descabelada e em estado de surto, foi assim que Marina Fonseca me encontrou naquela tarde de sexta-feira chuvosa. Após o choque em revê-la, fiz o possível para expulsá-la dali. A última coisa da qual precisava era de Marina se metendo em minhas dívidas, ainda que fosse uma extremamente ridícula.

— Por que eu não posso pagar? — ela havia perguntado, os olhos meia lua reluzentes sob a chuva e as buzinas dos carros

— Por que você pagaria? — retruquei.

— Contanto que eu receba meu dinheiro, estou pouco me lixando pra quem vai pagar! — o vendedor, que naquele momento desistira da capa de chuva, exclamou, gesticulando em direção aos guarda-chuvas largados no meio da rua, com diversos carros passando por cima. Em defesa do vendedor, boa parte deles ainda parecia quase intacta. De boa qualidade era.

De qualquer modo, após cinco minutos discutindo quem pagaria, Marina passou uma nota de cinquenta reais para o moço e saiu andando, deixando-me largada para trás e confusa com o encontro rápido e abrupto.

E agora, sentada em meu sofá, questionava se fora um sonho absurdo ou se a realidade realmente era capaz de, após três anos de término, colocar Marina no meu caminho quando tudo começava a dar errado.

— Pare de pensar tanto, consigo ouvir seu cérebro fritando daqui — Lavínia ralhou enquanto enfiava um pedaço de chocolate na boca sem desviar os olhos da televisão.

— Fico surpresa que você reconheça um pensamento acontecendo, Lavínia — retruquei emburrada.

— O que aconteceu, Miss Grosseria?

— O meu *freela* — reclamei, minha voz externalizando meu cansaço óbvio.

— Não vai me contar mesmo o trabalho?

— Não — neguei com facilidade. — Mas eu não estou muito segura sobre ele, sabia? Não sei, sinto que estou fazendo algo errado...

— Cleo, vamos lá. — Lavínia bateu palmas três vezes, chamando minha atenção, então virou-se para mim e fitou meus olhos. — Você precisa da grana?

— Preciso.

— Você está cometendo um crime?

— Não.

— Você está finalmente fazendo o trabalho dos seus sonhos e saindo da bendita zona de conforto que você *tanto* reclama?

— Acho que sim.

— Então cala a boca e vai trabalhar, garota.

Diante do incentivo, levantei-me e fui em direção ao quarto, abri meu Spotify, coloquei a *playlist* mais depravada que pude achar e iniciei um documento em branco.

Estava pronta para o sucesso, mas o que os gurus da escrita do YouTube não me disseram é que não é só porque você *quer* escrever que isso seja exatamente possível. Com algumas poucas ideias na cabeça, foi difícil efetivamente botar algo no papel. A tela parecia zombar de mim, criticar meus pensamentos e subjugar minhas técnicas de escrita no teclado.

Quer dizer, eu coloquei uma *playlist* chamada "*cheiração de calcinha*", então por que diabos não conseguia escrever algo digno de cheiração de calcinha?

— Aaaaaargh! — gritei em frustração, o relógio declarando que já eram dez horas da noite.

— Você está se cobrando demais — Lavínia falou do outro lado da porta, sua voz amorosa afastando por um segundo meu estresse. — Estou indo dormir na casa do Caio, você vai ficar bem?

— Vou — gritei de volta, mas sem deixar de encarar a tela em branco do Word.

Eu não ficaria bem, na verdade, porque agora tinha a casa inteira para mim, mas nenhuma ideia em mente, como um espaço imenso de ócio e procrastinação.

Quando a porta da casa fechou e o silêncio foi instaurado, larguei-me no sofá, a solidão me preenchendo. Pensei em ligar a televisão, em ler algo, mas a realidade é que tudo seria um escapismo para não fazer a *única* coisa que eu deveria. Havia acabado quase todas as matérias da faculdade, tinha apenas mais uma no semestre seguinte até me formar e poderia adiantar algumas leituras, mas isso também não me parecia uma opção naquele momento. Procrastinar tomaria todo o meu calendário de qualquer forma, então optei pelo ócio criativo (vi isso em um dos vídeos dos gurus escritores).

Sentei-me no sofá e coloquei um filme sobre uma escritora que tinha dificuldades em escrever. Talvez tirasse alguma inspiração dali. Lá pela metade do filme, quando percebi que nenhum zumbi partiria para cima dela ou que nenhum assassino surgiria, senti o tédio preencher cada mísera partícula do meu ser, e o sono me pareceu melhor do que assistir ao desenvolvimento da relação da escritora com o padeiro da cidade para a qual ela se mudou.

Quando estava prestes a dormir, com os olhos pesando mais por exaustão do que por sono, me veio uma ideia. Uma que talvez me ajudaria a escrever, apesar de não ser escritora. Mesmo sem um padeiro gostoso prestes a encher o meu pão de manteiga (ew) como a garota do filme abandonado. Peguei meu computador e enviei um e-mail solicitando um pouco mais de informações para o Minotauro, as ideias se adiantando aos meus dedinhos nervosos.

> De: penelopeescritora@gmail.com
> Para: ominotauro@outlook.com
>
> *Senhor Minotauro,*
>
> *Tive uma ideia para a escrita da carta, e por isso gostaria da sua ajuda. Tem alguma atividade que vocês já tenham feito juntos e que tenha sido divertida? Talvez (e peço desculpas por ser tão direta com isso, mas creio ser necessário) algum lugar em que*

tenham transado que foi memorável para os dois? Não precisa dar detalhes, mas seria legal saber algo similar, já que deixaria a carta mais pessoal e, honestamente, mais sexy.

Fico no aguardo e peço desculpas se, em algum momento, fui desrespeitosa.

Atenciosamente,

Penelope.

Talvez o ócio criativo tenha funcionado, no final de tudo.

Capítulo três

NÃO SE DEVE DINHEIRO NEM A EX-NAMORADA NEM A AGIOTA

Cleo

Ócio criativo é uma merda.

Após enviar o e-mail para Minotauro-xoxotas-ponto-com, não consegui mais dormir, as ideias surgindo em minha mente uma atrás da outra, impedindo que minha meditação guiada funcionasse. Por isso, quando o sol subiu e o e-mail apitou com a resposta de alguns sites de vagas de emprego (todas negativas), foi impossível descansar.

Durante todo o dia, andei como uma morta-viva pela casa, murmurando e bufando a cada dois segundos. Tomei o suco de laranja xingando Lavínia por ter deixado tão pouco na geladeira, liguei a televisão brigando com a jornalista por usar roupas coloridas demais e tomei banho chorando de ódio pela água gelada tocar minha pele com plenos 10°C do lado de fora.

Quando o relógio bateu às três da tarde, decidi que ser uma velha rabugenta não me ajudaria em nada e mandei uma mensagem em meu grupo de amigas.

É bom que alguma de vocês tenha planos pra nos divertirmos hoje, pressionei o botão de enviar e aguardei.

Quando estava prestes a me tornar uma rabugenta novamente e xingar uma atriz da Sessão da Tarde, Larissa me respondeu:

Abriu um bar novo lá na Consolação, ele é LGBTQIA+.

Eu topo, escrevi de imediato.

Clarice demorou a responder, mas também concordou em ir. Marília negou, mas após sofrer uma série de ataques e ameaças, topou. Helena, pressentindo o mesmo destino que Marília, resolveu confirmar.

Às oito horas da noite, após deixar Lavínia com os pés para cima no sofá e assistindo novelas colombianas, fui para o metrô com meu guarda-chuva rosa (cortesia de Marina Fonseca e sua súbita aparição para pagar minhas dívidas) e uma vontade insana de fanficar a noite inteira, talvez isso me ajudasse a escrever.

Durante a tarde, enquanto Lavínia fazia um lanche para nós duas, ouvi meu computador apitar com a resposta do deputado.

De: ominotauro@outlook.com
Para: penelopeescritora@gmail.com

Senhorita Penelope,

Nós nos conhecemos em uma assembleia, porém tivemos nosso primeiro encontro em um bar, um daqueles que eu nunca pensaria em ir, mas foi uma escolha deslumbrante. E não há problemas com a sordidez das perguntas, eu garanto. Estou à disposição para ajudá-la da maneira que melhor lhe parecer.

Nós tivemos relações sexuais no banheiro deste bar, acho que pode ser um bom lugar, mas crie um ambiente, por favor, odiaria que fosse esdrúxulo. Ela perceberia imediatamente que não sou o escritor da carta.

Atenciosamente,

Minotauro.

Diante de um e-mail tão modesto, a ideia de Larissa de visitar o bar me pareceu perfeita. Por isso, enquanto esperava o metrô, o som dos trilhos rasgando minhas orelhas e me impedindo de ouvir qualquer coisa ao redor, sorri.

Não pretendia transar em um banheiro de bar, mas podia investigar como aconteceria qualquer atividade sexual em um. Uma visita de campo, será que poderia descrever daquela maneira? Talvez, assim como a escritora do filme que assisti na noite anterior, eu só precisasse mudar de ares. Não iria para uma cidade pequena, obviamente, mas um bar em uma metrópole me parecia o lugar perfeito para começar a escrever cartas eróticas para um deputado.

Ao chegar ao local, o vento frio me preenchendo dos pés à cabeça, permiti-me respirar aliviada. Localizado em uma das travessas da Avenida Paulista, o lugar era pequeno, a fachada vermelha denunciando um ambiente cômodo e sensual, com luzes baixas e pequenos lustres redondos sobre as mesas de madeira. Havia um balcão que servia de bar, com diversas cadeiras altas enfileiradas. Do lado direito, mesas com cadeiras acolchoadas, similares a sofás, estavam dispostas. Garçonetes rodavam por todo o chão de azulejos pretos e brancos, os saltos batucando junto à música.

Sorri para uma atendente ao apontar para a mesa de onde minhas amigas acenavam. Caminhei até elas de cabeça erguida, o som de uma música brasileira gostosa se mesclando às vozes. Percebi, antes de me sentar, que o lado esquerdo era reservado para jogos. Havia uma mesa de sinuca, dardos, três outras mesas para jogos de tabuleiro e um Wii-Games, no qual duas pessoas jogavam basquete virtualmente.

— Nossa, você por acaso veio para o abate hoje? — Clarice perguntou assim que me sentei ao lado das meninas. Seus cabelos vermelhos vivos estavam presos em um rabo de cavalo, o piercing de argola no nariz brilhando sob a luz baixa do lustre acima de nós.

— Ela veio foi para roubar corações — Helena corrigiu, sua voz sorridente ao lado de Clarice. Ela, por sua vez, tinha os olhos cor de mel realçados com um delineado, os cabelos cacheados emoldurando o rosto branco e estreito.

— Obrigada, meninas, mas eu vim para encher a cara — comentei com uma risada. Larissa me abraçou de lado e Marília, que estava no canto próximo à parede, acenou. — Já pediram ou eu posso começar os trabalhos?

— Eu quero saber por que você está tão desesperada para acordar de ressaca? — Marília perguntou, seus cabelos loiros tomando minha visão por trás do cardápio que eu segurava.

— Consegui um *freela*, mas estou travada criativamente.

— Então a sua solução para isso é se encher de cachaça? — Larissa embarcou na onda, dando risada ao bebericar sua cerveja.

— Exato.

— Boa sorte, então — Larissa comentou em voz alta, então acenou com o copo em minha direção.

Aquela seria uma noite boa, e eu só voltaria para casa quando soubesse como transar em um banheiro de bar.

— *É que o de cima sobe e o de baixo desce!* — cantamos mais alto, nossas vozes se sobressaindo umas às outras.

No fim das contas, eu não vi que havia uma máquina de karaokê ao lado do Wii-Games. E agora, meia-noite de uma sexta-feira, eu berrava Xibombombom agarrada às minhas amigas, nossas risadas se misturando a de outras pessoas. A próxima escolha foi uma da One Direction. Torci o nariz involuntariamente, não curtia muito.

— Sei que eles são uma banda super hétero, mas eu adoraria cantar uma dessas músicas sobre um amorzinho... — Larissa lamentou, sua voz meio enrolada.

— Queria acordar com a cabeça na coxa de uma mulher bonita — lamentei também, abraçando Larissa em uma confusão de lamentos e risadas.

— Eu queria mesmo era acordar com a cabeça no *meio* das coxas do meu namorado — Clarice gritou, arrancando risadas de todas nós.

Após a rodada de karaokê, interrompida por um anúncio da dona do bar, teríamos trinta minutos de intervalo. A música voltou a tocar, dessa vez um pop mais pra cima. Fui contagiada e permaneci na pista, dançando animadamente.

Apesar de não ter sequer usado o banheiro para qualquer coisa, muito menos para descobrir como se transa em um, eu estava feliz. Talvez o deputado aceitasse uma carta feliz discorrendo sobre os efeitos de dois drinks doces demais no sangue de uma jovem.

— Preciso ir ao banheiro — gritei para minhas amigas quando o funk alto começou. Deixei os movimentos de quadril complicados para quem sabia e decidi seguir o roteiro que havia planejado.

Atravessei a pequena multidão de pessoas e passei pela cortina de contas vermelhas até a área do banheiro, o cheiro de bebida e papel higiênico barato pairando no ar. Parei ali e respirei fundo. Como poderia começar a escrever uma cena erótica em um lugar daqueles?

Fechei os olhos por alguns instantes, deixando a música e as doses de cachaça se engrenarem por minha mente, mas nada vinha. Nada. Não é possível que transar no banheiro de um bar seja tão difícil assim. Tentei imaginar mãos na parede, os azulejos gelados pinicando em minhas mãos quentes, a pia servindo de apoio para meu tronco, o lábio inferior esmagado para evitar barulhos, um corpo contra o outro, mas simplesmente parecia... forçado. Abri os olhos, prestes a gritar de frustração, certa de que eu perderia a única chance de trabalho que tive desde minha demissão.

— Duas vezes na mesma semana? Isso é sorte, né?

Você só pode estar brincando comigo.

Marina Fonseca, que após três anos longe deu o ar da graça duas vezes em menos de cinco dias, estava novamente parada diante de mim, me contemplando com a mão na pia do banheiro, enquanto eu pensava em como funcionava o esquema de transar em um bar. Pisquei algumas vezes, incerta da veracidade de sua presença corpórea.

— Você está me seguindo? — disparei na lata.

— Não, não estou — ela respondeu, sua voz ainda tão melodiosa e gostosa como eu me lembrava. Senti meu estômago reclamar pela bebida com pouca comida e encarei o banheiro aberto ao meu lado.

— Vim usar o banheiro.

A risada de Marina se sobressaiu à música e aos meus batimentos. Ela apenas acenou e apontou com a cabeça para a portinhola.

— Não deixe que eu te impeça, então.

Ainda um pouco atordoada, entrei rápido e fechei a porta atrás de mim, a mão tremendo ao virar a chave na fechadura. Ali, a música estava abafada, suor escorria por minhas costas e pelas minhas têmporas, apesar do frio da cidade.

Três anos atrás, quando nos falamos pela última vez, Marina e eu combinamos que manter a comunicação não era mais uma opção. Algumas pessoas poderiam ser ex-namoradas e continuar amigas, mas nós não. Tinha história demais, momentos empilhados uns aos outros e conversas sussurradas aos montes. Estar longe de Marina doeu fisicamente nos primeiros meses, cada lugar e pessoa me lembrava dela, e continuar sendo sua amiga apenas criaria novas memórias. E ali, após tanto tempo, eu já havia criado duas novas, e gostaria de me certificar que nenhuma outra ocorresse.

Eu a havia stalkeado pouco tempo depois de terminarmos, claro, a curiosidade substituindo o bom senso. Ela havia publicado um livro, não namorava, mas postou uma foto em um bar abraçando uma menina de seu intercâmbio. Aquilo foi o suficiente para que eu desse um basta, e desde então não havia movido um dedo sequer para procurá-la. E apesar de todo o meu cuidado, de toda a minha força de vontade, ela ainda estava ali em carne e osso, mas... por quê?

Encarei a porta novamente e a abri. Marina ainda estava parada, como se estivesse se preparando para bater à porta.

— Por que você pagou meus guarda-chuvas? — perguntei diretamente, sem dar espaço para que sua voz fosse entremeada por meus pensamentos confusos. Cruzei os braços e encostei-me ao batente da porta. Esperava que a postura passasse a imagem de alguém segura de si, porque na realidade estava tremendo, não sabia se de curiosidade ou desespero.

— Seus guarda-chuvas? — ela provocou, a sobrancelha com o piercing arqueada em minha direção. — Acho que eram do vendedor.

Controlei o ímpeto de revirar os olhos. Da última vez que nos vimos, Marina disse que relacionamentos a distância existiam, que faríamos funcionar enquanto ela ia para seu belo e encantador intercâmbio. Eu sabia que aquilo não daria certo, não queria me comprometer daquela maneira, mas cedi, porque nós duas concordamos. Foi uma decisão minha também. Duas semanas depois, Marina mudou de ideia e terminou nossa relação. Uma semana depois, recebi uma foto sua agarrada a uma garota em uma balada. Três anos depois, eu a encarava, sem acreditar em como estava diferente. Os cabelos, que outrora foram loiros nas pontas, estavam castanhos, e seus olhos alongados preenchidos com sombra colorida e delineador roxo. Os lábios estreitos e cheios permaneciam curvados em um sorriso enquanto me encarava.

— Eu não queria que você tivesse pagado os guarda-chuvas por mim — comentei de uma vez ao perceber que me demorei milésimos a mais em seus lábios, voltando meu olhar para seus olhos.

— Não encana, está tudo bem. — Ela acenou e cruzou os braços, imitando minha posição.

— Não, não está tudo bem — tentei mais uma vez. — Me passa a sua conta-corrente, vou transferir a grana de volta — encerrei o assunto, já sem vontade de fitar seus lábios, mas incomodada por dever cinquenta reais à minha ex-namorada. Não era algo que qualquer pessoa almejaria na vida. Não se deve nem a ex-namorada nem a agiota.

Marina arqueou a sobrancelha e suspirou.

— Desculpa, Cleo.

O pedido pairou sobre nós duas, a música alta tocando ao nosso redor preenchia lacunas longas demais, palavras engolidas pelo tempo, conversas não trocadas e discussões que sequer existiram. Lutei contra a vontade de dizer: "Desculpa pelo quê? Por terminar comigo do jeito que terminou? Por ter sido uma indecisa de merda ou por ter se metido na minha conversa com um vendedor ambulante?"

— Quer saber? Vou ver se alguma das minhas amigas está com dinheiro, não quero deixar isso para depois — comentei e me preparei para sair pela cortina de contas. Marina conseguiu me interceptar no último segundo, colocando-se em minha frente.

— Cleo...

— Não, tá legal? — Virei-me para ela. — Não te desculpo. Agora, saia da minha frente imediatamente e fique aqui, vou pegar o seu dinheiro.

Passei por ela e segui em frente, deixando o banheiro para trás e toda a minha vontade de escrever. Cheguei à mesa, encontrando apenas metade de minhas amigas.

— Cadê as outras? — perguntei para Larissa e Helena, que conversavam sobre lançamentos de divas pop no Top 50 do Spotify. Anitta era a escolha de Helena, enquanto Larissa preferia a Doja Cat.

— Não sei, dançando? — Larissa se enrolou nas palavras e acabou rindo. Voltei meu olhar para Helena, talvez ali conseguisse algo mais útil.

— Encontrei Marina no banheiro.

Aquilo pareceu deixar Larissa sóbria instantaneamente.

— Mentira, aqui? Pensei que ela estivesse no Rio de Janeiro — Larissa comentou.

— Não era Paraíba? — Helena questionou.

— Não, isso foi a ex da Salomão.

— A ex da Salomão não era da Noruega?

— Não, essa é a ex da Caveira...

— Ceará. Ela estava morando em Fortaleza — finalizei o diálogo sem pé nem cabeça, sentando-me ao lado delas. — Eu estou devendo cinquenta reais para ela, alguma de vocês pode me emprestar e eu pago depois?

— Gatinha, só estou com cartão e vou pagar a parte da Helena, já que ela esqueceu a carteira dela... — Larissa lamentou.

Deitei a cabeça na mesa, pensando em como os dramas de gente jovem me irritavam, porque, apesar de tudo, eu era uma jovem vivendo dramas de jovens. Talvez, com mais idade, olhasse para toda essa situação e pensasse "por que não resolvi isso de outra maneira?", mas a realidade é que cada um luta com as armas que tem. E qual é a arma do jovem senão achar que tudo é o fim do mundo e que situações efêmeras na verdade duram para sempre?

— Ela está *tão* gata — comentei como quem confessa um crime. Helena deu uma risada e passou a mão gentilmente por minhas costas.

— Sinto muito.

— Não, eu sinto muito por *ela*. — Levantei a cabeça e bati com a mão sobre o tampo de madeira. Larissa se assustou e quase derrubou a bebida na própria roupa. — Ela quebrou meu coração e *eu* que estou me escondendo? Não mesmo. Que se dane ela!

— Isso aí, que se dane ela! — Helena concordou, levantando a mão em apoio ao meu surto complexo de cinco segundos.

— Vai lá, arregaça — Larissa falou em seguida.

Saí da mesa em direção ao banheiro, esperando encontrá-la. Mantive o queixo erguido, os ombros para trás e o olhar tão afiado quanto me diziam ser. Parei próxima à cortina de contas e respirei fundo, mentalizando os anos de terapia. Podia lidar com aquela situação, e faria isso da melhor maneira possível.

— Marina?

— Estou exatamente onde você me deixou — sua voz me chamou à direita. Voltei-me para ela, que realmente estava parada.

— Eu não tenho dinheiro para te pagar aqui.

— Não queria que você me pagasse de qualquer maneira, Cleo, e…

— Não, eu vou pagar a sua conta do bar. Me diga o que você quer beber e eu pago até dar o valor dos guarda-chuvas. Pronto, assim resolvemos isso de uma vez.

Eu fiquei orgulhosa de minha firmeza, a certeza com a qual falei e deixei meus termos claros. Quase abri um sorriso vitorioso, que morreu em minha boca ao ver Marina sorrir de canto, como sempre fazia quando estava prestes a dizer algo irritante.

— Você está me chamando para beber com você?

— O quê?! — exclamei. — Não, não é isso, é só que…

— Estou enchendo o saco, Cleo — ela sorria largamente agora, como sempre fazia ao me provocar e me tirar do eixo. Estava ficando emburrada. Ela havia virado o jogo e eu me sentia ainda mais envergonhada, com uma vermelhidão subindo por meu pescoço. — Vou começar a pagar mais guarda-chuvas pra você, quem sabe isso não acaba em nós duas saindo para jantar e conversar?

— Menos cinco reais — soltei de supetão. Marina arqueou a sobrancelha em confusão, o maldito piercing se movendo junto.

— Como assim?

— A cada cantada, a cada tentativa de qualquer que seja essa… — acenei para ela — coisa que você esteja fazendo, são cinco reais a menos.

— Ei! — ela protestou, perdendo a pose de garota *cool* e cheia de si. Foi minha vez de sorrir. — Isso não é justo.

— Eu nunca pedi para você pagar por aqueles guarda-chuvas, não foi? Não é justo você se meter no meio das minhas coisas depois de três anos e esperar que eu não fique confusa e chateada sobre isso — terminei meu monólogo com um dar de ombros. — Agora, você vai querer que eu te pague uma bebida ou vai ficar com essa cara de tacho aqui? Porque eu não vou perder a minha noite num banheiro de bar com você.

Capítulo quatro

PERDI MINHA NOITE NUM BANHEIRO DE BAR COM ELA

Cleo

— Me levanta logo, Cleo! — Lavínia ralhou. Fraquejei em minha respiração e desisti, jogando-me no colchonete com um suspiro. — Fracote…

— Me desculpa por não ser o Dwayne Johnson — comentei ofegante, sentindo meu abdômen doer com os exercícios que fazíamos na academia do condomínio. Lavínia perpassou seu olhar cauteloso por meu rosto, escaneando-me.

— Você não falou nada sobre como foi o passeio com suas amigas ontem.

— Fomos a um bar, foi legal — comentei, sucinta. Não disse para minha prima que encontrei Marina, ainda parecia surreal demais.

Enquanto nos sentávamos nas cadeiras do bar, ela me contava que depois de chegar de seu intercâmbio, sua família decidiu se mudar para Fortaleza, onde passaram dois anos, e voltaram em março, para o início das aulas da faculdade. Desde então, como estava de mudança e lidando com a correria, não conseguiu falar direito com os amigos por aqui.

Ela seria caloura de Lavínia na faculdade de Odontologia, mas eu não seria a pessoa a dizer isso para minha prima.

Durante nossa conversa, evitamos tópicos pesados, como "por que você insistiu para que nós namorássemos e, depois, voltou atrás, me deixando em frangalhos com apenas dezessete anos?". O básico.

No fim da noite, quando alguns amigos de Marina foram buscá-la, nos despedimos daquela maneira constrangedora quando duas pessoas eram muito próximas e, subitamente, tornam-se estranhas. Porém, quando já estava próxima à porta, Marina se virou e se aproximou novamente.

— Cinco reais.

— Hein? — eu havia perguntado, a confusão clara em meu semblante.

— Minha conta deu cinquenta reais, você tinha tirado cinco reais antes, lembra? — Àquele ponto, eu não me lembrava sequer do meu nome, mas apenas assenti. — Estou te devendo cinco, acho que isso dá um refrigerante. Sei como você é mão fechada com seu dinheiro, vou fazer questão de pagar de volta.

E então ela sorriu, me dando um beijo na bochecha e sumindo porta afora, deixando o rastro de sua boca em minha pele e seu cheiro em meu sobretudo. Quando deitei a cabeça à noite no travesseiro, ainda era do cheiro dela que eu me lembrava, a mesma porcaria de amaciante e perfumes caros.

— Cleo, você está com cara de paisagem, me ajuda a fazer esse supino, por favor — Lavínia me chamou ao plano real dos acontecimentos, não às memórias tumultuadas da noite anterior. Levantei-me do colchonete e fui em sua direção, observando sua postura refletida no espelho.

— Lavínia, você lê muitos livros eróticos? — perguntei na metade de sua sequência. Minha prima assentiu, bufando entre levantamentos.

— Claro, você sabe disso.

— E você... hum... aplica o que lê?

— Está querendo dar para um CEO com passado traumático? — ela provocou, sua risada entrecortada pelos suspiros cansados. Balancei a cabeça rindo junto com ela e finalizamos o exercício.

— Eu queria que você me recomendasse alguns, mas talvez com um pouco de ficção científica no meio — sugeri enquanto subíamos o elevador. Lavínia assentiu, sua mente catalogando os livros mais pervertidos que existiam em sua estante.

— Te mando os nomes por WhatsApp.

Após o fracasso monumental do bar ontem à noite, decidi recorrer novamente a eles, os livros eróticos. Talvez, lendo um que fosse mais a minha cara, eu conseguisse dar andamento ao meu trabalho, que agora estava a apenas uma semana e quatro dias de distância.

Após o banho e checar a lista que Lavínia me passou, decidi deitar na cama. Estava cansada do treino e precisava organizar minha rotina dos próximos dias, incluindo a escrita da carta. Fui selecionada para uma entrevista, mas infelizmente ficava longe o suficiente de casa para que o trajeto até lá fosse impossível com as aulas da faculdade. Eu sentia que minhas opções se esvaíam e a qualquer momento eu precisaria voltar para a casa dos meus pais em busca de auxílio, e eu preferia qualquer outra coisa que não isso. Lavínia também toparia contribuir um pouco mais no aluguel, mas eu não queria fazer aquilo com minha prima, não quando ela ajudava a pagar algumas contas da casa de seus pais.

Todo meu plano de vida, assim como os livros de suspense na minha prateleira revelam, foi alterado. Ao contrário do que eu havia planejado (sair da escola, entrar na faculdade, conseguir um bom emprego e contribuir para a minha aposentadoria), eu estava deitada na minha cama, pensando em como descrever movimentos de penetração.

Ao fechar os olhos, determinada a organizar minha vida, o que veio à mente em nada se assemelhava a uma lista de tarefas, e mais a um par de sobrancelhas arqueadas, olhos inquisidores e quadris estreitos que tantas vezes estiveram apoiados na minha cama de solteiro em minha antiga casa. Senti o dedo dos pés se contorcerem com as memórias súbitas aparecendo, sem convite e sem incentivo.

— Amor, eu adoro quando você goza e faz todo o barulho que quiser — Marina havia dito uma vez, seu sorriso pairando sobre o meu em uma das madrugadas em que ela dormia lá em casa com a desculpa de ser uma amiga (porque, até então, era). — Mas eu preciso que você não seja tão alta dessa vez, seus pais estão por perto e podem ouvir.

— Ou o quê? — eu provocara. Os olhos de Marina se estreitaram, seus dedos se moveram mais lentamente e deitei minha cabeça para trás no travesseiro, deixando meu pescoço completamente exposto.

— Ou você goza baixinho, só pra mim, ou você não goza hoje. Eu sou paciente...

Abri os olhos, com o peito subindo e descendo. Minha pele formigava e meu corpo inteiro parecia estar salpicado de fogo.

Sentei-me na cama e peguei o computador, sem deixar que minha respiração entrecortada me impedisse.

> Querida,
>
> Escrevo esta carta enquanto o sono não chega, enquanto as memórias são minha única companhia, as suas memórias. As nossas. Você está em absolutamente todas as pequenas partes do meu dia, e por isso escrevo, porque preciso me libertar de você de alguma maneira, mas acho que é impossível, não quando o que tenho são lapsos e devaneios da minha boca na sua, dos seus cabelos na minha mão, de como é estar dentro de você.
>
> Entende o meu sofrimento?
>
> Entende o quanto me sufoca não estar dentro de você todos os dias da minha existência? Todo tempo parece pouco e infinito, perco-me inteiro com seus seios contra meu peito, sua bunda virada para mim... E tudo o que me vem à mente é a noite do bar, suas mãos apoiadas em qualquer lugar que pudesse se segurar, minha boca no seu ouvido. Volto todos os dias para minhas memórias, recorro a elas com o desespero de sentir de novo você se apertando em meu pau...

— Pau ou caralho? — perguntei em voz alta, percebendo como a rouquidão não era causada pela falta de água, mas por cada uma das palavras sair com tanta naturalidade.

> ... apertando em meu caralho...

— Pau, definitivamente.

> ...apertando em meu pau, da sensação de me enterrar em você como se o mundo fosse acabar. E ele acabou. Preciso escrever, já que somente reviver não me satisfaz. Estou esperando por você, torcendo para que, ao ler, sua mente volte àquele bar, aos seus gemidos, quando me senti um homem completo por estar com uma mulher completa.

Terminei de digitar com os dedos estagnados, a respiração insuficiente para o que havia escrito, meus lábios partidos em um sorriso caótico. Eu consegui. Consegui escrever parte da carta. Um sorriso se arrastou por meu rosto, uma sensação de vitória finalmente tomando forma.

Deitei a cabeça sobre o computador, consciente de que todas as imagens em minha mente envolviam Marina Fonseca e eu naquele banheiro do bar, com o corpo dela sobre o meu e me pedindo para gemer baixo porque alguém poderia nos ouvir. O suspense de ser pega com ela, seus lábios repartidos e seu rosto me encarando por cima toda vez que não conseguia manter minha boca afastada de seu corpo, indo devagar de propósito apenas para vê-la contorcer o rosto em desespero... Levantei-me, tentando respirar fundo e me manter sã. Observei o computador de longe. O quarto estava todo escuro, com as cortinas fechadas e apenas a tela do Word me encarando, luminosa e intimidadora.

Pisquei com força, fitando o teto em um dilema moral, então fechei o arquivo em uma mistura de orgulho e descrença. Marina Fonseca se impregnara em minha pele, mas por causa disso, eu havia começado minha carta e, o melhor de tudo, estava orgulhosa por ter chegado até ali, ainda que parte daquilo viesse de memórias há muito jogadas no fundo da minha mente.

Deixei o computador de lado e resolvi tomar outro banho, mesmo tendo acabado de sair de um. Precisava colocar as ideias no lugar, e isso não seria possível com as lembranças da boca de Marina Fonseca sobre mim, seguindo-me por todos os lados e pedindo para serem revividas. Não, nós duas terminamos, não tínhamos absolutamente mais nada uma com a outra, e não queria viver de fantasias, não daquela maneira.

Ao mesmo tempo, enquanto a água caía sobre mim, não pude deixar de pensar no quanto fora gostoso simplesmente querer ser tocada daquela maneira por ela, porque Marina conhecia meu corpo. Será que ela ainda reconheceria cada parte de mim, como antes? Se eu aceitasse tomar aquele refrigerante (que desculpa esfarrapada...) com ela, eu estaria disposta a deixá-la mostrar todo seu conhecimento?

Balancei a cabeça, afugentando o pensamento. Não, apenas terminaria de escrever a carta e seguiria em frente, de volta à mediocridade dos meus dias.

Sem mais Marina. Sem mais cenas vívidas envolvendo banheiros.

Apenas eu, a água gelada e a constatação fatídica de que, de uma certa forma, em minha mente, eu havia passado a noite em um banheiro de bar com Marina Fonseca.

Capítulo cinco

SÃO PAULO NÃO É CIDADE GRANDE

Cleo

— Se a mamãe me encher o saco por não ter passas nesse arroz, eu vou botar a culpa inteira em você — vociferei para Lavínia.

— Eu vou é enfiar essas passas na sua goela se não parar de reclamar — ela protestou de volta, emburrada.

O motorista do Uber nos encarou pelo retrovisor e soltou uma risada nasalada. Franzi o cenho em sua direção, uma careta clara em meu rosto, então ele se voltou para frente e não nos encarou mais nenhuma vez até a chegada à casa de minha mãe.

Ah, como eu amava almoços de família (quando eu e Lavínia não discutíamos em discordância sobre o que levaríamos para contribuir na refeição)! Apesar de estarmos na mesma cidade, nossa família inteira morava no Grajaú, longe de toda a vida que Lavínia e eu havíamos criado: faculdade, trabalho, relacionamentos e por aí vai. Por isso, ao fazermos dezoito anos, ela recém efetivada e eu com certeza da efetivação no trabalho, decidimos alugar um apartamento juntas, longe de nossa família, mas perto de todo o restante da cidade.

Mesmo que nosso apartamento fosse pequeno (às vezes até demais), nos dávamos bem. Não brigávamos quase nunca. Apenas em momentos como aquele, quando o estresse de encontrar nossa família nos sobrecarregava. Não é porque amávamos nossos pais que isso significava que eles não nos estressavam de tal maneira que faria o Papa Francisco pedir para sair de seu cargo.

— Obrigada, moço, bom dia pro senhor, vai com Deus — eu disse ao sair do carro, quando paramos em frente ao número 124. Equilibrei a travessa de arroz em uma mão e a bolsa na outra, pressentindo uma tragédia alimentícia na calçada desnivelada.

Lavínia tocou a campainha, e logo éramos recepcionadas por nossos primos, irmãos de Lavínia, que nos arrastavam para dentro da casa ao som de risadas e um pagode alto demais para qualquer ouvido humano. Dentro da construção de tinta branca descascando, quadros com toda a família estavam dispostos por todos os lados. Um sofá com uma capa horrenda acolhia as crianças, que jogavam no celular em silêncio. A televisão, fonte da música ensurdecedora, reproduzia um show do Exaltasamba. Da cozinha, ouvia minha mãe e minhas tias rindo e conversando enquanto cozinhavam, como em todo encontro familiar. Eu apostava que, do lado de fora, no quintal, meu pai, meu avô e meus tios conversavam e riam ao fazer o churrasco.

— Olha só quem chegou, *fragolina*! — vovô gritou, jogou o pano de prato no ombro esquerdo e veio em minha direção, sua testa suada por passar a manhã na cozinha reluzia, mas os olhos estavam contentes com nossa presença. Ele pegou a travessa de arroz, deixou em cima da mesa e me deu um abraço apertado, sua estatura de um metro e oitenta me dava espaço para abraçá-lo como se fosse uma criança, o que sempre me divertiu.

— É, a sua neta só estava sendo rabugenta o caminho inteiro, como sempre — Lavínia provocou atrás de mim após abraçar sua mãe e deixar a travessa de pudim na geladeira.

— Que culpa eu tenho se você é devagar como uma tartaruga o tempo todo?

— Você que é rápida demais, afobada e uma bela de uma...

— Ah, almoços de família! — Mamãe apareceu do quintal e me abraçou de lado, sua pele amarronzada como a minha. — Vão guardar suas coisas no quarto e voltem aqui, já começaram a servir o churrasco lá atrás, estamos só acabando algumas coisinhas e já vamos.

Voltei para o corredor em direção ao meu antigo quarto. O som do Exaltasamba esmoreceu quando entrei no lugar que vivi durante boa parte da minha vida. As paredes rosas estampavam pôsteres de bandas e atrizes que eu amava quando era mais nova, desde Paramore até Natalie Portman e Xena, a princesa guerreira. Eu devia saber, e mais importante, meus pais também, que uma garota de 13 anos obcecada por duas mulheres batendo em outros e flertando em batalhas não é algo exatamente hétero. Soltei uma gargalhada e larguei minha bolsa sobre o colchão que ainda me abrigava quando vinha passar os fins de semana em casa.

Em cima da minha escrivaninha, junto com os livros da Agatha Christie de edição de colecionador, encontravam-se fotos minhas. Minha mãe abraçava-me, e do meu outro lado, papai beijava minha bochecha, sua pele marrom e bronzeada pelos dias de sol brilhando com a minha. Em um retrato isolado, o rosto de vovô me encarava, sorridente. Ele praticamente havia me criado, enquanto meus pais trabalhavam ele ficava comigo. Por causa dele que eu decidira ser tradutora, já que ele fora o responsável por me matricular em todas as aulas de idioma do mundo. O apelido *fragolina* veio de uma vez que assisti um episódio da Dora Aventureira em uma plantação de morangos em cinco idiomas diferentes só para ficar imitando as dublagens.

Abri a primeira gaveta da escrivaninha e percebi que minha mãe fizera uma limpeza. Ali, empilhadas, estavam fotos minhas que eu revelei, assim como faziam os meus ancestrais no século passado. Soltei uma risada esganiçada e pesquei algumas, meu sorriso se esvaindo ao perceber o tempo exato de cada um daqueles cliques. Meu estômago despencou ao ver que mamãe separara também as que eu estava com Marina. Segurei uma nossa do Farol do Cabo Branco em João Pessoa, quando fomos visitar sua família na Paraíba.

Engoli em seco e larguei a fotografia, meu corpo inteiro reagiu sem aviso às memórias.

— Onde a Marina foi se meter? — mamãe perguntou da porta, com a perna cruzada e apoiada no batente. Devolvi as memórias na gaveta e dei um sorriso desconfortável.

Mamãe se empenhara em aceitar meu relacionamento com Marina, e quando acabou, por mais que ela tentasse esconder, ficou chateada. Ela sempre gostou muito da minha ex-namorada, e talvez aquela tenha sido uma das piores partes do término. Quando rompemos com alguém, não cortamos laços somente com ela, mas com diversas pessoas conectadas umas às outras por fios do relacionamento que, como indivíduos, não existiriam, somente como casal.

— Eu não sei o que ela tem feito — menti ao voltar o olhar para a escrivaninha, evitando que minha mente me levasse à carta que eu escrevi enquanto imaginava Marina me devorando contra uma porta de banheiro decadente.

— Ah, eu sei — ela cantarolou, e voltei-me com os olhos arregalados em sua direção.

— Você conversa com a Marina?

— Claro que não, não seja ridícula. — Mamãe desdenhou com a mão. — Só com a mãe dela, nós estamos no mesmo grupo de desapegos. Eu comprei uma almofada feita à mão por ela esses dias, é a coisa mais linda!

— Mãe... — Esfreguei o rosto nervosamente. — Você está escondendo alguma coisa de mim? — perguntei em desconfiança. Mamãe desviou o olhar, mas não negou.

— Eu chamei a Marina e a mãe dela pro almoço agora que eles voltaram do Ceará.

— Mãe! — exclamei, minhas pregas vocais reclamando.

— Mas elas não vão conseguir vir — ela me tranquilizou. — A Marina vai passar aqui pra me entregar a almofada e pegar alguns doces, e só isso. Ela nem precisa ficar pro almoço... — Cruzei os braços sob o peito, batendo o pé no chão. — Mas eu bem que queria, filha.

— Bom, é uma pena, porque *eu* não quero ela aqui.

— Não mesmo? — mamãe tentou, e suspirei em frustração.

— Mãe, eu só acho que eu e a Marina deixamos pontas abertas demais, e se ela estiver aqui... Eu vivi bem os últimos três anos lidando com o nosso término, não quero reviver nada agora.

— Tem certeza que isso não te incomoda mais, filha? — mamãe sondou, preocupação tomava conta de seus olhos. — Às vezes nós não temos respostas para as perguntas que gostaríamos de fazer, e eu me lembro que você nunca recebeu todas as que queria, não é? A Marina não vai conseguir esclarecer tudo, mas talvez algumas coisas. Ela voltou agora pela primeira vez desde que vocês terminaram, não é uma boa chance de colocar um ponto final nisso? — ela sugeriu, por fim, e saiu, deixando-me pensativa no quarto, com uma bigorna em meus pensamentos.

Sentei-me na cama e peguei meu celular para me distrair, observando com o coração na mão mais uma vez minha caixa de e-mail vazia. Eu enviei a carta dois dias atrás, faltando exatamente quatro para a entrega final. Reli o e-mail que enviei para o deputado, analisando se havia erros gramaticais, meu lado crítico aflorado diante da ansiedade por não ter recebido uma resposta, mesmo que tivesse enviado o arquivo há apenas dois dias.

> De: penelopeescritora@gmail.com
> Para: ominotauro@outlook.com
>
> *Querido Minotauro,*
>
> *Envio em anexo o arquivo da carta. Como o senhor pode ver, adicionei alguns detalhes que não estavam em nossas conversas, porém permiti que minha imaginação tomasse conta. Não somente isso, tentei seguir uma linguagem parecida com as informações que trocamos. Caso o senhor se incomode com os nomes que dei para órgãos sexuais, avise-me, posso mudá-los.*
>
> *Fico no aguardo da leitura do primeiro manuscrito. Por favor, envie-me suas alterações para que eu possa finalizar a carta.*
>
> *Atenciosamente,*
>
> *Penelope.*

Controlei o ímpeto de reler o arquivo, porque sabia que me criticaria. Aquele era o meu melhor rascunho, e tinha ciência disso. Precisava apenas confiar um pouco mais no meu próprio taco. Além disso, era meu primeiro trabalho oficial como escritora de qualquer coisa que não *fanfictions* de filmes *slasher*.

Bloqueei a tela e fui almoçar, era melhor me preocupar de barriga cheia do que de barriga vazia. Além disso, dependia da aprovação do deputado para o pagamento do restante do valor. Grande parte da minha ansiedade vinha daquele pequeno montante de dinheiro que me ajudaria a comprar três livros de suspense no sebo e, com sorte, pagar umas quatro contas.

— Separei a porção vegetariana pra você — Lavínia murmurou ao estender um prato em minha direção quando cheguei ao quintal. Abracei papai de lado e dei um beijo em vovô, com a pele tão clara quanto a de Lavínia, antes de me voltar para minha prima novamente.

— Obrigada — agradeci com um sorrisinho pequeno. — Desculpa por te encher o saco.

— Desculpa por ir tão devagar.

— É seu charme.

— É, meu namorado não reclama em como vou devagar com certas coisas.

Revirei os olhos e sentei-me ao lado dela novamente. Brigando ou não, nós éramos primas e esqueceríamos o assunto em dois segundos. Sempre foi assim.

— Eu, hum… ouvi uma fofoca — Lavínia começou. Tomei uma garfada de brócolis na grelha junto com a farofa, completamente desinteressada. Minha prima, fonte de todas as fofocas do mundo, odiava me ter como receptáculo de burburinhos, mas era o que ela tinha.

— Se for sobre o filho fora do casamento do vovô, está atrasada — adiantei, falando de boca cheia. Mamãe viu meu gesto rude do outro lado do quintal e fez uma careta em minha direção, claramente infeliz com a minha versão adulta.

— Não, isso aí já é fofoca faraônica, o que eu tenho é uma fofoca mais séria.

Aprumei-me na cadeira de plástico e fitei Lavínia, levemente curiosa. Quando minha prima percebeu que tinha minha atenção completa, arregalou os olhos e se aproximou.

— A Marina está chegando.

Engoli em seco e voltei o olhar para minha comida, tentando controlar o desconforto.

— Ah, é?

— Você não está nem um pouco surpresa? — Lavínia indagou. Neguei com a cabeça e enfiei outra garfada de legumes na boca, para evitar que falasse mais do que deveria. — E você sabia que ela está trazendo a namorada?

— O quê?! — exclamei e engasguei com os legumes e o arroz, tossindo minha alma para fora. Lavínia arqueou a sobrancelha e balançou a cabeça.

— Eu estou brincando, mas é bom saber que ela ainda causa essa reação em você.

Virei-me com os olhos raivosos em sua direção, diversos xingamentos na beira da língua.

— Isso é por você estar escondendo algo de mim nos últimos dias, poxa — Lavínia murmurou, seus olhos doloridos desviando da churrasqueira emitindo fumaça alta para o céu. — E eu nem digo só sobre o seu *freela* misterioso, mas tudo. Você está avoada, pensativa o tempo todo. É o desemprego? Você está usando bala? Loló?

— Você vai listar todas as drogas no seu catálogo mental? — questionei com uma risada. Minha prima revirou os olhos e me empurrou. — Ok, eu, hum… Fui contratada para escrever cartas eróticas para um deputado — falei de uma vez, então expliquei detalhadamente desde o dia caótico do encontro com Paloma no shopping até a ansiedade por estar aguardando a resposta dele. Os olhos curiosos e fofoqueiros de Lavínia se arregalaram até parecerem bolas de gude. — Não sei quem ele é, usamos codinomes, e ele está me pagando muito bem.

— Por isso você me perguntou sobre os romances eróticos? — Ela juntou as peças.

— E a questão é que… — interrompi-me e olhei ao redor, me certificando de que ninguém nos ouvia — eu escrevi a carta só com algumas memórias da época que namorava a Marina. Não é como se fossem fantasias, só usei minhas vivências.

— Você escreveu uma carta erótica imaginando a sua ex-namorada? — Lavínia exclamou alto, e se não fosse pelo pagode tocando na sala, todos ouviriam a denúncia de minha prima. Dei um tapa em seu braço e fiz uma cara séria.

— Ninguém pode saber disso, Lavínia. O cara me fez assinar um contrato de confidencialidade, eu estou lascada se alguém descobrir.

— Uau!

— Pois é.

— Mas calma, você simplesmente pensou na Marina? Não podia ter feito isso pensando em, sei lá, qualquer outra pessoa?

Fui incapaz de respondê-la, porque, naquele momento, meu celular começou a tocar estrondosamente, desviando minha atenção de Lavínia. *Número privado*. Pisquei algumas vezes, cogitando se seria golpe ou somente um deputado tarado e provavelmente adúltero.

— Alô? — atendi o telefone, torcendo que quem me respondesse fosse o adúltero.

— Senhorita Penelope? Sou eu, Minotauro. Acabei de responder o seu e-mail com algumas observações, mas gostaria apenas de dizer que a carta ficou ótima.

Arregalei os olhos para Lavínia e apontei para o celular, dizendo "é o deputado" com a boca, antes de ir para o lado mais vazio do quintal, longe da música, a fim de ouvi-lo melhor.

— Oi, Minotauro. Ah, fico muito feliz que tenha gostado. — Troquei o peso do pé de um para o outro, o desconforto por alguém me agradecer por escrever "caralho" e "boceta" em uma carta, e isso ser considerado majestoso. — Eu vou dar uma lida nas observações e envio o arquivo alterado. O senhor viu que anexei uma carta em português e a outra traduzida? Quis mostrar as duas opções.

— Sim, e é justamente por isso que estou ligando também. Eu gostei muito mais da versão em português, dá uma liricidade ao que está escrito. Não que o inglês esteja ruim, não mesmo, mas eu gostei de ler aquilo na nossa língua materna, sabe? Quero ficar com a versão em português.

Não, eu não sabia muito bem, mas diria qualquer coisa para agradá-lo e receber meu pagamento.

— Claro, entendo.

— Bom, de qualquer modo, eu já transferi o dinheiro, fico no aguardo do arquivo com as alterações.

— Obrigada, seu Minotauro. Fico feliz em ter ajudado e espero que a carta tenha sido útil.

— Ela foi, garanto. Tenha uma boa tarde, Penelope.

Tirei o celular da orelha em total choque, tentando processar a loucura que era toda aquela situação.

Apesar de ser uma boa grana, eu me sentia exposta. Aquele deputado sabia exatamente quem eu era, desde meu nome até minha carteira de vacinação, como Paloma fez questão de clarificar em uma de nossas conversas sobre o trabalho. Era uma via de mão única: ele sabia tudo sobre mim, eu não sabia nada sobre ele. E se fosse um dos deputados investigados por esquemas de corrupção? E se tudo aquilo vazasse? Os e-mails... Não, eu já havia passado, eu escrevi uma carta, fui bem sucedida e pronto.

Conferi minha conta bancária e encarei em confusão um valor a mais na transferência. Abri o e-mail do deputado em seguida, prestes a dizer que houve um engano. Antes que pudesse digitar, fui tomada pela curiosidade. Quais haviam sido as observações?

> De: ominotauro@outlook.com
> Para: penelopeescritora@gmail.com
>
> *Querida Penelope,*
>
> *A carta ficou muito melhor do que eu esperava. Posso dizer, com certeza, que o que eu escrevi estava péssimo se comparado com o trabalho da senhorita. Admito que sou melhor com palavras faladas do que escritas. Demorei a responder porque já entreguei-a para minha destinatária. Devo dizer, a senhorita definitivamente se empenhou, porque a minha senhora se empenhou mais ainda depois de ler o que foi escrito.*
>
> *Como combinado, transferi o restante do dinheiro, com um bônus pela página extra. Estava inspirada, não é?*
>
> *Desejo as mais estimadas lembranças,*
>
> *Minotauro.*

Um bônus. Sorri ao pensar que poderia comprar um vestido novo para mamãe.

— Cleo! — Ouvi Lavínia gritar da cozinha. — Sua mãe tá te chamando.

Saí do quarto correndo, pronta para falar à mamãe que já tinha o presente de aniversário perfeito para ela, porém fui interrompida pela aparição fantasmagórica de Marina Fonseca carregando a almofada mais feia que todo o Brasil já viu à porta de casa.

— Boa tarde, onde posso deixar a almofada? — Marina perguntou, seu olhar evitando o meu a todo custo. Lavínia nos encarava com a sobrancelha arqueada e mamãe sorria para sua nova aquisição.

Decidi encarar a almofada horrenda, torcendo para que, de alguma maneira, eu pudesse me esconder naquela feiura até o fim dos tempos e fugir da beleza de Marina.

Capítulo seis

ALMOFADAS FEIAS E GAROTAS BONITAS SÃO UMA PÉSSIMA COMBINAÇÃO

Cleo

Marina estava dançando samba com minha mãe. E não, aquilo não era um pesadelo, como Lavínia fez questão de reafirmar várias vezes por cinco minutos.

— Nossa, como você dança bem! — mamãe a elogiou pela décima vez, e eu acompanhava cada movimento com os olhos flamejantes, como se fitá-las por tempo suficiente fizesse Marina desaparecer, levando embora essa avalanche que agora me transpassava.

— Eu vou pra casa — murmurei para Lavínia e me levantei, indo em direção ao quarto sem olhar para trás.

Aquilo só poderia ser um sonho ruim, uma tentativa do destino de me obrigar a pagar por pecados cometidos, como pisar no pé daquela mulher chata no metrô de propósito ou entupir a privada de casa e colocar a culpa na minha prima.

Talvez a Taylor Swift tivesse uma letra musical perfeita para aquele momento, quando o seu coração é tomado por uma gama tão grande de sentimentos que, ser receptáculo de todos se torna sufocante. Sentir tudo e nada ao mesmo tempo era assustador.

Apoiei a mão em minha escrivaninha, pensando em como mamãe havia dito que não ter respostas me incomodava. Talvez ela estivesse certa. Mas já havia se passado tanto tempo, eu superei, sei que superei, então por que agora, após anos, ver Marina Fonseca na minha sala ainda era tão difícil?

— Cleo?

Virei-me no meio da arrumação para encarar minha ex-namorada parada no batente da porta, o corpo esguio coberto por um vestido verde florido, os cabelos castanhos seguros com presilhas coloridas e a testa com uma fina camada de suor de tanto dançar com minha mãe.

— Você tem certeza de que não está me seguindo? — perguntei com a voz cansada, meus passos lentos e arrastados pelo quarto. Meus olhos buscavam qualquer lugar menos o rosto de Marina, uma das únicas pessoas de quem eu fugia. Talvez eu não quisesse ver refletido nela tudo o que eu ainda não havia conseguido decifrar sobre nós duas.

— Sua mãe me disse que você não estaria aqui. — Ela coçou a nuca e não entrou no quarto. Fitei-a e olhei para a cama, indicando que ela poderia se sentar.

— É, ela ainda não superou o término.

— Sinto falta dos almoços em família da sua casa — Marina riu, mas não pude evitar uma pontada de dor com sua fala. Para que reviver tudo isso?

— Eles ficaram muito mais legais depois que a gente descobriu o filho fora do casamento do meu avô e que a tia Lucinda é lésbica.

— Primeiro de tudo: uau! — ela exclamou com os olhos arregalados, um sorriso divertido em seu rosto. — E segundo: todo mundo já sabia sobre a tia Lucinda, alguém ainda acreditava naquele papo de "melhor amiga que divide um apartamento comigo"?

— A gente acredita no que quer, né, Nina. Mas eu acho que quando nós vimos as duas se beijando na festa de Ano Novo foi um forte indicativo. — Controlei a risada diante de mais uma memória na qual Marina estava inserida, mas fui parada por seu rosto sério e questionador. — Que foi?

— Nina. Faz tempo que não te ouço me chamando assim.

E exatamente como eu temia desde o início, pairaram novamente sobre nós palavras não ditas e memórias vividas, todas tão claras quanto possível, vindo em enxurradas e desmembrando minha pose de rabugenta da qual mamãe tanto brincava, uma reação que, com espanto, percebi que Marina exercia muito bem sobre mim.

— Marina, eu fico muito feliz que você tenha voltado pra São Paulo — comecei, minha voz estável como poderia ser diante de uma mulher com aquele sorriso parada diante de mim. — Mesmo. Muito. Mas eu não acho que isso seja legal... Nós somos ex-namoradas, e, pra mim, como você bem sabe, ex é ex. Se eu superei você, acabou, não precisamos ser amigas, até porque passamos os últimos três anos sem nos falar. É só como eu me sinto mais confortável. Você não precisa se sentir forçada a ser educada nem nada, porque eu não vou fazer isso também.

Marina arqueou as sobrancelhas em minha direção, o piercing reluzindo com o sol entrando pela janela. Ela abriu e fechou a boca algumas vezes, parecia mastigar palavras e desmontá-las.

— Filha! — Mamãe irrompeu no quarto, seus olhos de bola de gude fitando a mim e minha ex-namorada com urgência.

— Nós só estávamos conversando e...

— Eu não me importo com isso agora, querida. — Ela acenou com as mãos e olhou para o corredor, sua voz trêmula ao me encarar novamente. — O *nonno* acabou de sofrer um acidente, ele caiu e...

Diante de meus olhos, antes sequer que minha mãe terminasse a frase, diversas imagens de *nonno* preencheram minha mente, sua cabeça estatelada no chão e uma multidão ao seu redor.

— Já levaram ele pro hospital? — perguntei antes que mais imagens tenebrosas invadissem minha cabeça.

— Estamos indo agora, você consegue pegar um Uber até lá?

— Eu levo a Cleo — Marina se ofereceu atrás de mim.

Mal consegui pensar direito ao aceitar, seguindo-a para o lado de fora da casa. Em dois segundos, todas aquelas pessoas de chinelo e shorts jeans estavam correndo para o pronto-socorro do bairro.

O carro de Marina era pequeno, mas espaçoso o suficiente para nós duas. Seguimos o caminho todo em silêncio, minha mente alternando de preocupação com meu avô e Marina. Meu Deus, como era possível que essa mulher estivesse envolvida em todo o drama familiar atual? Ela havia acabado de chegar em São Paulo e já presenciara uma vergonha no transporte público, foi a estrela de uma carta erótica e agora me levava de carona para acudir meu *nonno*.

Senti raiva, cansaço e ódio simultaneamente. Não precisava dela, não queria agradecer por ser levada ao hospital, não queria que ela tivesse motivo para falar comigo depois sobre minha família. Eu queria voltar à mediocridade dos meus dias, com meu *nonno* bem e sorridente e Marina em outro estado, longe.

— Vai dar tudo certo, Cleo. Vamos chegar logo e ver o estado do seu avô — Marina tentou me confortar. Assenti e encarei o lado de fora da janela, deixando-me pensar unicamente em um dos homens que eu mais amava no mundo.

A chegada ao hospital foi digna de uma família caótica e barraqueira. Gritaria dali e de cá, médicos pedindo calma e meu pai precisando ser atendido por uma enfermeira por ter desmaiado. Caos. Puro e terrível caos. Duas horas depois, ainda sem notícias de vovô e com meu pai tomando soro em uma das salas, consegui respirar.

Deitei a cabeça sobre as mãos e respirei fundo, todo o mundo desmoronando ao meu redor nos últimos dias e caindo como uma bigorna sobre meus ombros. Marina se manteve em seu canto, sem encostar em mim e sem conversar. Agradeci por aquilo, precisar lidar com mais aquele drama seria impossível no momento.

Três horas depois e tivemos a primeira notícia: o médico desconfiava de reumatismo, a queda teria sido causada por uma dor intensa na perna. Precisariam fazer alguns exames que o hospital não conseguiria cobrir, a fila de espera estava grande demais e não havia um médico especialista na nossa região. Transferir meu avô seria delicado também. A solução: uma clínica particular com exames particulares. O problema: sem plano de saúde.

— Vamos usar a poupança — mamãe se prontificou assim que o médico se afastou. Papai, que estava de volta conosco, apesar de um pouco pálido, assentiu. Lavínia e sua mãe conversavam em um canto, provavelmente discutindo outros gastos de cuidado.

Meu pai suspirou pesadamente e abraçou minha mãe de lado.

— Sinto muito, querida, sei o quanto queríamos a viagem pra Milão.

Acompanhei a cena com o coração apertado no peito, sem me mover.

— Família primeiro. — Ela beijou a cabeça careca de papai e sorriu para ele, encarando-me em lamento.

Mais uma vez, a terceira, na realidade, meus pais precisariam abrir mão da poupança deles que estava reservada para uma viagem à Itália. Era o sonho de mamãe conhecer Roma e Milão, fazer passeios de trem por toda a Europa.

— Seu celular está tocando, Cleo — Marina, que estava atrás de mim, me chamou e apontou o celular em meu bolso. Desde que todo o drama havia começado, ela não foi embora. Ajudou mamãe a distribuir tarefas para cada um, guiou minha tia avó para o carro e pediu um Uber para Lavínia ir para casa arrumar algumas roupas do meu avô.

Era um alerta do banco me dizendo que poderia colocar o dinheiro transferido em uma seguradora de investimentos. Pisquei para a tela algumas vezes, então uma ideia me ocorreu.

— Papai, consigo pagar os primeiros exames do vovô!

— Filha, eu sei que você quer ajudar, mas acabou de perder o seu emprego, nós jamais pediríamos isso e...

— Não, o senhor não está entendendo. — Balancei a mão em frente ao corpo, sorrindo em sua direção. — Eu consegui alguns trabalhos avulsos, recebi hoje mesmo de um deles. Eu pago. Não precisam mexer na poupança, garanto.

— Filha, tem certeza? — mamãe se intrometeu, mas apenas assenti com a cabeça.

— Família primeiro — repeti seu mantra, e percebi que seus olhos carregavam agradecimento, lamento e cansaço, tudo ao mesmo tempo, como alguém que precisaria aceitar por não haver escolha.

Ser adulto também era, afinal de contas, saber abrir mão de coisas, simplesmente porque a vida não funciona como planejamos.

— Olha, sei que não cobre tudo, mas...

— Você ajudou muito, querida, seu avô vai ficar orgulhoso. Vamos cuidar dele nesses próximos dias, fica tranquila.

Após uma rodada de sorrisos e agradecimentos, peguei meu celular, transferi todo o dinheiro necessário para papai e respirei fundo ao observar minha conta bancária, uma dor no estômago me tomando ao lembrar que ainda não havia prospecções à frente.

Paloma, tem mais trabalhos de tradução para mim?, digitei a mensagem com o coração na mão, o símbolo de online da minha colega acelerando minha ansiedade.

Por enquanto não, acabei ontem à noite o último que tinha na fila. Assim que receber o próximo, te passo. Por quê? Está com urgência?

Quando as lágrimas surgiram em meus olhos, embaçando minha visão, bloqueei o telefone e saí andando. Ignorei a chamada de meus pais, as enfermeiras conversando com outros pacientes ao meu redor. Nada daquilo me importava, porque, no final de tudo, eu não poderia ajudar mais a minha própria família por estar desempregada, por ter visto minha antiga chefe fazer algo errado na hora errada.

— Cleo!

Ignorei e prossegui em direção ao banheiro do andar, quase tropeçando na cadeira de rodas de uma senhorinha. Pedi desculpas com a voz chorosa e adentrei o pequeno cubículo, meu corpo inteiro colapsando aos soluços. Atrás de mim, Marina irrompeu pela porta, os olhos claros brilhando em preocupação.

— Me deixa sozinha, por favor — pedi, a fala entrecortada pelo choro desenfreado.

— Eu deixo, mas sua mãe ficou preocupada e me pediu para vir atrás de você.

Controlei um revirar de olhos, as lágrimas grossas escorrendo por minhas bochechas sem parar. Encarei Marina com o que eu esperava ser o olhar mais amedrontador da minha gama de facetas de pessoa mal-humorada. Minha ex-namorada se abalou um pouco, mas respirou fundo e colocou as mãos no bolso lateral do vestido.

— Você pode me encarar assim o quanto quiser, só vou embora quando me disser o que está acontecendo, aí posso confortar sua mãe enquanto você sofre sozinha.

— Meu avô está internado, precisa de mais motivos? — retruquei de volta, cheia de mágoa. Marina balançou a cabeça em negativa.

— Eu acho que é mais do que isso.

— Você perdeu o direito de achar qualquer coisa tem um tempo, não?

Marina arqueou a sobrancelha, e só não me respondeu porque meu celular começou a tocar incessantemente em meu bolso.

Em pleno século 21, quem ainda ligava?

Pesquei o aparelho e, sem olhar quem me ligava, atendi. Marina ainda me fitava com seriedade, sem desviar o olhar do meu por um segundo enquanto eu me recompunha para falar com o provável salvador de ex-namoradas-brigando-feio-no-banheiro-do-hospital.

— Alô?

— Penelope? — a voz me chamou do outro lado da ligação. Arqueei a sobrancelha, observando Marina escanear meu rosto, buscando sinais que denunciassem o motivo das minhas lágrimas para além do meu avô. Eu morreria antes de deixá-la saber sobre meus problemas financeiros.

— Eu acho que é engano.

— Esse não é o número da Penelope escritora de cartas?

Afastei o celular da orelha e observei o chamador. DDD 11, isso era São Paulo.

— Minotauro? — arrisquei.

— Ah, vejo que estou falando com a pessoa certa! — a voz bem-humorada riu do outro lado, tão melodiosa quanto a do deputado Minotauro. — Bem, eu imagino que meu colega tenha falado com você, não? Eu me chamo Hércules, se é que o costume de vocês de usar nomes fictícios é real. Você consegue falar agora?

Pisquei algumas vezes em direção à parede, sem compreender exatamente o que estava ouvindo. Pigarreei e encarei Marina, que estava alheia ao que acontecia na ligação.

— Eu, hum, não consigo falar agora, tem alguma chance de conversarmos mais tarde?

— Claro, que tal daqui trinta minutos?

— Perfeito. Obrigada, senhor Hércules. Posso só perguntar por que você está me ligando?

— Acho que posso adiantar mais tarde. Até lá, Penelope.

— A chamada foi boa, não é? Já que você parou de me encarar como se quisesse cometer um assassinato — Marina alfinetou quando devolvi o celular ao bolso, meu coração acelerado diante das perspectivas daquela ligação.

E se fosse a polícia? E se fosse algum político da oposição de Minotauro que quisesse me matar para, de alguma forma, prejudicar o deputado? E se fosse um assassino de aluguel contratado pelo Minotauro para me tirar do mapa, uma vez que eu guardava uma informação pessoal demais sobre ele (apesar de não saber seu nome)?

— Cleo? — Marina avançou alguns passos em minha direção, suas mãos caindo ao lado de seu corpo após pensar melhor sobre me tocar. — Está tudo bem?

— Tudo ótimo — respondi de volta, sentindo a ansiedade crescer em minhas pernas e rastejar por meu estômago. — E-eu preciso de uma água.

— Eu pago.

— Não — respondi de imediato, passando por ela em direção à porta.

— É a minha Coca-Cola de cinco reais. Eu prometi que ia pagar isso e sanar nossa dívida, não é? Depois disso, você está oficialmente livre de ver meu rosto lindo.

Ponderei por alguns instantes, já com a mão leve na maçaneta.

— Suco de laranja. Eu não tomo refrigerante há dois anos.

— Então suco de laranja será.

Caminhar pelo hospital ao lado de Marina Fonseca não era exatamente o que eu desejava para minha vida. Nós fomos até a lanchonete em silêncio, o vento frio de outono intensificava as gotas pontiagudas da chuva, pinicando meu rosto sem misericórdia. Agradeci pelo aquecedor quando entramos no pequeno lugar reservado para acompanhantes ou pacientes. Marina foi diretamente para o balcão, e eu me sentei em uma mesa no canto mais afastado que achei. Estavam ali um casal de idosos dando risada e uma mulher franzina chorando compulsivamente sobre seu refrigerante.

Encarei o lado de fora do hospital, a chuva gelada castigava quem precisava aguardar do lado externo da construção. Observei uma criança tomando vacina em uma tenda de campanha, sua mãe dançando algo estranho para distraí-la, e pensei em como vovô sempre se vestia de palhaço quando eu precisava tomar uma injeção, assim ficava mais assustada com o homem gigante pintado de branco e roupas coloridas do que com a agulha em meu braço.

— Só tinha suco de abacaxi — Marina disse ao voltar à mesa. Preparei-me para argumentar, mas ela foi mais rápida. — O que eu sei que você odeia, então pedi um chocolate quente.

— Obrigada — funguei, voltando meu olhar para a tenda, mas tanto a criança como sua mãe tinham sumido. Sem escolha, encarei Marina novamente. — Você não precisava fazer nada disso.

— Sua mãe me ameaçou com uma arma e…

Joguei um pedaço de guardanapo que havia usado para limpar minhas lágrimas em sua direção. Marina sorriu e se recostou na cadeira, uma expressão de curiosidade tomando seu semblante.

— Você quer conversar sobre esse dia maluco?

Eu queria, queria muito. Desejava que Marina ainda fosse minha amiga, aquela Marina de quatro anos atrás, antes de namorarmos, que me deixaria falar, ainda que pouco, e apresentaria soluções, algumas extremamente emocionais. Ela dizia que odiava quando sua madrasta a avaliava psicologicamente, mas não percebia quando fazia o mesmo com outras pessoas.

— Não, eu não quero.

Não com a Marina que terminou comigo três anos atrás após eu insistir que um relacionamento a distância não era a melhor escolha. Não com a Marina que antes era minha amiga, mas agora era uma desconhecida. Não era porque ela sabia que eu odiava suco de abacaxi que isso a tornava especialista em Cleo Rodrigues. Não, a banda não tocava daquela maneira. Aquela Marina diante de mim não era a mesma de antes, eu não esperava que fosse. E por isso eu não me exporia, porque a Cleo de hoje não era a Cleo de antes.

— Ok, nós podemos ficar em silêncio até seu chocolate quente chegar.

— Ótima ideia. Sua primeira desde que a gente se encontrou.

— Ou — ela continuou, seus olhos reluzindo um desafio secreto — você pode me contar o que tem feito nos últimos três anos.

Fiquei em silêncio por alguns instantes, minhas unhas batucavam sobre a mesa de mármore e meus olhos fitavam uma pequena formiga correndo de um lado para o outro com uma migalha nas costas.

— Por que você voltou? — perguntei. Marina precisou se aprumar na cadeira e se inclinar para frente, a fim de ouvir o que eu havia dito. — Você fez o intercâmbio, voltou e...

— Meu pai foi transferido para Fortaleza — ela explicou ao cruzar os braços sob os seios. — Voltei do intercâmbio direto para lá.

— Sempre foi seu sonho — divaguei. — Viver fora do país. Por que não voltou para lá e fez faculdade?

— Porque, por mais que tenha amado passar um ano fora, não estava pronta para ser estrangeira por um longo período de tempo em um lugar tão diferente daqui — admitiu, o rosto bem marcado refletindo no vidro da lanchonete. Fitei-a por alguns instantes, convencida de que Marina estava ainda mais bonita desde que nos vimos pela última vez antes de tudo ir para os ares. — E aí escrevi alguns livros, publiquei e agora consigo me sustentar com a escrita.

Tamborilei os dedos sobre a mesa enquanto uma pergunta se formava em minha mente.

— Por que odontologia? Quer dizer, você é uma escritora bem-sucedida, não faz sentido.

Marina desviou o olhar para seus diversos anéis antes de responder.

— Porque é a minha saída segura. A minha mãe biológica, acho que você deve se lembrar, tem uma clínica odontológica. Caso isso tudo com a escrita dê errado...

— Você tem um plano B — completei o raciocínio. Marina assentiu, mas o assunto pareceu incomodá-la. — Sobre o que falam seus livros? — desviei o assunto. Marina arqueou a sobrancelha e se recostou mais fundo na cadeira.

— Você não leu nenhum?

— Eu deveria? — questionei sem emoção. Marina pigarreou e encarou o lado de fora, a chuva gotejando no asfalto. Ela parecia desconcertada, mas eu não me importava tanto naquele momento.

— São livros de romance e majoritariamente de mulheres se apaixonando por mulheres. Eu sou lésbica, você sabe bem que não é tão fácil achar livros assim — ela explicou. Apesar disso, e apesar de não admitir, eu sabia sobre o que Marina escrevia.

Quando seu primeiro lançamento ocorreu na Bienal do Livro no Rio de Janeiro, logo após voltar de viagem, acompanhei apenas de longe com Helena, que implorou para irmos como seu presente de aniversário. Não vi Marina em seu estande, autografando livros e sorrindo após ter escrito um best-seller. Apenas passeei com Helena e comprei algumas obras de suspense em um sebo por lá. Assim como prometi a mim mesma, não a stalkeei novamente, não busquei nada.

Depois daquilo, apenas ouvia em nossas rodas de amigos em comum como Marina era bem-sucedida, como seus livros ocupavam a lista de mais vendidos de jornais renomados, uma autora brasileira que conseguira aquele feito e por isso era reconhecida por leitores de romance.

Não tive coragem de ler nada seu, não quando eu sabia que ver minha ex-namorada escrever finais felizes me dilaceraria por dentro, a consciência de que não tivemos um sussurrando em meu ouvido que tudo aquilo era mentira. Talvez, hoje, já não me abalasse tanto, mas a Cleo de anos atrás ainda pedia tempo, então eu a respeitava.

Apesar de manter essa primeira justificativa para não ler nada de Marina para mim mesma, eu sabia que uma parte minha sentiria saudades, que ler suas piadas nos livros faria me sentir mais próxima dela, uma ilusão de conhecê-la melhor pelo tempo que ficamos distantes. Porque Marina estava longe, escrevendo sobre romances bonitos e amores coloridos, enquanto eu permanecia aqui, vivendo minha existência em paz, sem o tormento de sentimentos confusos demais assombrando meus dias. E sendo feliz, com alguns momentos conturbados nas últimas semanas.

— E você? — Marina questionou. Pisquei algumas vezes ao perceber que não ouvi uma palavra sequer de seu monólogo. — O que tem feito?

— Eu... hum... — gaguejei, mas fui interrompida pela garçonete, que colocou o chocolate quente diante de mim com um sorriso e uma empada na frente de Marina. — Você não vai tomar nada?

— Eu estou parando de tomar líquidos durante as refeições — Marina explicou após dar uma mordida generosa em seu lanche.

— Por quê?

— Não vai me dizer o que tem feito nos últimos anos? — ela perguntou novamente, um sorriso se estendendo em seu rosto. Controlei o ímpeto de limpar sua bochecha suja de farelo de empada.

— Faculdade, trabalho, nada demais.

— Ouvi dizer que você agora está traduzindo.

Larguei o canudo de papel sobre a mesa e arregalei os olhos em sua direção.

— Quem te contou isso?

— Lavínia.

— Ela te contou o que eu tenho traduzido?

— Não, mas deveria? Você está envolvida com crime organizado?

— Sim, eu sou o braço direito de um dos maiores traficantes de São Paulo.

— Uau, e mesmo assim não comprou um livro meu sequer?

Pisquei algumas vezes, mas não consegui controlar a risada que escapou por meus lábios. Marina também sorria, seus lábios cheios curvados de maneira infantil, como se ganhasse um prêmio toda vez que me fizesse sorrir.

— Talvez eu compre um livro seu — cantarolei. — Estou precisando de um novo porta-copo.

— Ai! Assim você me machuca. Pelo menos deixa na cabeceira — Marina dramatizou, colocando a mão sobre o peito em um gesto exagerado. — Ei, seu celular está tocando de novo. — Ela apontou para o aparelho em cima da mesa. Na tela, o mesmo número que me ligara antes tentava contato novamente. Engoli em seco e respirei fundo. — Eu perguntei sobre o crime organizado como brincadeira, mas você está meio pálida... Você está metida com algo perigoso?

— Eu só preciso atender isso rapidinho. — Levantei-me da mesa e andei até o outro lado da lanchonete, longe da visão de Marina e de seus olhos inquisidores. — Alô?

— Oi, Penelope. Você pediu para eu te ligar em meia hora, e acho que deu o tempo certinho.

— O senhor é bem pontual — comentei, meus olhos não deixaram a mesa onde Marina estava por um segundo sequer enquanto ela se sujava de empada de palmito.

— Obrigado. Bom, eu vou direto ao assunto: gostaria de contratar seus serviços.

Do outro lado da lanchonete, Marina atendeu seu celular. O rosto sério provavelmente espelhado no meu enquanto ouvia a voz do outro lado da linha.

— Meus serviços?

— Sim, meu colega falou sobre você, como informei antes, e gostaria de solicitar uma de suas pequenas cartas.

Meu coração acelerava no peito, a incredulidade batia à porta com força.

— O senhor gostaria de uma carta erótica? — perguntei a última parte em voz mais baixa, certificando-me de que ninguém me ouviria falar sobre sexo com um provável político.

— Isso, precisamente. Apesar de não ter lido o material que a senhorita enviou para meu colega, ele fez questão de dizer que os resultados foram... satisfatórios.

— Essa é uma forma de dizer.

— De qualquer maneira, o que acha da minha proposta? Me diga o valor que a senhorita cobra, o prazo e me peça as informações que quiser sobre a minha parceira e eu. Posso descrever detalhadamente, sem problemas.

— Senhor Hércules — comecei, a incerteza da maluquice começava a tomar forma. — Eu entendo que há um contrato de confidencialidade, imagino que o senhor Minotauro possa ter te passado também.

— Precisamente.

— Mas eu preciso de mais segurança. Não quero que o senhor saiba quem eu sou, nem quero saber quem o senhor é.

— A senhora está pedindo que eu, um senador visível aos olhos do público, não saiba quem você é, uma pessoa que está prestando serviços?

— Me parece mais seguro para nós dois — argumentei. — Caso isso se espalhe, não há como o senhor saber quem sou eu, nem eu saber quem é o senhor.

— Isso me parece interessante, apesar de garantir que o serviço não se espalhará — ele afirmou, seu tom levemente ameaçador.

— Não se depender de mim.

— Ótimo. Como funciona o seu trabalho?

Na mesa em que estava sentada há pouco, Marina apoiava a cabeça nas mãos, as costas subindo e descendo em respirações profundas. Ela só fazia aquilo quando estava muito cansada.

— Duas semanas para escrever a carta, eu cobro cem reais pela lauda e vou enviar um questionário para ajudar na escrita.

— Combinado — o senador Hércules comemorou do outro lado. — O que tem mais ou menos nesse questionário?

— Eu preciso saber de alguma situação específica sobre a qual eu possa escrever. Pode ser uma noite memorável, um encontro legal em que você tenha, hum, transado com essa pessoa. Ou quis transar. Posso me guiar a partir daí.

A linha permaneceu em silêncio por alguns instantes a ponto de me fazer questionar se esse diálogo sem pé nem cabeça era real. Eu realmente estava fazendo o orçamento de uma carta erótica para um senador? E o mais absurdo de tudo: aquela sequer era a primeira vez que eu fazia isso.

— Em uma trilha.

— Oi?

— Eu quero que a minha carta seja ambientada em uma trilha que fiz alguns meses atrás com ela. A senhora consegue?

Não!

— Sim, claro — concordei antes que pudesse me refrear. Precisava do dinheiro, precisava ajudar meus pais com qualquer outro gasto com meu avô, e se a forma de fazer isso fosse escrevendo cartas eróticas para políticos promíscuos (ou não), que fosse.

— E preciso da carta em dez dias.

— Hum, isso deixa um pouco difícil. — Precisei mudar o peso de uma perna para outra. Marina agora me encarava, seu rosto voltado em uma pergunta silenciosa: "Está tudo bem?". Assenti e virei-me de costas, subitamente consciente de que ainda conseguíamos nos falar com tão pouco movimento.

— Pode aumentar um pouco o valor, sem problema. Vou mandar o meu e-mail como mensagem anônima nesse celular e fico no aguardo do orçamento. Adeus, senhorita Penelope.

Pisquei, atônita, para meu telefone. Um endereço de e-mail brilhou na tela, indicando que a conversa não fora imaginada e que, sim, eu conseguiria dinheiro o suficiente para o exame de vovô e ainda por cima ajudar no mercado naquele mês.

A animação durou pouco ao me lembrar do sofrimento que fora a primeira carta. Eu tive duas semanas, agora tinha somente uma. E uma trilha? Quem transava no meio de um monte de planta e inseto? Como eu escreveria uma cena de sexo em uma trilha quando eu odiava trilhas... e insetos.

Voltei para a mesa com a cabeça a mil, meu corpo tenso pelo nervosismo.

— Tudo bem? — consegui perguntar para Marina ao perceber que ela parecia tão nervosa quanto eu.

— Era a minha agente. Preciso enviar a primeira versão do meu manuscrito para ela em dois meses, mas ainda não tenho quase nada. Pelo menos nada que eu goste — ela desabafou. — Estou escrevendo um livro que se passa em São Paulo, e é importante para mim, enquanto escritora, conhecer os lugares que eu escrevo.

— Você não pode, sei lá, usar o Google Maps? — perguntei com interesse.

— Posso, mas não quero. Não é meu processo de escrita fazer isso. Gosto de estar naquele lugar, tocar tudo, sentir como se fosse meus personagens, sabe?

Minha mente foi levada imediatamente à cena fictícia de Marina me prensando contra a parede de um banheiro sujo e me deixando gemer até que meus dedos dos pés se curvassem de prazer.

— Ahã, entendo perfeitamente.

— Bom, desculpa te encher com meus problemas. Aparentemente, vou precisar fazer alguns passeios por São Paulo para conhecer de novo essa cidade, mas dessa vez como uma maior de idade, com carro e fanfiqueira dos meus próprios personagens. Acho que vou começar indo visitar...

— Uma trilha — comentei de supetão. Marina me encarou em confusão, mas não consegui me refrear. A ideia estava se formando em minha mente, e Marina Fonseca poderia ser precisamente a pessoa da qual eu necessitava para minha próxima carta erótica.

Capítulo sete

EX-NAMORADAS FAZEM TRILHA SEM SE MATAR NO PROCESSO

Marina

O relógio analógico antigo batia em um canto esquerdo, a tela do computador iluminava todo o quarto escuro. Sem som algum ao meu redor, havia apenas as teclas ansiosas e o botão de deletar pressionado de uma vez, apagando boa parte do documento. Mordi a ponta da unha, o título do capítulo me encarava de volta, sorrindo em conforto, garantindo-me que tudo ficaria bem, eu só precisava *escrever*.

Era fácil para ele dizer, afinal de contas, apenas reproduzia o que minha mente incansável criava.

Afastei-me do computador, os ombros tensos após duas horas pesquisando imagens no Pinterest que pudessem me dar uma luz, qualquer luz, para o próximo conflito de minhas personagens.

E se elas forem para uma viagem e uma delas passar mal, precisando ser cuidada? Não, eu já havia feito isso no último conto.

Mas e se elas ainda se odiarem e precisarem fazer atividades em grupo juntas? Hum, isso me parecia interessante.

E se elas forem para uma trilha, uma delas tropeça e elas precisam aguardar juntas a equipe de resgate? E o melhor de tudo: elas ainda se odeiam! A ideia me parecia perfeita demais.

Espreguicei-me, jogando os braços para o alto em rendição pelo tempo sentada na cadeira que tanto me fizera companhia nos últimos anos. Nela, cada linha dos meus livros era desenhada, cada choro e gritos de estresse com os prazos apertados eram marcados em suas rodinhas e apoios. E naquele momento, o nome de Cleo voltava a assombrar o apoio das costas, onde tanto repousei quando as memórias de meu antigo namoro tomavam conta das páginas.

— Filha, o seu kit escrita — Stephanie chamou à porta. Virei-me para ela com um sorriso e peguei a pequena caixa com suco de acerola, pão com homus de grão de bico e um chocolate.

— O que seria de mim sem você? — choraminguei.

Deixei a pequena caixa ao lado do computador e me assustei quando Stephanie acendeu a luz, seu rosto sorridente iluminado, por fim. No quarto ao lado, meu pai participava de uma de suas palestras. Ele assistia a uma conferência japonesa, representando a BCN Brasil como um de seus jornalistas políticos. Apesar de ser onze da noite, nenhum de nós parecia disposto a dormir. Durante a madrugada, era comum que todos nós sentássemos juntos para comer e ver filmes de ação de alto orçamento.

— E a Cleo? Notícias do avô dela?

— Nada ainda. — Desviei o olhar para meu computador, centralizado e em fonte Times New Roman 12 estava: *CAPÍTULO SETE - QUE DROGA EU ESCREVO AQUI?*

— Vocês... hum... se entenderam? — Stephanie sondou. Eu sabia que ela e a mãe de Cleo mantinham contato, mesmo quando ainda morávamos em Fortaleza. Ela mentiu ao dizer que Cleo não estaria no almoço de família, e depois de uma discussão de alguns minutos assim que cheguei em casa após me certificar de que estavam todos melhores no hospital, tranquei-me no meu quarto até a hora do jantar, quando meu pai fez uma piada sem graça e tudo voltou ao normal.

— A Cleo me odeia, sabia? — ri sem graça. Levantei-me da cadeira e comecei a mexer na minha estante de livros, deixando meus olhos vagarem para qualquer lugar menos para os de Stephanie.

— Ela não te odeia...

— Odeia. E com razão. Nós terminamos mal e por culpa minha — argumentei, pousando meu indicador na lombada de um livro de romance que eu havia comprado por dez reais em um sebo. — Eu achei que, sei lá, pagar pelos guarda-chuvas seria algo para rirmos depois, não que ela fosse usar isso contra mim.

— Você não consegue precipitar como as outras pessoas reagirão ao que você faz, a vida real não funciona dessa forma.

— Sim, e é por isso mesmo que eu prefiro meus livros.

Stephanie riu, mas não havia tanto humor em seus olhos preocupados.

— Você passou muito tempo em Fortaleza presa no quarto escrevendo, agora que mudamos de ares, por que não retomar mais contato com seus antigos amigos?

— Eu fui para o bar um dia desses — apontei.

— Estamos aqui há três meses e você só saiu pela primeira vez há uma semana. Isso é simplesmente triste, levando em consideração que seus livros só falam sobre personagens que efetivamente vivem.

Cerrei os olhos em sua direção, uma resposta mal-educada na ponta da língua, mas me retraí. Stephanie ser psicóloga era uma droga às vezes, especialmente quando me usava como objeto para análise.

— Você prometeu que não ia me analisar mais — acusei.

— Eu não falo isso como psicóloga, falo como sua madrasta.

— Você sabe que é minha mãe, não sabe? — murmurei a contragosto, sem querer ceder.

— Sei, e sei que você tem outra mãe também.

— Ok, agora estamos entrando no palco da psicóloga. Não vamos falar sobre isso, por favor. — Fechei o rosto imediatamente, meu corpo se retraindo diante do fantasma de minha mãe me esperando do outro lado da cidade dali duas semanas para um dia de mãe e filha. Rá, uma ótima desculpa para uma tarde inteira de homofobia desenfreada e tentativas de me dizer que eu era mais bonita quando não tinha *piercings*.

— Respeito sua decisão. Agora, quer que eu te passe o telefone da mãe da Cleo? Eu tenho muitos pacientes amanhã, quase não vou ver meu celular.

— Não precisa. A Cleo me passou o contato dela hoje.

— Sério, por quê? — Stephanie questionou em um tom de voz alegre demais.

— Não sei.

Eu sabia perfeitamente. Enquanto ela conversava ansiosamente com alguém na lanchonete, recebi a ligação de Carlota, minha agente. Ela dizia, em um tom mais entusiasta possível, que estava esperando o manuscrito que eu prometera cinco meses atrás. Apesar de estar escrevendo efetivamente uma história, eu não gostava do andar da carruagem. Os personagens não pareciam reais, o amor era... bonito demais. Tudo era uma fórmula que me parecia estranha de seguir. Era difícil escrever um bom final feliz quando se havia acabado de sair de um relacionamento. Namíbia e eu terminamos há oito meses, desde então não tivemos qualquer contato, mas o término foi doloroso o suficiente para que eu não conseguisse escrever nada remotamente feliz quando, na realidade, eu havia ficado um caco por dentro.

E, sinceramente, escrever finais felizes após sair de um relacionamento abusivo era forçado demais naquele momento.

Isso até Cleo fazer "A Proposta". Ela parecia calma enquanto falava, mas eu sabia que seu cérebro lançava ideias uma atrás da outra, o tom sabichão de sua voz criando raízes em minha mente. Algumas pessoas poderiam achá-la arrogante, mas eu sabia que ela era simplesmente articulada, que, ao abrir a boca, o resto do mundo se calava para ouvi-la, que, ao sorrir, todos os outros também sorririam, porque fazê-la feliz era a maior conquista que qualquer pessoa do mundo teria. E eu tive, até estragar tudo.

— Eu tive uma ideia, ela é meio louca, mas preciso que você me ouça até o final — Cleo havia dito mais cedo após voltar à mesa.

— Ok, eu só não vou entrar nesse esquema criminoso que você parece estar organizando — comentei para melhorar o clima, mas Cleo apenas piscou algumas vezes e continuou:

— Eu estou escrevendo... hum... cartas de amor pra um contratante, ele está me pagando uma graninha, e por isso preciso fazer pesquisa de campo. Você está escrevendo um livro, precisa conhecer São Paulo melhor. A minha proposta é simples e direta: eu te levo para conhecer cada canto dessa cidade, contanto que você me ajude nessa carta que preciso escrever agora.

Eu me senti perdida, como se jogada no meio de uma história em andamento, com início, meio e fim definidos, mas sem que eu houvesse qualquer contexto.

— Você está escrevendo cartas de amor? — perguntei em incredulidade. Cleo assentiu como se fosse a coisa mais natural do mundo. Abri e fechei a boca algumas vezes, indecisa sobre as mil perguntas que viriam. — A troco de quê?

— Eu não questiono meus clientes, sabia?

— Eu simplesmente não acredito nisso... Não é mais fácil você assumir que quer me levar para um encontro? Eu aceito, obviamente.

Os olhos de Cleo inflamaram com uma cólera que eu só havia visto ser dirigida a uma senhora que derrubou seu nhoque no chão uma vez.

— Estou brincando! — falei antes que ela gritasse comigo. — Você é tão mal-humorada, cruzes.

— Você sabia disso antes de namorar comigo.

— Ótimo ponto.

— Eu só... — Cleo olhou para cima e suspirou antes de falar: — Eu perdi meu emprego, tá legal? Então a Paloma, uma colega minha, apareceu com esse *freela*. Era para ser uma tradução de uma carta que um deputado escreveu, mas ele gostou do que eu escrevi e... pelo visto me recomendou para um de seus colegas políticos. Você ouviu o que meus pais falaram, precisamos pagar os exames completos do vovô, a fila de espera está imensa e isso pode ser o que vai ajudar no diagnóstico do reumatismo. E por isso eu aceitei essa segunda carta. Preciso da grana.

— Uau, você está metida com criminosos, então.

— Quer saber? Isso foi burrice — Cleo disse e se levantou. — Obrigada por toda a ajuda com meu avô, diga a sua mãe que a minha adorou a almofada. A gente se vê.

— Cleo, calma! — chamei-a e consegui segurar seu braço antes que ela fosse embora. Seu olhar se dirigiu para onde eu a tocava, mas não a soltei até que estivéssemos sentadas novamente. — Eu só estou chocada. Quer dizer, você aparentemente não me suporta, então me faz uma proposta como essas, e aí eu descubro que você aparentemente é uma escrivã de políticos.

— Os gregos chamariam isso de poesia — ela murmurou. Abri um sorriso largo em sua direção e balancei a cabeça.

— Por que você quer que eu faça isso com você sendo que não me aguenta? Aposto que outras pessoas topariam tranquilamente sua proposta. Não que eu esteja reclamando, obviamente, mas... — perguntei, a honestidade em minha voz desconcertou Cleo, que se aprumou na cadeira antes de responder:

— Você precisa de um guia turístico, e eu preciso da companhia de alguém que eu conheça para essa presepada.

— Nenhuma das suas amigas consegue ir?

— Você topa ou não, escritora? — ela perguntou de uma vez.

— Topo — respondi de pronto, esticando a mão em sua direção. — E você vai me falar mais sobre o mercado de escrita de cartas românticas, parece que daria um ótimo livro.

Pisquei para a tela do computador, agora de volta ao meu quarto, um sorriso percorrendo meu rosto ao me lembrar das bochechas vermelhas de vergonha de Cleo e sua voz entusiasmada ao ver a ideia se formar em sua mente. Depois daquela conversa na lanchonete, fui embora para casa, minha mente alternando entre animação e ansiedade diante da perspectiva de sair novamente com Cleo (mesmo que fosse por motivos unicamente profissionais para as duas).

Agora, enquanto minha mente se revolvia com algumas ideias diferentes, selecionei as teclas do computador e apaguei todo o projeto no qual vinha trabalhando, suas palavras incompletas e não tão honestas se esvaindo no documento vazio.

Sorrindo de orelha a orelha, comecei novamente, agora com um pouco mais de certeza do que antes: DIÁRIO DE PASSEIOS COM A CLEO (OBS: NÃO SE APAIXONAR PELO SORRISO DELA DE NOVO).

Capítulo oito

TRILHAS SÃO PÉSSIMAS. SÉRIO, HORRÍVEIS

Cleo

Eu sempre odiei fazer trilhas. Corrigindo: as trilhas me odiavam. Subir uma ladeira imensa de terra e rocha até o topo, então passar vinte minutos lá em cima e descer? Não, obrigada, eu posso assistir a um documentário de um explorador fazendo isso – e tudo sem cansar, deitada no meu sofá e comendo doce de banana. Por isso, naquela manhã, horas antes do meu encontro profissional (que não era um encontro, apenas usei este nome porque é o mais aceitável no vocabulário brasileiro), cogitei mandar uma mensagem para Marina dizendo que aquilo não era necessário, que eu poderia abrir o Discovery Channel e assistir a um programa qualquer. Afinal de contas, diferente de minha ex-namorada, eu não precisava viver algo para escrever sobre.

É por isso mesmo que você escreveu uma carta erótica pensando nela, não é, Cleo?

— Prima, aqui. — Lavínia entrou no quarto com um par de tênis coloridos em mãos. — Tirei os tênis de corrida do seu armário, eles estavam muito empoeirados. Você sequer usou isso alguma vez na sua vida?

— Não. — Puxei o par de minha prima e o coloquei próximo às roupas que eu havia separado para a ocasião fatídica. Uma camiseta soltinha, um top preto, uma legging e meias com desenho de bananas dançando.

— Eu ainda não acredito que você vai fazer trilha com a Marina.

É, nem mesmo eu acreditava.

— Eu preciso da grana — argumentei. Lavínia não insistiu, sabendo que eu não falaria mais do que aquilo.

Marina era um tópico que eu evitava em casa, já não bastasse minha mente preenchendo cada segundo dos meus dias com o sorriso dela, os olhos alongados rindo para mim, os lábios de botão interessados em cada palavra que eu pronunciava… não, aquilo era demais.

— Ela caiu no seu papo de estar escrevendo cartas românticas?

— Elas não deixam de ser, então não é mentira. — Lavínia arqueou as sobrancelhas em minha direção. — Tá, mas o que eu ia dizer no meio de uma lanchonete? "Ah, sim, eu escrevo cartas eróticas agora".

— Eu acho que daria um papo muito legal.

— Eu não quero conversar com a Marina.

— Por isso você a chamou para sair? — ela provocou. — Pra ficar em silêncio, as duas se encarando com essa cara de boboca?

— Lavínia — suspirei olhando para o teto. — A Marina, aparentemente, é uma parte importante do meu processo criativo quando se trata da minha sexualidade, tá legal? Eu nem estou falando sobre precisar pensar nela para escrever, mas o sexo é muito mais lógico na minha cabeça com ela. Talvez, me lembrando da sensação que eu tinha, você sabe, *estando* com a Marina, me ajude.

— Só quero que você seja honesta consigo mesma, prima. Se você está fazendo isso porque quer se aproximar dela de novo, não tem problema admitir. Pessoas mudam, vai que vocês mudaram também — Lavínia tentou conversar, mas apenas neguei com a cabeça.

— É justamente porque eu mudei que sei que não vou confiar na Marina com a mesma rapidez. Olha só no que deu antes.

Depois de alguns minutos, com a conversa encerrada e minha mochila leve, apenas com água, alguns petiscos e um caderninho, dirigi-me ao metrô. Ao longe, o céu se tingia de cores mais fortes, o sol começava a dar seus sinais de vida em um mês frio de junho. Aprumei-me em meu corta-vento da faculdade, sabendo que a subida da trilha no norte da cidade me esquentaria.

Argh, trilhas!

Peguei meu celular quando consegui um lugar no metrô. Era domingo, quase ninguém estava acordado às oito horas da manhã para fazer exercícios físicos. Abri meu e-mail, relendo as instruções de seu Hércules, meu cliente, mais uma vez.

> De: hercules_3456@gmail.com
> Para: penelopeescritora@gmail.com
>
> *Querida Penelope,*
>
> *Em anexo está o contrato de confidencialidade preenchido e alterado, conforme a senhorita solicitou. Sobre o orçamento, está aprovado. Fico feliz que chegamos a um consenso tão rápido.*
>
> *Com relação às perguntas que a senhorita fez no e-mail anterior... nós fomos para a Trilha do Bocão, na zona norte de São Paulo. Apesar de eu não morar no estado, ela mora (não quero dar nome, eu apenas a chamo de Lariquinha). Transamos próximos à nascente subindo a trilha, acho que talvez seja um bom parâmetro. Ela usava uma calça legging vermelha, se eu não me engano, e o cabelo estava loiro na época. Acha que são informações boas o suficiente?*
>
> *Além disso, acredito que é importante dizer que precisamos fazer pouquíssimo barulho. Um grupo de pessoas estava próximo, isso só deixou ela mais excitada. Creio que esse seja o briefing necessário.*

Se houver qualquer outra dúvida, pode me contatar. Estou à disposição.

Obrigado novamente e fico no aguardo do primeiro rascunho.

Thanks,

Hércules.

Respirei fundo, tentando me conectar com a "deusa escritora interior" (como uma das youtubers que assisti nomeou), mas tudo o que consegui foi inspirar as mensagens que troquei com Marina até ali e expirar nervosismo puro. Como seria passar tanto tempo com ela novamente? Teríamos assuntos para conversar? E se ela estivesse namorando?

— Se controla, Cleo! — ralhei comigo mesma em voz alta sem perceber. Fui encarada de mau jeito por uma senhora sentada ao meu lado, que se levantou e mudou de assento. Como se eu fosse a única maluca nessa cidade a falar comigo mesma no metrô.

Durante a semana, desde a internação de meu avô, eu e Marina conversamos poucas vezes. Eu enviei o lugar para onde iríamos, onde nos encontrar e a que horas. Ela respondeu com uma figurinha de um cachorro sorrindo e perguntou se eu gostaria de fazer um piquenique lá em cima. Eu neguei no mesmo instante. Fazer trilha já era o suficiente, agora um piquenique era parecido demais com um encontro, e não daqueles profissionais. Nós precisávamos de limites, o que eu percebi ser levemente confuso quando se tratava de relações entre ex-namoradas.

Quer dizer, eu poderia perguntar sobre o clima, mas não trazer à tona o fato dela ter sentado na minha cara tantas vezes que meu nariz tinha uma pequena marca na ponte.

A voz robótica anunciou que eu havia chegado à estação, desci para a plataforma com o coração batendo acelerado no peito e minhas mãos suadas. Tudo daria certo, e se eu não quisesse fazer ou falar algo, poderia apenas me comunicar o mínimo. Marina nunca desrespeitou nenhum limite meu, eu sabia que ela atenderia qualquer medida que impusesse.

Eu havia chegado antes, e só me restava aguardá-la próxima à catraca, meus pés batucando o chão em um ritmo divertido, meus olhos vagando por todos os rostos ao meu redor. Fechei-os, começando a imaginar algo que pudesse me ajudar na carta. Talvez se eu escrevesse que Hércules abaixou só uma parte da calça, isso acontecia várias vezes nos livros de Lavínia. Quem sabe eu pudesse mencionar o som da água, sobre ele precisar se controlar para não a fazer gemer alto como gostaria. Isso talvez funcionasse.

— Você chegou cedo.

Abri os olhos. Diante de mim, Marina Fonseca sorria com a boca e com os olhos. Ela usava um moletom cinza e shorts de corrida justos, além de um tênis que parecia propício para trilhas.

— Um dos meus defeitos é chegar cedo demais ou atrasada demais — brinquei, tentando afastar de mim a ansiedade.

— Eu acho que isso é simplesmente natural de quem mora em cidade grande, é tempo demais para se locomover, as únicas opções são os extremos.

Permaneci em silêncio, apenas assenti com a cabeça. Marina me estudou por alguns instantes, um leve desconforto surgia em mim. Havia tanto a ser dito e nada. Eu não sabia por onde começar, o que falar, como enunciar... E se eu discorresse sobre a inflação? Ou sobre as traições de uma família de influencers que Lavínia não parou de comentar?

— Vamos? Eu pesquisei o caminho até a trilha na internet, é tranquilo chegar. — Marina quebrou o silêncio, indicando a saída da catraca com o queixo.

Segui-a de perto, comentando sobre o caminho até ali, sobre a saúde de vovô (melhor, obrigada, mas o médico pediu mais exames, para os quais não tínhamos dinheiro), sobre Lavínia (ela estava indo para a casa do namorado) e, por fim, sobre a família de influencers (Marina disse que era um absurdo dar atenção para famosos estúpidos, mas que era viciante demais fofocar). Quando chegamos à entrada da trilha, eu já estava sorrindo e dando risada da forma como ela se indignava com figuras midiáticas.

— E como alguém tem coragem de falar mal da Katy Perry? Quer dizer, ela revolucionou o pop.

— Você sabe que eu vou discordar disso, não é? — argumentei de volta ao passarmos pelo pequeno estacionamento até a subida de visitantes.

— Mas contra fatos não há discordância — ela rebateu.

— A Katy Perry pode ter sido interessante, mas ela não *revolucionou*.

— Fala isso pro canhão de peitos que ela fez. Você não reclamou quando eu me fantasiei de Katy Perry e coloquei uma lata de chantilly nos meus mamilos.

Precisei encarar o chão para que ela não visse o quanto meu rosto estava contorcido em um sorriso. Eu jamais reclamaria de Marina vestida de Katy Perry, era uma de minhas memórias favoritas.

— Bom, você quer parar um pouco aqui antes de subirmos? — Marina perguntou quando finalmente nos encontramos com outras pessoas na placa de início da trilha. Dali, subindo diversos degraus, estava a nossa caminhada. Naquele dia, o sol decidira brilhar, felizmente.

— Hã? Por quê?

— Você precisa escrever sua carta, não é? Não tem nada mais romântico do que uma placa de início de trilha — Marina comentou com um sorriso, apontando para a placa de madeira vermelha. Peguei meu celular do bolso e tirei uma foto, guardando em seguida.

— E você? — questionei ao adentrarmos na área estreita e tortuosa. As folhas e galhos se quebravam sob nossos pés até chegarmos aos degraus iniciais. O cheiro de natureza impregnou em minhas roupas, meu suor e meu ar, revolvendo meus pulmões com a atmosfera mais limpa que ele veria.

— O que tem eu?

— Nós viemos aqui para te ajudar a pensar em cenários para o seu livro novo, não é? — sondei. Marina assentiu. — Então, alguma ideia já despertou na sua cabeça criativa?

— Talvez eu coloque minhas personagens para discutir sobre a relevância da Katy Perry.

— Eu quero créditos nessa discussão.

— Você vai sair como vilã.

— Então eu vou estar no livro? — a pergunta saiu antes que eu pudesse me refrear. Marina sorriu de canto e deu de ombros.

— Se você não me matar até o final desse passeio, eu ficaria mais do que honrada em te ter na minha história.

Eu ainda odiava trilhas, mas talvez um pouco menos. Eu e Marina passamos os últimos vinte minutos conversando, nossos braços se encostando quando eu precisava desviar de algum pedregulho, um sorriso contido em meu rosto cada vez que a via suspirar e olhar o mapa em seu celular, verificando quanto tempo faltava para chegarmos.

— Quanto mais você olhar, mais longe vai parecer — alertei em algum momento, quando já chegávamos à metade da trilha. Estávamos ali por mais de quarenta minutos, e já observávamos algumas pessoas descendo, seus sorrisos contentes por terem finalizado aquele desafio.

— Ei, você está ouvindo esse barulho d'água? — ela perguntou subitamente. Parei de caminhar, os sons da natureza se mesclando à minha própria respiração ofegante. Ao fundo, quase como um sussurro, ouvi a água correndo na pedra.

— O meu contratante falou desse lugar — comentei, virando-me em direção à nascente sobre a qual Hércules havia mencionado.

Marina e eu saímos do caminho da trilha, seguindo por outra menor mais adentro da floresta. Observei os galhos das árvores mais baixos, os troncos retorcidos no chão e as folhas esparramadas como um lençol sobre a terra. No fundo, a água correndo. Antes de chegarmos à nascente em si, o terreno se abriu em uma clareira, com alguns bancos de pedra para os visitantes se sentarem e descansarem da caminhada cansativa. Ali, as copas das árvores ainda eram baixas, mas pareciam podadas.

Deixei a bolsa apoiada sobre uma das mesinhas de pedra e olhei ao redor, absorvendo um pouco da sinfonia daquele local.

— Eu consigo imaginar minhas personagens se apaixonando aqui — Marina comentou baixo ao meu lado. Não olhei para ela, evitando que meus olhos me traíssem. Eu queria perguntar como ela escreveria essa cena, o que as personagens sentiriam, mas me controlei e apenas peguei a garrafa d'água em minha bolsa, além do pequeno bloco de anotação. — Você trouxe papel para escrever?

— Claro que trouxe, eu precisava anotar minhas ideias — comentei com obviedade. Marina arqueou a sobrancelha com o piercing e balançou a cabeça em negativa.

— Você está no século 17, por acaso?

— Você que é tecnológica demais — desdenhei. — Além disso, eu e você sabemos que se estivéssemos no século 17, estaríamos mortas em uma fogueira.

— Uau, como é romântica — Marina brincou, seu olhar voltando novamente para a clareira ao nosso redor. Uma família entrou em seguida, tão abismados com a beleza verde daquele lugar quanto nós duas.

— Eu vou dar uma voltinha rapidinho, preciso pensar em algo específico para escrever — disse e me levantei do banco, deixando minhas coisas ali com ela.

Caminhei pelos troncos, mais próxima à nascente do que antes. A família já havia voltado à caminhada, as risadas das crianças sumindo ao longe. Apoiei a mão no tronco perto de mim, sentindo a textura das lascas de madeira. Algumas formigas corriam acima, em uma fila certeira.

Ali, imaginei, seria um ótimo lugar para se esconder. Virei-me de costas, e percebi que eu conseguiria enxergar quem entrasse, mas provavelmente não ocorreria o mesmo ao contrário.

— Marina, você pode vir aqui na linha da árvore, por favor? Mas na entrada — gritei por entre os troncos. Minha ex-namorada assentiu e correu até o local indicado por mim da clareira.

— Cadê você? Não enxergo! — ela respondeu em voz alta. Sorri e dei um tapa leve no tronco.

— Perfeito, era isso mesmo que eu queria confirmar. Obrigada.

Voltei a olhar para as árvores ao meu redor, uma ideia se formando em minha mente. Talvez colocar a Lariquinha, como o senhor Hércules a chamava, apoiada na árvore, de costas para ele, as mãos contra o tronco. Ele poderia dizer algo para ela sobre não fazer barulho, ele descreveria a sensação como quase sobrenatural... Hum, mas talvez aquilo fosse romântico-estilo-Alencar demais. O senhor Hércules, por nossa troca de e-mail, parecia ser mais bem-humorado. Usar um estilo mais piadista talvez fosse mais interessante e...

— "Eu quero que nos ouçam, mas ao mesmo tempo gostaria de manter seus gemidos implorando somente para mim"? — Marina leu em voz alta atrás de mim. Virei-me com a mão no peito, o papel esmagado contra meu top suado. — Cleo, você está escrevendo um livro?

— Meu Deus, Marina! — ralhei. Seus cabelos castanhos balançaram, os braços cruzados sob os seios e os olhos voltados com uma diversão maliciosa.

— Eu te assustei? Isso foi porque eu vi as perversões que você está escrevendo ou porque eu sou linda demais?

Revirei os olhos e segui novamente para a mesa, enfiando o papel escrito dentro da bolsa.

— Você é *tão* engraçada.

— Só uma das minhas qualidades — ela retrucou. — Mas sério, é um hobby seu ou... — Os olhos de minha ex-namorada se arregalaram em minha direção. — Essas são as cartas que você escreve?

— Marina...

— Você me trouxe aqui para escrever cartas para alguma outra namorada? — Marina perguntou mais uma vez, interrompendo minha tentativa de desviar do assunto.

Eu tinha duas opções diante de mim: mentir ou falar a verdade. Dizer para Marina que eu escrevia cartas eróticas para uma namorada ou falar que, como trabalho, eu escrevia cartas eróticas para deputados e a primeira que eu havia escrito fora inspirada em uma imagem muito vívida dela me fodendo em um banheiro.

— Sim — disparei. — Quer dizer, não, mas sim.

Marina arqueou a sobrancelha, sua expressão caindo levemente.

— Eu escrevo cartas de amor pro meu contratante, mas eu, hum, escrevo outro tipo de carta pra minha, er, hum, contatinho.

A mentira deslizou como um carro a duzentos por hora em uma rua cheia de paralelepípedos. Marina assentiu e desviou o olhar para a nascente.

E ali ficamos, Marina voltou à mesa, e eu encarei a árvore novamente, a mentira pesando em meus ombros. Peguei meu celular e anotei mais algumas ideias, porém com plena consciência de que o momento havia acabado. Suspirei e caminhei de volta para a mesa. Marina agora encarava seu telefone, os dedos se movendo rapidamente e o cenho franzido em direção à tela.

— Vamos voltar a andar? — perguntei. Marina olhou para mim, a sombra de confusão em seu semblante sumiu por alguns instantes.

Voltamos a caminhar em silêncio, as risadas de outras pessoas preenchendo a falta de diálogo que nos envolvia. As árvores se abriam cada vez mais, a vegetação dando espaço para mais terreno e menos troncos. Acompanhei o som de minha respiração, o suor em minhas têmporas e costas descendo por meu corpo junto com a sensação desconfortável de que Marina não queria conversar.

— Você sabia que eu consigo falar os 196 países do mundo? — disse subitamente ao passarmos por um casal de alemães. Marina me encarou com as sobrancelhas arqueadas.

— Eu não sabia, mas que incrível. Eu devo saber uns trinta, isso sendo muito otimista — ela riu, e aquela bolha de desconforto sumiu ao nosso redor.

— Precisei de quase um mês de treino, o Google Maps virou meu melhor amigo.

Voltamos a caminhar silenciosamente, mas agora em um confortável, do tipo que dava espaço para nossos pensamentos, sem a necessidade de preencher lacunas com qualquer outra coisa que não respirações longas e suspiros cansados.

— Me perdoa por me meter na sua vida amorosa — Marina comentou no exato momento em que chegamos aos últimos degraus da trilha. A vista me impediu de responder um pedido de desculpas sincero por uma razão mentirosa.

Diante de nós, quilômetros e quilômetros de terra se estendiam, a vegetação entrecortada milimetricamente por agricultores. Ao longe, perdendo-se na linha do horizonte, estava a metrópole. Abaixo de nós, as pedras enormes se amontoavam umas sobre as outras, em uma escada imensa criada pelo tempo. Pisquei algumas vezes, compreendendo aos poucos o motivo dos sorrisos das pessoas que haviam descido enquanto subíamos.

— Isso é… deslumbrante — Marina foi quem cortou o vento, sua voz melodiosa cantando junto com a reverência da brisa. Meus cabelos se moviam de um lado para o outro, tentando bloquear minha visão, como se encarar aquela paisagem fosse muito para minha vista, então a solução seria me proteger de algo grande demais para meus olhos humanos.

— Eu não sei nem o que dizer — concordei.

Marina me encarou de soslaio, um olho fechado por causa do sol em nossas cabeças.

— Acha que essa visão entraria na sua carta?

— Não. Eu quero manter isso só pra mim.

Mesmo que eu não pudesse confirmar, tinha quase certeza de que Marina sorria para o chão.

Capítulo nove

SE PUDER, EVITE JOGAR SINUCA COM SUA EX-NAMORADA SUPER COMPETITIVA

Cleo

— Você teve quatro anos para aprender a jogar sinuca, não vou ter pena agora, Cleo.

— Ah, por que não vem aqui dar uma sugada na minha-

— Cleo, esses lá são modos de falar? — Helena ralhou comigo ao mesmo tempo que Marina encaçapava outra bola. Fechei a cara para minha amiga, que se apoiava no taco de sinuca com um sorriso frouxo.

— Desde quando você é a boa senhora da linguagem polida? — provoquei, meus olhos não se desviaram um segundo sequer dos movimentos de Marina ao redor da mesa, buscando uma nova bola para atingir na caçapa. De novo. Pela terceira vez seguida.

— Desde nunca, mas eu estou me fingindo de boa moça para a Marina não achar que somos todas ogras, como você.

— Não se preocupe, Helena — Marina riu ao levantar o olhar para me encarar, sem desviar a atenção da bola verde. Seu corpo estava inclinado sobre a mesa, os seios justos pela pressão da madeira contra a regata preta. — Eu sei muito bem o quão boca suja a Cleo consegue ser. — E mais uma bola encaçapada.

Desviei o olhar para um grupo de pessoas jogando Wii-Games no mesmo bar que viemos alguns dias atrás, quando encontrei Marina pela primeira vez. Aparentemente, aquele estava se tornando um *point* de pessoas LGBTQIA+ alinhadas ao feminino.

— Cleo, sua vez — Marina me chamou, sua voz próxima. Virei-me e a observei me encarando de lado, seu piercing reluzindo na luz avermelhada da mesa de sinuca. Suspirei e a empurrei para o lado com o taco. Ela e Helena trocaram risadas calorosas com minha reação, mas me recusei a esboçar um sorriso sequer, não importasse o quão charmosa era a melodia da voz de Marina.

Alonguei os ombros e escolhi a bola roxa, preparando-me para atingi-la com a branca. Se havia termo técnico para aquilo, eu não sabia. Como Marina fez questão de me lembrar, aprender sinuca não fora sequer um objetivo próximo nos últimos anos.

— Que pena! — Marina lamentou falsamente quando a bola bateu longe de seu objetivo. — Talvez um pouco mais de prática.

Arqueei a sobrancelha em sua direção, minhas narinas inflamadas pela competitividade que eu não conseguiria sustentar, já que era péssima na sinuca.

— Eu vou pegar um refri, vocês querem alguma coisa? — Helena ofereceu ao errar sua bola. Como Marina era a próxima, sabíamos que ela ficaria pelo menos duas rodadas até errar.

— Eu quero mais uma cerveja — Marina pediu. Eu assenti, pedindo outra para mim também.

— Sabe, você era menos petulante e competitiva antes — comentei desinteressada quando Helena se dirigiu ao balcão.

Após irmos embora da trilha, Marina e eu concordamos em almoçar algo, e a ideia de passar aqui foi satisfatória para as duas, já que havia opções vegetarianas o suficiente para mim.

— Eu estava me resguardando para não ferir seus sentimentos — ela brincou.

Aproximei-me dela quando estava prestes a fazer sua jogada e me agachei ao seu lado, os antebraços apoiados na mesa de madeira.

— Isso não é permiti-

Marina tentou argumentar, mas parou ao me ver tão próxima. Pisquei preguiçosamente em sua direção e abri um sorriso lento.

— O que não é permitido? — perguntei, apontando a cabeça para a mesa. — Eu me apoiar na mesa ou você ficar me encarando desse jeito?

Talvez fossem as cervejas, talvez fosse ter passado um dia inteiro ao lado de Marina, fosse o que fosse, as fagulhas de excitação em meu pescoço me lembravam que flertar daquela maneira era divertido, e percebi, com espanto, que eu não me divertia flertando há algum tempo.

— Cleo, se o seu plano é me distrair com sua boca e com os seus peitos praticamente na minha cara, isso não vai funcionar — Marina retrucou no mesmo tom de voz baixo, os olhos desviaram do meu unicamente para descer aos meus lábios, voltando para cima tão rapidamente que eu poderia ter inventado tudo. E talvez tenha. A cerveja tem poderes mágicos em nosso consciente.

— Não estou te distraindo de propósito, mas é bom saber que você ainda gosta dos meus peitos — comentei por fim e me levantei, voltando ao outro lado da mesa. Marina retornou a atenção para a bola prestes a ser encaçapada, mas errou por pouco. Abri um sorriso vitorioso e dei de ombros quando ela me encarou com o cenho franzido. — O que eu posso dizer? Talvez você deva praticar mais.

— Cheguei! — Helena entregou uma cerveja para cada e bebericou seu refrigerante em lata. Tomei um gole ainda olhando para Marina, que sustentou meu olhar por tempo o suficiente para me constranger, se eu não a conhecesse bem.

Durante o dia, o que achei que seria desconfortável na verdade se tornou quase divertido. A parte boa de conhecer alguém há tanto tempo era ser capaz de captar sinais e gestos que não seriam possíveis com pessoas desconhecidas. E eu sabia que Marina amava ganhar, mas era necessária apenas uma demonstração de intimidade para deixá-la fora de eixo.

— Eu acho que preciso ir embora — comentei ao deixar o taco de sinuca novamente em seu apoio na parede.

— Por quê? — Marina perguntou tão rápido que Helena mal teve tempo de acompanhá-la.

— Eu tenho que escrever, além disso, está ficando tarde. Não gosto de voltar para casa à noite no domingo, e estou com saudades da minha prima.

— Vocês são um grude — Helena comentou com uma risada. — Ok, meu amor. Eu vou esperar o meu cara da semana vir me buscar, vamos jantar fora hoje.

— Eu te acompanho até o metrô — Marina se ofereceu. Neguei com a cabeça, já sacando minha carteira da bolsa para pagar as duas cervejas que consumi.

— Não precisa, é aqui do lado.

— Já está escurecendo, e a Paulista não é o lugar mais seguro para você andar sozinha.

— Mas você vai voltar sozinha pra cá. E se for assaltada?

— Aí eu seduzo o assaltante com meus dotes para jogar sinuca.

— Depois dessa sua última jogada? Melhor pensar em outra saída.

Caminhamos silenciosamente até a entrada do metrô. Encarei meus pés e voltei meu olhar para ela, querendo dizer tudo e nada ao mesmo tempo.

— Obrigada — falamos em uníssono. Marina balançou a cabeça, os cabelos presos em um coque se movimentando junto.

— Foi bem legal — ela inteirou. — Espero que você tenha conseguido o material que precisava para as suas cartas.

— Consegui — menti em parte.

— Acho que sua namorada vai ficar feliz com a carta — ela comentou.

— Ela não é a minha…

— Você escreve bem, deu pra perceber pelo pouco que eu li. Só evite falar sobre ser apertada ou rosada. — Chegamos ao metrô, o letreiro da estação nos cumprimentando. Marina levantou a mão para acenar, mas desistiu na metade do caminho e se aproximou. Sua boca pairava ao lado de minha bochecha, os fios de cabelo tocando meu rosto com suavidade. — Espero que aquele nosso joguinho na mesa de sinuca te ajude a escrever sua carta. A cara que você fez pra mim definitivamente faria qualquer pessoa se derreter em dois segundos. Mesmo que para me distrair de acertar.

E tão rápido quanto veio, ela estava indo embora, acenando e sorrindo em minha direção ingenuamente, como se não fosse a causadora do tremor em minhas pernas com sua partida.

Apesar do que poderia parecer à primeira vista, era possível que eu escrevesse uma carta erótica de um homem cis para uma mulher cis pensando em minha ex-namorada me virando do avesso. E mesmo que o esquema da primeira carta fosse daquela maneira, ao anoitecer, quando o relógio bateu à meia-noite e o sono começou a rastejar por minhas pálpebras, não pensava mais em Marina comigo ou imaginava a figura extraterrestre de Hércules fodendo alguém contra um tronco de árvore.

Mais do que isso, tudo havia se tornado sentimento. Em vez de focar em pessoas realizando ações, voltei-me para possíveis sensações. Como eu me sentiria estando no lugar daquela mulher. No toque da árvore, no perigo iminente de ser vista e na vontade imensa de gozar antes que alguém aparecesse. O conceito de rapidinha nunca me agradou, mas isso não significava que eu não pudesse escrever uma rapidinha.

Ao começar a digitar, as palavras fluíram com muito mais facilidade do que na primeira carta. Faltando apenas três dias para o prazo final de entrega, eu conseguia articular muito mais facilmente minhas ideias, uma vez que fui à trilha. Marina estava certa, escrever sobre lugares que eu já havia conhecido e precisava representar com fidelidade era muito mais fácil.

> Querida Lariquinha [observação para Hércules: substituir pelo que preferir],
>
> Você sabe bem o quanto eu gosto de brincar, como me divertir com você é parte essencial do meu humor e da razão para minhas gracinhas. Mas eu nem sempre digo o quanto os momentos sérios ao seu lado são muito mais importantes do que as risadas.
>
> Como quando fomos à trilha lá em São Paulo. Mesmo sem viver nessa cidade caótica, você me levou a um lugar de paz. E lá mesmo a tirou de mim, deixando-me exposto e XXXXXXXX [obs. pra mim: adicionar algo aqui, não sei o quê...].
>
> Às vezes, quando a vida real me chama (mesmo que eu só queira ignorá-la), eu volto para aquele momento, com suas mãos apoiadas na árvore mais distante da clareira, suas pernas diante de mim e suas costas arqueadas em suor. Talvez você não se lembre, mas pra mim sempre foi impossível esquecer.
>
> Se eu fechar bem os olhos, consigo imaginar você se abrindo ao meu redor, seus gemidos baixos para evitar que outras pessoas nos ouvissem, seu cabelo em minha mão e minha boca em seu ouvido, pedindo pra você gozar bem baixo só pra mim.
>
> Queria que você pudesse ver seu próprio rosto enquanto se aperta no meu pau. Queria que você sentisse o que eu sinto quando gozo dentro de você. É gostoso pra caralho, Lariquinha [obs. Novamente: adicionar aqui o nome que quiser]. Você é gostosa pra caralho. E não tem nada que eu queira mais que te foder de novo, te comer devagar, do jeito que você brinca que odeia, mas eu sei que gosta.
>
> Mas eu sou apenas um brincalhão, não é? Te fiz rir lendo essas palavras? Ou consegui passar em cada linha o quanto te comer é o que eu gostaria de fazer todos os dias da minha vida?

Respirei para tomar um gole d'água, minhas mãos suavam diante da carta, meu peito subia e descia devagar com cada palavra, torcendo para que Hércules realmente se sentisse daquela maneira. Ele parecia ser bem mais explícito do que Minotauro, o que era bom.

Apoiei a cabeça contra a parede do quarto, o travesseiro em minhas coxas impedia o calor do computador do contato direto com minha pele.

Eu quis que alguém aparecesse.

Voltei a digitar.

> Que alguém te visse com as pernas bem abertas, como um banquete só meu. Que parasse diante de nós dois e não conseguisse desviar os olhos, talvez em choque, talvez de tesão com sua buceta [obs. para Hércules: prefere com "u" ou com "o"? A letra "o" seria o mais correto gramaticalmente, mas na versão vulgar, o "u" é mais aceito] pingando, tão gostosa de colocar na boca, de lamber até cansar. Mas você nunca cansa, não é? Sempre pede mais, nunca satisfeita com um caralho cheio de porra na sua...

— Estou indo dormir! — Lavínia chamou à porta.

— Ok, boa noite — consegui apenas dizer Deixei o computador de lado e tomei mais um gole d'água.

Ao mesmo tempo, uma mensagem apitava em meu celular. Abri o aplicativo no computador enquanto corrigia alguns léxicos na carta, desviando a atenção momentaneamente para as mensagens de Marina.

Sempre pede mais, nunca satisfeita com um caralho cheio de porra na sua...

— Ah, meu Deus! — gritei em puro terror ao perceber que havia copiado a mensagem e colado sem querer no chat com Marina.

Tentei apagar a mensagem antes que ela visse aquela pouca vergonha, mas Marina ainda estava digitando quando enviei, então parou e voltou a digitar.

Você mal me pagou um jantar e já está ameaçando me encher de porra?

Ah.

Meu.

Deus.

Afastei-me do computador com o coração acelerado. O que diria?

Foi engano, digitei o mais rápido possível, o som de meus batimentos rugindo em meus ouvidos.

Tem certeza? Eu não nego uma boa porra, Cleo.

Para de falar a palavra porra, Marina Fonseca!

O que vc prefere que eu fale?

— Esse é o pior dia da minha vida — murmurei estupefata diante do meu computador. Como eu havia chegado àquilo?

Eu prefiro que vc finja que nada disso aconteceu...

É meio difícil fingir que minha ex-namorada não acabou de me enviar uma mensagem pedindo pra me encher de P O R R A

Eu vou te bloquear, ameacei.

Ok, perdão. Obrigada pelo dia de hoje, Marina digitara.

Vc já disse isso mais cedo. Voltei meu olhar para o computador.

Quis dizer de novo

Uau, faz tempo que você não vê gente e se diverte, se o seu programa tão feliz foi sair com sua ex-namorada.

Hj foi a segunda vez que eu saí desde que voltei pra São Paulo.

Permaneci encarando a tela do computador, Marina digitava e apagava o que quer que estivesse escrevendo.

Fico feliz em ser uma boa guia. Tem algum lugar que você queira visitar pra sua história?, perguntei.

Na verdade, sim. Você já foi pra uma roda de samba?

Não, mas estou disposta a te envergonhar na frente das outras pessoas, eu topo!

Ótimo, então tá combinado. Vou ver minha mãe (a biológica) sexta que vem, que tal à noite depois do pior dia da minha vida?

Soltei uma risada nasalada com o drama de Marina, mas me mantive focada na última informação da mensagem.

Sua mãe ainda não aceita que vc seja lésbica?

Ainda não começaram a cair hambúrgueres do céu e as vacas ainda não voam, então, não

Sinto muito, Marina.

Eu também. Te vejo semana que vem, Cleo. Boa sorte com a sua carta. Se vc quiser uma leitura amiga, me avisa, eu ficaria honrada em ler o que vc escreve, com porra e tudo

Kkkkkk boa noite, Marina.

Joguei-me de costas na cama, sentindo-me quente. Eu sairia novamente com Marina, e dessa vez para ajudá-la com seu livro. E o mais assustador de tudo era o quão fácil foi dizer sim para ela.

Boa noite, Cleo. Sonhe com mesas de sinuca.

Capítulo dez

POR QUE AS PESSOAS GOSTAM DE LIVROS COM MAFIOSOS? EU TE EXPLICO!

Cleo

O hospital havia se tornado uma memória constante nos últimos dias. Sorrir para a enfermeira plantonista da tarde era tão natural quanto desviar do pequeno buraco no chão entre o estacionamento e a entrada para visitantes. Em alguns dias, como hoje, o céu estava mais claro e o cheiro de algumas folhas caídas no chão rodopiava por quem esperava sentado pela notícia de algum parente. Em outros dias, com a garoa salpicando o concreto e levando as folhas para longe, eu podia observar algumas pessoas sentadas no canto, chorando desoladas o fim de quem havia entrado por aquelas portas e não voltaria mais. Naqueles momentos, eu me forçava a desviar o olhar e permanecer indiferente. Talvez tenha me acostumado bem demais.

— Finalmente o seu avô vai receber alta! — mamãe comemorou ao meu lado. Sorri para ela e a abracei.

— Pena que o papai não conseguiu sair do trabalho pra vir buscá-lo — lamentei. Meu pai não conseguiu deixar a mercearia naquele dia, já que um dos funcionários havia ficado doente, então decidi acompanhar mamãe para buscar meu avô.

Com três exames de imagem feitos, eu havia conseguido pagar apenas dois. Papai e mamãe desembolsaram o terceiro. A mãe de Lavínia ficou responsável por comprar a cadeira de rodas que agora *nonno* precisaria para se locomover a lugares distantes por um tempo, cortesia do diagnóstico de reumatismo que recebeu alguns dias antes. Por isso havia caído, sentiu uma dor enorme na mão, acabou tropeçando em uma das caixas de gelo e se machucado. Descobrimos, ainda que sem muita surpresa, mas com eterna injúria, que vovô já sentia dores há pelo menos três meses nas mãos e em uma das pernas. *Nonna* estava preparando um almoço especial para a chegada dele, e eu imaginava que também uma discussão imensa sobre as irresponsabilidades dele.

— Olha só, quanta risada! — comentei ao entrar no quarto 34, encontrando meu avô sorridente em uma cadeira de rodas do hospital. A enfermeira ao seu lado também sorriu em nossa direção. — Vejo que está pronto pra levar uma bronca imensa da vovó.

— Ahhh, daquela velha? Eu cuido dela. Ela me conhece há tempo o suficiente pra saber que essa discussão vai acabar em uma pergunta sobre o jantar — vovô desdenhou.

Ao meu lado, minha mãe já pegava a mala dele, assim como alguns outros itens de higiene. Não havia outras pessoas naquela sala, apesar de diversos leitos vazios.

— É com todo o carinho que eu digo, senhor: espero nunca mais te ver por aqui, ok? — a enfermeira brincou, empurrando a cadeira de rodas para fora.

Da saída do quarto até a saída para cadeirantes, vovô ia cumprimentando e acenando para todos, como se fosse o Silvio Santos da saúde pública brasileira. Mamãe apenas balançava a cabeça, resignada com o quão político ele conseguia ser.

Eu sorria livremente, feliz por tê-lo novamente em casa e seguro. Os remédios eram, em sua maioria, cobertos pelo SUS. E apesar de todo o apoio, mamãe insistiu que vovô fizesse suas consultas de rotina em um médico particular, já que as filas de espera eram grandes demais para um senhor com a saúde como a dele. Era meu objetivo diário postergar o momento em que a ficha caísse, quando eu perceberia que ajudar *nonno* no cotidiano não seria possível. Tomada por uma súbita angústia, peguei meu celular e abri a caixa de e-mail enquanto meu avô se despedia da enfermeira plantonista.

— A senhorita é um anjo! Obrigada. Agora vou para casa levar um esporro da velha, dá pra acreditar?

> *Agradecemos o interesse, mas infelizmente já preenchemos a vaga. Apesar disso, gostaria de deixar o seu nome no nosso banco de...*

Fechei o aplicativo.

Mais uma recusa. Outra. E outra.

Entrei no carro, tentando me concentrar no bem-estar de vovô e menos na decadência trabalhista (apesar de que, na minha cabeça, os dois fossem extremamente similares).

— O que você fez enquanto eu estava prestes a ir dar um passeio com Jesus Cristo? — vovô perguntou, o drama teatral escorrendo por sua voz cansada após tanto esforço. Encarei-o pelo retrovisor do banco do carona e dei uma risada.

— Eu pedi pra Jesus Cristo não te deixar ir dar um passeio com ele.

— Isso é egoísmo.

— Posso retirar a minha prece — disparei. Vovô soltou uma gargalhada alta, mas mamãe foi rápida em me dar um tapa estalado na coxa. — Ai!

— Isso lá é jeito de falar com o seu Almir? — ela ralhou, estava brava de verdade.

— Deixa ela, sargenta. Eu que dei essa liberdade pra *fragolina* falar desse jeito comigo. Se ela prometer não cuspir no meu caixão, já é o suficiente.

Em uma tentativa óbvia de acabar com o assunto, minha mãe ligou o rádio de notícias e voltou a se fixar na rua. Sorri para vovô pelo retrovisor mais uma vez e falei mais alto do que o radialista:

— A Lavínia mandou um beijo pro senhor.

— Manda outro pra ela, a garota do olho bonito. Ai, ai, eu me lembro quando vocês duas corriam pela casa, era o inferno na terra. Ainda bem que cresceram.

— O senhor é a única pessoa que comemora quando uma criança cresce, sabia? — mamãe comentou com uma risada, diminuindo o volume.

— É que agora eu posso falar palavrão na frente delas sem você ficar me encarando torto, norinha.

— Eu ainda encaro torto.

Sorri para meu próprio colo, aliviada. Ao chegarmos à casa de vovô, ao lado da casa de meus pais, desci prontamente para ajudá-lo a sair do carro. Sob a luz do sol pálido, consegui ver as diferenças do seu Almir que havia entrado no hospital. Os olhos mais fundos e cansados, os lábios secos e o cabelo frágil. Seus movimentos eram mais lentos, os ombros curvados para frente, como se o peso de seu próprio corpo fosse um fardo já alto demais para ser sustentado por sua coluna.

— Parem de me olhar assim — vovô reclamou. Observei mamãe, que parecia tão confusa quanto eu. — Como se eu fosse *un cazzo* de um caquético. Prefiro morrer a ficar aqui, parado, vendo vocês me olharem desse jeito.

— Nem fala uma coisa dessas, seu Almir! — mamãe brigou. — A gente tá te olhando desse jeito porque ficamos preocupadas, porque o senhor é nossa família.

— *Chissenefrega*! Quanto drama — ele bufou e passou pelo portão. Mamãe deu de ombros em minha direção, resignação em seus olhos otimistas.

Antes que entrássemos na cozinha, já era possível ouvir vovó gritando pelos cantos. Fiz uma careta, imaginando que aquilo não faria tão bem para ele, que já tinha problemas do coração há algum tempo.

— Você perdeu a cabeça, Almir? — dona Zilu gritou. Encarei minha avó, que automaticamente pacificou o olhar ao me ver parada ali. — Minha neta, tudo bem? Vão ficar pra almoçar? Sua mãe veio?

— Veio sim — assenti, já me colocando ao lado de vovô, que havia se sentado em sua cadeira habitual à mesa. — Nós vamos embora, ela precisa voltar pro trabalho e eu preciso *procurar* um.

— Viu só? Foi esse tipo de neta que eu criei — vovô comentou com orgulho. — Uma que trabalha, e trabalho honesto, hein? Ela não é que nem esses jovens que ficam se expondo na internet, falando baixaria e pornografia por uns trocados.

Aquela havia doído.

— Bom, vamos indo? — Mamãe apareceu à porta da cozinha, cumprimentando vovó no caminho. — Está tudo certo aí, seu Almir?

— Vocês bem que podiam trazer aquela enfermeira pra cá, né? Ela era...

Saímos no instante em que vovó o interrompeu para brigar novamente. Fechamos o portão atrás de nós com risadas, sabendo que meu avô havia falado de propósito para irritá-la.

Mamãe me deixou no metrô e se despediu com um abraço carinhoso, pedindo que eu fosse visitá-los logo. Saí do carro com o coração tomado por uma estabilidade diferente, uma que só vinha do caos assegurador da minha família. Nada havia mudado ali.

Peguei meu celular e decidi ler as notícias. O de sempre: políticos envolvidos em esquemas de corrupção, milicianos em brigas de poder e eventualmente um famoso sendo cancelado por ser sem noção. Enquanto lia sobre uma nova Comissão Parlamentar de Inquérito sobre esquemas de lavagem de dinheiro, a voz robótica avisava que já estava em minha estação. Desci apressada, cortando as ruas com o fôlego de quem só queria chegar logo em casa. Parei na portaria e levei um susto quando uma pessoa passou por mim com pressa, derrubando meu molho de chaves. Subi as escadas xingando em todos os idiomas que conhecia o maldito que inventou que paulista era educado. Pelo menos Lavínia ainda estava no trabalho, e o espaço era só meu. Peguei meu computador no quarto e me dirigi à sala, pronta para finalizar o último parágrafo da carta do seu Hércules.

Ela não é que nem esses jovens que ficam se expondo na internet, falando baixaria e pornografia por uns trocados.

— Desculpa te desapontar, vovô, mas foi a baixaria que pagou seu último exame — suspirei ao abrir o documento.

A carta estava praticamente pronta, apesar disso, eu sentia que faltava algo, que o que estava escrito ali não era totalmente bom. Não que eu fosse uma má escritora, não mesmo, afinal de contas, eu agradei meu contratante, isso que importava. Talvez Marina pudesse me dar alguns conselhos... Mas isso infringiria o acordo mútuo que fiz com as vozes da minha cabeça de não pensar em Marina fora de nossos encontros profissionais, evitando assim um desastre óbvio.

Deixei o computador de lado e corri para o quarto de Lavínia, pegando um dos livros que ela tinha recomendado como referência de romances eróticos. Ali, encontraria respostas. Marina podia ser uma boa escritora (não que eu houvesse lido seus livros, não sei se o faria algum dia), mas outros escritores também poderiam me ajudar.

Abri a primeira página e deixei que meus olhos se grudassem à narrativa de uma moça que estava precisando de dinheiro (completamente compreensível) e por isso aceitou fazer um trabalho pequeno e inocente para um mafioso (comecei a me preocupar com a narrativa por aqui). Avançando mais setenta páginas do livro, ela já estava transando loucamente com o inimigo do mafioso inicial, que a havia sequestrado e pedido para que ela fosse uma infiltrada. Apesar da confusão do enredo e da falta de credibilidade em cada parágrafo, a primeira cena de sexo mais descritiva foi interessante. Cruzei as pernas, controlando um pulsar tímido que me pegou desprevenida ao ler, de forma muito clara, que o homem mordia os mamilos da heroína a ponto de deixá-los roxos.

Marina se divertia fazendo aquilo comigo.

Fechei o livro, largando-o sobre o sofá, o peito subindo um pouco mais rápido e minhas costas pinicando de suor. Fitei aquelas páginas como se pudessem entrar em combustão. Eu não deveria ler um livro daquele querendo que fossem as mãos de Marina tirando minha calcinha ou sua boca em meu pescoço, sua língua deslizando desde o lóbulo da orelha até meu queixo.

Aproximei-me do livro novamente, pronta para arremessá-lo pela janela, mas sentei-me novamente e o abri, como se a qualquer momento alguém aparecesse na porta dizendo: "Ei, eu sei que você está lendo um pornozão às duas da tarde de um dia útil!".

Respirei fundo e voltei a ler, minhas mãos um pouco suadas.

— Para de me apertar assim — ele rosnou, o corpo inteiro cobria o meu de maneira possessiva, sua mão espalmada em minhas costelas enquanto os lábios resvalavam nos meus, os beijos tão molhados e desesperados que mais pareciam uma briga. — Caralho, se você continuar assim, vou gozar logo — ele insistiu, mas não conseguia parar.

— Pensei que você tivesse dito que não ia gemer meu nome... E... — gemi com a cabeça pra trás quando ele segurou minha coxa com mais força e levantou meu quadril, atingindo um ponto tão gostoso que com certeza seria considerado pecaminoso. — Porra, isso é tão gostoso. Continua.

Eu me identificava com o pobre homem, quando Marina virava os olhos daquele jeito, eu também perdia a noção. Coloquei a mão sobre o rosto em um sinal de cansaço. Marina não saía da minha cabeça, e era especialmente difícil fazer pesquisa de campo com livros eróticos sem imaginar como ela e eu reproduziríamos aquelas cenas extremamente explícitas.

Fui ao banheiro e lavei as mãos e o rosto, sabendo que minha própria consciência me traía. Resmunguei ao voltar para a sala. Por mais que quisesse contrariar, eu estava pronta para escrever o último parágrafo daquela carta.

Segurei o livro de Lavínia e marquei a página, decidida a ler até o final mais tarde, então peguei o computador e, ainda sem entender o que havia acontecido, escrevi.

Capítulo onze

SAMBA É A MELODIA DOS CORAÇÕES PARTIDOS

Cleo

— A Marina vai vir te buscar em casa? — Lavínia repetiu pela nona vez em um período de dois segundos.

— Sim, Lavínia, e eu já entendi que eu tenho um papagaio como prima.

— Mas pensei que você a odiasse — ela apontou novamente, seus olhos claros arregalados em minha direção.

— Você sabe que o ódio é uma emoção simplória demais. A Marina me decepcionou muito e é minha ex-namorada. É só... é como se não tivesse espaço para amizade — tentei explicar.

— Mas vocês parecem estar superamigas, foram até fazer trilha. Quem que faz trilhas com a ex-namorada?

— Muitas pessoas.

— Nomeie uma.

— Eu.

Lavínia perdeu a paciência e foi para a cozinha terminar o jantar. Já eram quatro horas da tarde, e Marina chegaria a qualquer momento para irmos à roda de samba. Durante a semana, após terminar de escrever a carta para o senhor Hércules, enviei-a com a certeza de que, se eu houvesse lido corretamente parte da personalidade daquele homem por nossas conversas, então ele gostaria. Alguns toques de humor para em seguida desembocar em uma explosão de palavras sacanas. Esperava que ele gostasse daquilo tanto quanto eu parecia ter gostado.

— Lavínia, eu tenho uma pergunta. — Aproximei-me da minha prima, encostada à pia enquanto ela picava cebolas e deixava os legumes fervendo para fazer o caldo.

— Até duas.

— Você acha que estou cometendo um erro com essas cartas? — perguntei ao morder a ponta da unha do polegar. Lavínia suspirou e olhou para mim seriamente.

— Não, não acho. Eu só acho que você coloca um peso alto demais na própria sexualidade. Você se entendeu perfeitamente com o sexo, sobre não ser uma necessidade pra você e ser algo a ser feito com pessoas específicas, mas acha livros eróticos algo culpável.

— Eu não acho…

Fui interrompida por um olhar firme de Lavínia e o som do interfone.

— Sim, você acha. Se não achasse, não teria se esforçado tanto pra fingir que não gostou de *A infiltrada na máfia*. Alô? Oi, Marina? — O tom de voz de Lavínia mudou ao reconhecer a voz de minha ex-namorada. — Pode vir.

— Eu não fingi — retomei o assunto. — Eu só… só não é o tipo de livro que eu leria normalmente.

— Você pode curtir de mais de um gênero literário. E eu sei que você é doida por esses suspenses clássicos, só que isso não te impede de também se interessar por um livro de um gostosão fodendo uma garota do interior.

— Isso é outro livro? — perguntei, a curiosidade aflorando. Lavínia deu uma risada e revirou os olhos.

— Depois te empresto *O despertar da fazenda*. É ótimo.

A campainha tocou. Ao abrir a porta, sorri para Marina, que tinha os olhos levemente inchados e a boca vermelha. Quis perguntar sobre a tarde com sua mãe, mas não havia abertura. Era íntimo demais e Marina podia não querer falar sobre, então apenas mantive os lábios em uma linha fina e dei espaço para que ela entrasse.

— Marina! — Lavínia exclamou ao sair da cozinha com o pano de prato no ombro. Ela abraçou minha ex-namorada e sorriu para nós duas. — Vocês querem comer alguma coisa antes de sair?

— Eu comi com minha mãe, só vim buscar a Cleo. É aqui perto, vamos de Uber.

Estava pronta para protestar, mas Marina se adiantou.

— Eu pago, Cleo, relaxa.

— Você não precisa — retruquei. Marina revirou os olhos.

— Eu sei, mas eu quero. Se te chamei pra ir, eu pago. Você está pronta?

— Só falta a maquiagem. Você espera uns cinco minutos? Prometo ser rápida — pedi, já correndo para meu quarto. Marina assentiu e foi para a cozinha com Lavínia, algo que me deixou levemente temerosa.

Passei o delineador com as mãos trêmulas por sair mais uma vez com Marina, destampei o batom com plena consciência das risadas que ocorriam na cozinha e passei meu rímel pressentindo arrependimento por ir a um encontro - profissional - com minha ex-namorada.

— Pronta! — exclamei ao sair do quarto. Marina estava sentada no sofá, usava uma calça de cintura alta, uma blusa de gola alta confortável e tênis. — Acho que estou produzida demais, não? — refleti ao observar meu vestido longo. Marina negou e se colocou em pé.

— Não mesmo. — Então se aproximou um pouco mais e falou em um tom baixo, para que Lavínia não ouvisse. — E você precisa me contar depois sobre a sua primeira experiência com livros eróticos.

Esbugalhei os olhos e voltei minha atenção para Lavínia, que dançava ao bater os legumes no liquidificador. Marina soltou uma gargalhada e balançou a cabeça.

— Relaxa, Cleo, fico feliz que você esteja entrando no mundo depravado da literatura erótica.

— Eu não...

— Ela está — Lavínia disparou assim que o liquidificador cessou de fazer o barulho imenso. — A Marina viu o livro do mafioso em cima da mesa e contei que você estava... hum... se abrindo a novas experiências.

— Sua namorada lê também? — Marina perguntou ao voltar o olhar para o livro. Da cozinha, Lavínia arqueou a sobrancelha, preparada para questionar.

— Ahã, sim, claro — menti e segurei o pulso de Marina, pronta para sair voando dali. — Estamos indo, prima, te amo!

— Foi um prazer te rever, Lavínia, até mais — Marina se despediu com um aceno, aceitando de bom grado minha saída rápida. — A gente vai chegar a tempo, tudo bem — ela me acalmou ao descermos os lances de escada. Voltei o olhar para a janela do nosso apartamento, Lavínia estava parada com o olhar curioso em minha direção e apontava para a tela de seu celular. Senti o meu próprio aparelho vibrar na hora, mas apenas a ignorei. — O carro chega em dois minutos, vamos.

Já no carro, com o som da cidade ao nosso redor e uma rádio aleatória tocando, continuei a sentir meu bolso vibrar. Lavínia com certeza estava me enchendo de mensagens perguntando sobre minha namorada inexistente. Aprumei-me no sobretudo e encarei o meus próprios joelhos.

— A sua cara triste tem a ver com seu celular tocando? — Marina arriscou ao pararmos em um farol vermelho. Encarei-a de soslaio e suspirei.

— Sim, um pouco. É que a...

— Eu bem me questionei isso — Marina me interrompeu com uma cara pensativa. — Você não está namorando, ok, mas está envolvida com alguém. Eu sou sua ex-namorada. Vocês duas estão tranquilas quanto a isso?

— Uau, você é sutil — apontei com a sobrancelha arqueada.

— Não é isso, é só que...

— Você parece um hétero top sondando, sabia? — provoquei, sem dar tempo para que ela continuasse a fazer perguntas.

— Nunca mais diga isso, nem de brincadeira — ela pediu, um sorriso tímido em seu rosto. Meu estômago se embrulhou imediatamente. Como eu sairia dessa situação? Em um carro com minha ex-namorada que acha que eu tenho um rolo com uma garota inexistente.

Talvez, afinal de contas, eu esteja vivendo um livro de terror.

Após enviar a carta para seu Hércules, alguns dias atrás, obtive uma resposta rápida: algumas alterações aqui e acolá, e o dinheiro cairia em minha conta até segunda-feira. Perfeito.

No meio tempo, Paloma me passou a minha primeira tradução literária. Era somente um conto, mas um bom lugar por onde começar. Apesar de não ser um emprego fixo, como eu procurava, já era mais do que eu tive nos últimos dias.

Satisfeita com meu trabalho final com as cartas, tomei a decisão de me aposentar de minha carreira rápida como escritora de cartas eróticas. Afinal de contas, eu estava buscando um emprego, e seria questão de tempo até que eu estivesse de volta à rotina de me sentar na cadeira de uma empresa e cumprir meus horários diários.

Junto com a aposentadoria do mundo erótico, também estaria minha aposentadoria com Marina. Eu havia prometido que a levaria para conhecer São Paulo, e cumpriria minha promessa, mas colocaria um limite. Sempre limites. Uma data limite, era disso que eu precisava, porque eu e Marina sempre estivemos fadadas ao fim, então por que esperar até que eu já estivesse envolvida por seu sorriso novamente?

— Eu quero vir aqui há algum tempo.

Encarei Marina assim que paramos em frente a uma rua movimentada. Agradecemos o motorista e saímos do carro, os pés no asfalto abafados pelo som dos tamborins e do repique. À nossa frente, a quadra inteira estava fechada, pequenos bares se estendiam pelas laterais, todos iluminados pelo sol poente e pelas fachadas luminosas. No meio da rua, já cercada por diversas pessoas, estava a roda de samba. Com o vento frio somado às risadas e ao calor emanado unicamente pelo ritmo, senti-me em casa. Sem preocupações com as contas, sem pressão, sem nada além da música que me lembrava minha vizinhança e a infância ítalo-brasileira que recebi de minha família.

— Preparada pra sambar muito hoje? — Marina perguntou. Virei-me para ela com um sorriso enorme, sem conter por um segundo minha felicidade em estar ali.

— Não, você sabe que eu não sambo.

— Te ensino.

— Desde quando você sabe sambar?

— Eu mudei nos últimos anos, Cleo. — Ela deu de ombros. — Não foi só você.

E então, antes que eu pudesse me aprofundar em suas palavras além do que deveria, estávamos escolhendo uma mesa próxima à roda para nos sentarmos. Alguns garçons de roupa preta passavam ao nosso redor carregando cervejas e porções de batata.

— *Não era amor, era… cilada* — cantou um homem de olhos arregalados, o pandeiro em sua mão reverberando em seu microfone. Ao seu redor, havia pessoas com microfone e outras só com seus instrumentos.

Sentei-me à mesa de bancos altos e olhei em volta, absorvendo o clima frio mesclado à vontade de dançar. Marina também se movia timidamente. Ah, a professora estava com vergonha?

— Por que você não mostra o que aprendeu de samba nos últimos anos? — Cutuquei Marina com a ponta do pé, apontando em seguida para pequenos grupos que se formavam ao redor da roda. Alguns casais dançavam juntos, bochecha com bochecha e rindo, cerveja na mão e sorrisos no rosto.

— Queria uma cerveja antes, quer alguma coisa? — ela ofereceu, mas neguei com a cabeça. Quando sumiu dentro do bar à nossa direita, voltei o olhar para a roda.

Marina tinha mudado em muitos aspectos, eu precisava admitir. Na aparência, a postura altiva e o jeito perspicaz, que herdara de sua família japonesa paterna, e os trejeitos brasileiros de sua família materna. Sorri ao pensar nas tardes que passávamos com seu pai e sua madrasta, as risadas que às vezes ainda tomavam minha memória.

Mordi o lábio ao me lembrar que, se comparada à primeira vez que nos vimos, no curso de japonês da embaixada brasileira, eu e Marina já éramos pessoas completamente diferentes. Estranhas. Adultas. Pessoas com objetivos distintos dos que tínhamos antes. Marina havia se tornado escritora, algo que eu sequer imaginaria, eu segui para a área de tradução. Ela mudou de país, eu me mantive fiel à minha vontade de permanecer aqui por mais tempo (não é como se eu tivesse outra escolha).

— Meu bem, é uma tortura tanta sedução... Desliga e vem depressa pro meu coração...

— Nossa, eu amo essa música! — Marina exclamou ao voltar. Em suas mãos, havia duas garrafas de cerveja. Arqueei a sobrancelha em sua direção, uma pergunta vazia no ar. — Eu sei que você gosta de cerveja, tá legal? Ah, pedi uma porção de batata.

— Hum... me alimentar é o caminho certo. — Aceitei sua oferta, selando-a com um toque dos gargalos das cervejas. Marina piscou em minha direção e voltou o olhar para a roda de samba.

— Estamos aqui a trabalho — ela falou subitamente, após duas músicas em silêncio. — Então, vamos trabalhar.

— Não é contra as regras do RH beber na hora do expediente?

— Eu sou meu próprio RH, então tá liberado — disse e sorriu. Cerrei os lábios em uma linha fina, evitando encarar seu rosto por mais tempo do que o aceitável para qualquer ser humano.

— Ok, me ensine, senhorita Fonseca, como é o seu processo de pesquisa? — Fingi abrir meu bloquinho de notas. — Me ilumine!

— Eu gosto de pensar que eu sou meus próprios personagens — ela começou, apoiando ambos cotovelos sobre a mesa. Aproximei-me também para ouvi-la melhor, agora que a música estava mais alta. O Grupo Revelação tocava nas vozes dos sambistas, o público presente berrava junto, como um grande hino de amor.

— O que seus personagens fariam? — questionei ao tomar outro gole de cerveja.

— Dançariam, mesmo que um deles não fosse o melhor dançarino do mundo.

— Mas e quanto à opinião do personagem que não dança bem? — exclamei. — Ele pode aproveitar a cena só sentadinho.

— Isso cortaria o clima romântico que eu posso criar. Com os personagens de pé, tem uma maior chance de movimentação, de mudança de cenário...

Coloquei-me de pé imediatamente, sendo seguida por Marina.

— Pronto, estamos de pé. Mas não vou dançar, deixo isso pros seus personagens. Ok, e agora?

— Provavelmente aconteceria algo que faria os personagens se aproximarem magicamente, talvez um tropeço?

— Que tal uma aposta? — arrisquei. Marina arqueou a sobrancelha e encarou ao redor com curiosidade.

— Que tipo de aposta?

— Hum... Os personagens se odeiam ou já se amam?

— Os dois.

— Hã?

— Um deles ainda acha que se odeiam, mas o outro está completamente caidinho.

Encarei um garçom passando, como se ele pudesse ter informações escondidas para aquele impasse.

— O que está caidinho pode cobrar um favor para o que odeia. Por exemplo, vai que eles têm um acordo...

— Como a gente tem? — ela provocou.

— Não. — *Sim.* Marina levantou os braços, mas seu sorriso não vacilou por um segundo. Ela estava se divertindo.

— Ok, continue.

— *Erga essa cabeça, mete o pé e vai na fé. Manda essa tristeza embora. Basta acreditar, um novo dia vai raiar, sua hora vai chegar!*

— Eu acho que os personagens podem acabar a noite com uma tensão no ar — ponderei. Marina, que estava parada ao meu lado, assentiu.

— O leitor pode achar que algo entre eles vai acontecer, mas na verdade...

— Só dá um gostinho de quero mais — completei.

Fomos interrompidas pelo garçom, que deixou nossas batatas sobre a mesa e saiu com um aceno de cabeça. Permaneci encarando o ambiente ao nosso redor, feliz por entender melhor o processo de escrita de um livro. Era divertido.

— Sabe, eu estou me divertindo escrevendo as cartas — admiti durante o intervalo de músicas. Marina me encarou de soslaio e tomou mais um gole de sua cerveja.

— Qual delas? As eróticas ou as de amor?

Controlei o rubor nas bochechas, mas não desviei o olhar.

— As duas. É legal fingir que eu sou alguém diferente, como uma divindade no papel. Tudo o que está ali é meu, e eu tenho o direito de alterar como quiser.

— Isso dá um livro — Marina contemplou. — Uma escritora aprendendo a escrever, acho que venderia alguns exemplares.

— Por favor, isso dá primeiro lugar na *Veja* — brinquei.

— Como é escrever cartas de amor? — Marina perguntou, sua voz mais próxima à minha orelha, ao ponto de virar de lado para conversarmos.

— Bom — praticamente murmurei, engolindo em seco, consciente de nossa proximidade. Marina assentiu e encarou o tampo da mesa por algum tempo, seus olhos vasculhando entre as batatas alguma pergunta que sua mente obviamente tocava em *replay*. — Por quê?

— Nada, não.

— Marina… — Imitei o tom de voz de briga que sua madrasta fazia, tirando uma risada sincera. Sorri ao perceber que ainda tinha aquele efeito.

— Algumas coisas aconteceram desde que a gente se falou pela última vez — ela começou, então se refreou.

— *Você joga sujo, sabe que você é o meu ponto fraco. Tenta ser feliz, mas tá fazendo errado, procurando em outro alguém o que está do seu lado* — cantou a plateia inteira, mas meus olhos não se desviaram de Marina por um segundo sequer.

— Você não precisa falar o que não quiser — declarei o óbvio. Marina sorriu e mirou o gargalo da garrafa com um suspiro.

— Olá, meninas, boa noite! — Encarei assustada um moço que havia aparecido ao nosso lado. Ele usava uma das roupas de garçom e tinha uma câmera fotográfica em mãos. — Desculpa assustar, não foi a intenção — ele se retratou rapidamente. — Hoje é o aniversário de dez anos do bar, então estamos tirando algumas fotos pra postarmos. Vocês se incomodam em posar com um sorriso? Estamos tentando atrair um público LGBTQIA+, e vocês duas…

— Nós não somos namoradas — eu disse rapidamente.

— Claro, sem problema — Marina respondeu no mesmo instante.

O garçom abriu um sorriso amarelo e apontou para nós duas, pedindo que nos juntássemos. Marina passou a mão em minha cintura, ao passo que eu coloquei meu braço em seus ombros. Aquela era a primeira vez que nos tocávamos inteiramente, tronco com tronco. Controlei um arrepio gelado em minhas costas e apenas sorri para a câmera. Marina parecia tão tensa quanto eu ao meu lado, e quando o homem se afastou, nós nos descolamos rapidamente. Eu me sentia pegar fogo, meu rosto com certeza estava ruborizado.

— Me diz — pigarreei, tentando voltar ao ritmo normal de nossa conversa pré-interrupção —, como seria a descrição desse cenário em que estamos? Você falaria sobre tudo detalhadamente ou deixaria o leitor descobrir?

Vi no rosto de Marina o mesmo alívio estampado no meu por voltarmos a um terreno seguro. Naquilo, eu era especialista.

— Eu não sou muito descritiva — ela explicou, mais relaxada. — O leitor vai imaginar sozinho de qualquer maneira, prefiro focar na narrativa e nos diálogos, o resto deixo na mão de quem lê.

— A Lavínia te contou sobre minhas novas aventuras literárias. — Gesticulei com as mãos em círculos várias vezes, tirando uma risada baixa de Marina. — É curioso escrever algo tão curto, não tenho a liberdade que você tem pra desenvolver.

— Você acha que é possível passar o amor inteiro em uma carta?

Bom, eu consigo passar a vontade de políticos foderem até o talo, serve?

— Depende da forma como o destinatário recebe. — Optei pela saída segura.

— Sabe o que me ajudaria bastante a escrever?

— O quê?

— Dançar.

Encarei ao redor, agora a roda estava bem cheia. Ao meu lado, a batata já tinha quase acabado.

— Eu aposto que você acha algum par legal por aqui — comentei com um dar de ombros. Marina arqueou a sobrancelha, então começou a se afastar.

— Ok, já volto.

E logo eu estava sozinha.

Apoiei o queixo na mão, sorrindo para as pessoas dançando ao redor da roda de samba. Um casal de idosos se divertia, os corpos próximos denunciando uma intimidade de anos, os passos eram tão leves e sincronizados que poderiam ter sido treinados uma vida inteira. Na troca de música, quando eu estava prestes a buscar minha companhia com o olhar, eles foram interrompidos por uma Marina sorridente, que puxou a senhora para dançar assim que a próxima batida começou. O senhor se virou para trás, inabalado, e se sentou à mesa, limpando o suor da testa. Voltei a olhar para minha ex-namorada, um sorriso imenso em seu rosto enquanto guiava a pequena senhora negra em seus braços. Mordi a ponta do polegar, tentando controlar minha própria risada diante de sua ginga. Ela realmente sabia sambar. Marina sempre foi o tipo de pessoa que iluminava qualquer lugar em que entrava, o olhar gentil, o jeito com as palavras, a amabilidade que conquistaria qualquer pessoa – que me conquistou como amiga desde o início.

Antes que me desse conta, ela voltava em minha direção, mas com a senhorinha em seu encalço.

— Como uma pessoa linda desse jeito vai ficar sentada numa roda de samba? — foi a primeira coisa que disse a mulher idosa, os cabelos brancos em um afro cheio. Sorri envergonhada, pronta para matar Marina com o olhar. — Vamos dançar, menina.

— Ela diz que não sabe dançar — Marina acusou, mas levantou os braços em rendição quando a fuzilei com os olhos. — Eu acho que a verdade é que ela está com vergonha, mas vai se divertir.

— Concordo — a senhora afirmou e apontou para o homem que dançava com ela antes que Marina os interrompesse. — Vim aqui porque a sua amiga me contou que você é escritora, não é? — Confirmei com a cabeça, meio desconfiada. — Eu só consegui laçar aquele cara ali por causa da dança. Acho que a senhorita deveria colocar algo assim no seu livro.

— Eu falei pra ela… — Marina endossou.

— Não escrevo exatamente livr…

Tentei me defender, mas fui parada pela senhora, que já batia as mãos ao ritmo do tamborim.

— Eu te ensino, se você quiser — ela se ofereceu.

Depois de um longo olhar para Marina e um suspiro envergonhado, coloquei-me de pé ao lado da mulher.

— Frente, centro, trás, centro e frente — ela repetia as instruções, apontando para seus próprios pés, como se aquela fosse a tarefa mais fácil do mundo. Segui atentamente seus passos, e quando consegui jogar a cintura para o lado, ela comemorou com um grito e uma risada. Dona Ofélia, como eu havia descoberto ser seu nome, me deu um tapinha orgulhoso nas costas, e não pude evitar sorrir. — Viu só? Agora é só praticar. — Ela se aproximou de mim com um sorriso cúmplice, apontando para Marina, que conversava com o garçom. — E algo me diz que você tem uma ótima parceira pra isso.

Ela se afastou com um aceno, voltou para seu parceiro de dança e sumiu entre os corpos agitados. Eu permaneci parada, piscando como uma boba enquanto absorvia a aula de samba que havia acabado de receber, e, percebi com espanto, o quanto me diverti.

— Quer saber? Vamos dançar! — chamei Marina, puxando-a pela mão quando um samba mais lento iniciou, talvez fosse um bom lugar por onde começar.

— Quem é você e o que fez com a Cleo? — ela perguntou, mas não questionou ao colocar sua mão em minhas costas, guiando nossas cinturas com calma.

— Estou fazendo pesquisa de campo e pensando unicamente no bem dos seus personagens — comentei. — Você sabe dançar bem demais e precisa de uma personagem que não saiba dançar, então nada melhor do que a opinião de uma não-dançarina, certo?

— O seu empenho com o trabalho me encanta — Marina brincou.

As palmas de suas mãos eram suaves contra meu corpo, as pernas se entrelaçavam e giravam de maneira desengonçada, às vezes atingindo um patamar de calmaria que durava apenas alguns instantes para voltar ao caos. Naquele ritmo, errando passos e esbarrando em outras pessoas, me permiti rir. Marina me girou em algum momento e me puxou de volta, nossas pélvis se colaram com mais violência do que eu esperava, porque acabei tropeçando.

— Epa — murmurei sem perder o sorriso. Marina balançou os cabelos lisos diante de mim, seu peito subia e descia rapidamente, algumas gotículas de suor em sua têmpora denunciavam várias músicas dançadas.

— Vamos com calma — ela ofereceu. Aceitei com um aceno, recebendo sem problemas uma mão em meu quadril e a outra em minhas costas. Respirei devagar e encarei qualquer lugar que não o rosto próximo de Marina.

— É bom ouvir pagodes sobre amor — minha ex-namorada quebrou o silêncio após alguns passos tímidos, a proximidade de nossos corpos criando consciência própria.

— Por quê? — tive forças para perguntar, apesar de meu corpo tremer em suas mãos.

— Eu… terminei um relacionamento há algum tempo — Marina confidenciou, sua voz baixa demais para ser ouvida no meio daquela algazarra. Afastei-me um pouco para encará-la nos olhos.

— Você não precisa…

— Foi um relacionamento abusivo, fico feliz que tenha acabado — ela disparou, deixando em minha boca um gosto amargo. — Só é complicado pensar muito em amor sem colocar um monte de empecilhos no meio.

— Sinto muito.

E então, contra todos os meus instintos de proteção, abracei Marina. Seus cabelos se mesclavam aos meus, os fios em minhas bochechas pinicavam, mas não pensei em me afastar, nem quando ela retribuiu meu abraço com força, sua cabeça em meu pescoço denunciando a intimidade de um toque tão comum. Sobre o vestido, seus dedos apertavam de leve minha carne, nossa respiração se mesclando ao ritmo inconsciente de nossos corpos que, mesmo parados, ainda se moviam.

— Eu realmente sinto muito — lamentei, nos afastando com cuidado, mas sem quebrar o contato. — Não posso te ajudar a escrever sobre amor de novo, mas posso te levar para conhecer alguns lugares que talvez te ajudem — ofereci.

— Só me chame logo pra um encontro, Cleo. Você parece um hétero cis me sondando.

Dei um tapa em seu braço ao usar minha própria provocação contra mim.

— Mais três lugares, acha que é o suficiente? — questionei. Marina se afastou um pouco mais, agora seu rosto pairava sobre o meu, os olhos fixos, como se desviar fosse impensável.

— É só do que eu preciso.

— E depois disso — desviei o olhar para um fio solto de sua blusa de gola alta —, nós podemos voltar ao normal, você sabe, cada uma pro seu canto.

— Cleo...

— É o que eu quero — finalizei. Marina assentiu, puxando seu corpo um pouco mais contra o meu.

— Então é o que será. Três encontros.

— Profissionais — relembrei-a.

Marina riu e, antes de me puxar para a próxima dança, apontou para o casal de idosos que havia nos ajudado mais cedo. Ambos olhavam na nossa direção com os polegares para cima, em aprovação, e perguntei-me se, mesmo àquela idade, eu ainda teria as memórias das mãos de Marina em minha cintura como naquele momento.

Diante da falta de resposta, apenas torci para que vê-la apenas mais três vezes fosse o suficiente para sanar minha dúvida.

Capítulo doze

TRÊS CARTAS, TRÊS ENCONTROS, TRÊS CHANCES PARA INCORRER EM UM ÚNICO ERRO

Cleo

— Três cartas? — repeti para mim mesma após reler o e-mail diante de mim, minha boca seca depois de correr na esteira com Lavínia, que agora estava largada no chão, os olhos vidrados no teto da academia enquanto recuperava o fôlego.

— São da mesma pessoa? — Lavínia se levantou do chão e apoiou os braços nos joelhos. Encarei-a de volta, ainda com a boca escancarada.

— Não... são três e-mails diferentes, Lavi, isso significa que três pessoas a mais sabem quem eu sou.

— Mas não é anônimo?

— Eu quero acreditar que é — retruquei a contragosto. Voltei o olhar para meu celular, que mostrava uma caixa de entrada cheia de e-mails de cursos que comecei a fazer, mas nunca terminei, ofertas de emprego em negação e apenas duas entrevistas marcadas, além disso, três propostas de cartas. Três pessoas que pediram que eu fosse a porta-voz sexual delas para seus parceiros.

E três vezes a mesma grana de antes.

Mudei de aplicativo e corri para o meu calendário. Eu já havia entregado a tradução do conto para Paloma, mas apenas receberia a grana dali um mês. Aquelas cartas me ajudariam com as contas atuais e ainda sobraria para enviar para meus pais. Respirei fundo e apoiei a testa no aparelho de ginástica.

— Por que você é tão insegura com esse trabalho? — Lavínia fez a pergunta do milhão.

— Porque, caso isso vaze, vai ser problema pra mim.

— Como isso seria um problema pra você?

— Primeiro de tudo, atrapalharia qualquer possível trabalho como escritora fantasma — enumerei. — Em segundo lugar, eu não quero ser associada a nada disso.

Saí da esteira e peguei minha garrafa novamente, tomando uma grande golada d'água.

— E o encontro com a Marina não pode ajudar em nada?

— Não foi um encontro, Lavi! — relembrei-a pela nonagésima vez. Minha prima apenas revirou os olhos e apoiou o queixo sobre o joelho.

— Tá, um encontro profissional, seja lá como vocês, jovens, preferirem. Isso já não ajuda?

— Imagino que sim. Mas não é como se eu precisasse fazer sexo pra escrever sobre, eu nem gostaria disso, na verdade. Transar com Marina é levado em consideração tanto quanto eu transar com um dos deputados.

— Ai! Assim você maltrata a menina, Cleo — Lavínia riu e balançou a cabeça em negação.

Já a caminho de nosso apartamento, indaguei sobre Caio, que há semanas não vinha nos visitar.

— Acho que vou terminar com ele.

— Por que você faria isso? Pensei que se amassem!

— Eu simplesmente… Às vezes só o amor não é o suficiente.

Naquele ponto, não pude argumentar.

Por isso, a fim de animar minha prima e justificar minha procrastinação em responder aqueles e-mails, propus que fôssemos ao shopping – desta vez, sem chuva e sem guarda-chuvas de vendedores ambulantes.

Não havia nada melhor do que bater perna por aí e ver vitrines de loja, apesar de não comprar absolutamente nada. E foi o que fizemos, caminhando e fofocando, apontando para manequins em posições estranhas e roupas que jamais seriam compradas por serem horrendas. Paramos, por fim, no nosso ponto final de passeios, a livraria.

— Esse box tá caro demais. — Lavínia apontou para uma de suas séries de livros eróticos favoritos. Assenti para ela e voltei a dedilhar algumas estantes, as lombadas dos livros acariciando meus dedos, desejando absurdamente que aquelas páginas preenchessem algum tipo de vazio que a realidade sozinha não preenchia.

Segurei um exemplar aleatório, meus olhos se arregalaram aos poucos ao ver a capa. *A dez mil pés*, de Marina Fonseca. Pisquei algumas vezes para o livro em minhas mãos, afastando-me do nome da autora como se fosse queimar minhas digitais.

Virei a contracapa, o acabamento do livro me acompanhando, até ler que aquela era uma história de amor entre duas meninas que se conhecem em um intercâmbio, sendo uma do Brasil e a outra de Moçambique. Comprimi os lábios em uma linha fina, a ardência da curiosidade já era maior que eu mesma, por isso abri os agradecimentos primeiro, evitando o conteúdo do livro em si. Passei os olhos por todos aqueles nomes pulando diante de mim e segurei a respiração ao ler a última linha.

A Ela, que mantém meu coração a dez mil pés do chão.

Fechei o livro e o devolvi à estante. A ex-namorada de Marina.

— Vamos? Não achei o que eu queria — Lavínia comentou atrás de mim.

Acompanhei-a para fora da loja, abandonando lá dentro qualquer pensamento de que Marina e eu poderíamos nos aproximar novamente. Ela ainda estava apaixonada pela ex-namorada, parecia-me óbvio pela forma como ela falou na roda de samba, e ainda estava superando um relacionamento abusivo. Aquilo era demais para qualquer pessoa. E eu não me enrolaria naquele esquema, não. Ainda mais para não ser correspondida.

— O vovô ligou — Lavínia comentou com indiferença quando entramos em casa novamente.

— Retorna e diz que eu mandei um beijo. — Caminhei em direção ao quarto, deixando a porta aberta atrás de mim. Sentei-me à escrivaninha, com o computador aberto diante de mim. Deixando minha ansiedade orgulhosa, ignorei os e-mails e decidi ler notícias – nenhuma atualização sobre a CPI de lavagem de dinheiro envolvendo a construção de três linhas de trem, um homem havia sido preso por tentar assaltar uma loja com um macarrão de borracha e um cachorro foi eleito vereador. Nada de novo.

Por fim, abri o e-mail. Os três remetentes piscavam na tela, denunciando pedidos diferentes de cartas. Um deles, enviado por uma vereadora (aquela era nova), outro enviado por um senador para um outr*o* senador (não escondi meu choque) e o último enviado por um homem que não identificou seu cargo político, mas gostaria de enviar a carta para uma governadora.

> De: heradoolimpo@gmail.com
> Para: penelopeescritora@gmail.com
>
> *Querida Penelope,*
>
> *Fui recomendada por um estimado colega de profissão. Ele me informou que seus serviços são extremamente atenciosos e muito profissionais. Interessei-me por eles e gostaria de solicitar um orçamento para uma carta de amor para uma pessoa. Ele me disse que a senhorita costuma escrever cartas mais picantes, porém eu gostaria que a minha fosse menos erótica e mais intimista. Faz esse serviço?*
>
> *Ademais, já preenchi o contrato de confidencialidade, caso a senhorita aceite.*
>
> *Gostaria de dizer para a senhorita que quero que a carta se passe em um parque, com uma árvore parecida com um guarda-chuva ao nosso redor. Nós estávamos tomando sorvete de mirtilo e ele lia O Grande Gatsby. Eu só gostaria de evitar a palavra amor e as insinuações sexuais precisam ser mais leves. Eu não sou uma pessoa muito sexual (imagino que deva ter algo errado comigo, não é? rs).*
>
> *De qualquer modo, obrigada.*
>
> *Atenciosamente,*
>
> *Hera.*

— Ah, Hera... — lamentei ao reler a frase sobre não ser muito sexual, controlando o ímpeto de responder com um texto imenso sobre o assunto. — Não tem nada de errado com você, sabia? — falei sozinha mais uma vez, respirando fundo ao me focar primeiro naquela remetente.

De: penelopeescritora@gmail.com
Para: heradoolimpo@gmail.com

Querida Hera,

Primeiro de tudo, obrigada por já enviar o arquivo assinado. Envio em anexo a minha assinatura também, assim como o orçamento. Tenho outros trabalhos na frente, então deixei o prazo mais aberto.

Sei que não é da minha conta, mas não há nada de errado em ser uma pessoa menos sexual do que outras, acontece. E não escrevo apenas cartas com conteúdo sexual, para o que precisar envolvendo cartas mais românticas (ou não), por favor, escreva-me. Será um prazer ajudá-la.

Sobre o cenário: alguma palavra além de "amor" a ser evitada?

Atenciosamente,

Penelope.

Apoiei o queixo no joelho, fitando o e-mail várias vezes antes de enviá-lo. Peguei o celular e observei as notificações de Marina reluzindo na tela. A última frase dos agradecimentos de seu livro pinicava minha mente, criava raízes em meus sentimentos e afagava minha ansiedade.

Digitei e apaguei várias vezes a mesma mensagem, me perguntando se eu tomava uma boa decisão. Talvez aquela fosse uma péssima, na realidade.

Preciso da sua ajuda pra escrever uma carta, enviei antes de me refrear. Rapidamente, o contato de Marina apareceu online.

Uh, a erótica ou a de romance?

Revirei os olhos e controlei um riso esganiçado.

Vou deixar você decidir, respondi e virei-me na cadeira, de costas para o computador.

Nesse caso, eu vou escolher a carta que me dê a chance de sair com você mais uma vez, Cleo.

Bloqueei o celular, meu coração batendo mais acelerado no peito do que antes. Fechei os olhos com força e respirei fundo antes de voltar para respondê-la.

Então você está com sorte, porque preciso escrever uma carta de amor, e não sei exatamente como fazer isso.
Ah, e cinco reais ;)

Pensei que você estivesse escrevendo essas cartas românticas há algum tempo (e pretendo te pagar de volta)

Eu estou, hum, é só que eu nunca escrevi uma como essa (obrigada pelo pagamento).

Como assim? (de nada)

Uma carta de amor com um pouco de erotismo no meio, mas quase nada.

O melhor de dois mundos!, ela respondeu e saiu do aplicativo. Mordi o canto da boca e digitei a resposta com pressa.

Sábado no Parque Villa Lobos, às onze da manhã, fechado?

Tudo por você, Cleópatra. Tudo por você.

Fechei o aplicativo e abri outro, minha consciência me acusava ao fundo, mas não dei ouvidos e, segundos depois, após finalizar minha nova aquisição de compras online, vi-me prestes a manchar os anos de distanciamento que havia prometido cumprir.

Capítulo treze

MARINA E CLEO ESCREVEM CARTAS DE AMOR, MAS SEM SE AMAR

Marina

— Você por algum acaso viu a mesma árvore que eu? — exclamei em voz alta, mas Cleo apenas revirou seus olhos em minha direção.

— Por que eu descreveria uma árvore como *frondosa* em uma carta de amor? — retrucou, seu cenho franzido como quando alguém discorda de algo que parecia óbvio para si. Eu recebi esse olhar diversas vezes nos últimos cinco minutos.

— Você não precisa descrever como frondosa — apontei energeticamente para a tela do computador —, mas também não precisa ser seca demais na escrita.

— Está dizendo que eu sou *seca* demais? — Sua voz aumentou uma oitava e segurei uma gargalhada. — Você que é uma...

— Nossa, que sessão de escrita divertida. — Lavínia apareceu à porta do quarto. Acenei para ela, virando o pescoço para encará-la.

— Sim, a sua prima é ótima em receber críticas. — Apontei para Cleo com o polegar, que ela segurou em sua mão e abaixou imediatamente, largando em seguida como se estivesse fazendo algo errado.

— Eu recebo críticas quando elas fazem sentido — rebateu.

— Mas a minha faz.

— Bom, eu estou indo... hum... terminar meu namoro — Lavínia constatou. Cleo arqueou a sobrancelha e eu apenas limpei a garganta e pigarreei.

— Eu posso sair pra vocês conversarem. — Coloquei-me em pé. Lavínia estava prestes a negar, mas Cleo tomou a dianteira.

— Cinco minutos, Marina. Tem suco na geladeira e um sanduíche com patê de azeitona.

— Eba! — Saí do quarto e fechei a porta atrás de mim, andando rapidamente até a cozinha antes que elas começassem a falar mais alto.

Tudo naquela casa gritava Cleo. As louças coloridas, tudo organizado e vários utensílios de culinária. Ela havia feito um bolo para o lanche da tarde, assim que chegamos do parque.

Às vezes, nos nossos primeiros momentos juntas, ainda era estranho. Em um certo instante, era agonizante não poder puxá-la pelo cós da calça quando alguém estava passando perto demais e prestes a colidir. Em resposta, ela acabou esbarrando em um moço e pedindo desculpas. Ou ainda quando eu propus que imitássemos o que sua cliente havia pedido: uma cena no parque, tomando sorvete de mirtilo (que não tinha, então pegamos de chocolate) e lendo algo no celular. E quando ela deitou a cabeça em minha coxa, os cabelos jogados em minhas pernas, com seu rosto logo abaixo de minha barriga, senti que todos aqueles anos não passaram de segundos, que minha amiga Cleo estava ali. Ela ria de minhas piadas, dava pequenos beliscões em meu pulso às vezes, tão distraída que eu sabia que aquela era uma reação mecânica.

Eu a entendia, porque muitas reações minhas perto de Cleo eram mecânicas. Como quando ficamos muito tempo sem fazer exercício físico, mas ao voltar para a academia conseguimos reconhecer os aparelhos imediatamente e é natural que nos exercitemos sem problema. Com Cleo, segurá-la pelo cós ou tirar folhas de seu cabelo eram a mesma coisa.

Na sessão com a psicóloga antes de encontrá-la, comentei acerca de Cleo. Sobre como era natural estar perto dela e como eu gostaria de mudar o passado. A terapeuta, sempre preparada para me dar socos e pontapés apenas com palavras, explicitou que mudar o passado não era possível, mas eu poderia me redimir sendo honesta com Cleo e mostrar a ela que poderia confiar em mim de novo.

E aquele último ponto era o mais difícil, porque Cleo, em todos os momentos de nosso relacionamento, cobrava-me unicamente honestidade e fidelidade. O básico. E quando eu terminei, mesmo não a tendo traído, quebrei o que tínhamos, apesar de não querer. E foi mais bobo ainda da minha parte achar que, ao voltar, poderíamos recomeçar de onde paramos.

Mas eu fui para outra cidade, e Cleo havia superado. Eu superei. Namorei com a Namíbia, terminei com a Namíbia. Publiquei meus livros, escrevi outros. Voltei para o Brasil, e claro, Cleo não estava me esperando.

Apesar disso, lidar com seu temperamento defensivo não era sempre fácil. Compreensível, mas não mais fácil.

Tomei um gole do suco que peguei na geladeira e dei uma mordida generosa no sanduíche, o gostinho do patê me enchendo de alegria. Cleo havia preparado um piquenique para nós duas, eu levei a canga, os copos e os guardanapos. A tarde foi agradável, no geral. Não comentamos sobre a roda de samba, sobre seu rosto próximo ao meu, sobre o quanto a risada dela em meu ouvido me enchia de esperança e desolação. O de sempre.

Ela escreveu um esboço de carta enquanto estávamos sentadas, eu escrevi outro. Compararíamos nossas versões. O convite me chocou ainda mais quando ela informou que cozinharia para nós duas. Eu sabia o quanto fazer comida era importante para Cleo. Ainda sem jantar, mas discutindo há trinta minutos sobre nossas cartas, era o ponto em que estávamos quando Lavínia lançou a bomba do término.

Não pude deixar de me compadecer, términos são difíceis, ainda mais quando se está há muito tempo com alguém.

— Ei, vocês podem voltar às suas nerdices — Lavínia comentou da porta da cozinha. Assenti com a cabeça e sorri em despedida antes dela fechar a porta atrás de si. Virei-me para trás, e lá estava Cleo de braços cruzados, o olhar afiado desafiador e cheio de promessas de muito bate-boca sobre terminações verbais e escolhas lexicais.

— A Lavínia está bem? — perguntei quando o silêncio ficou ridículo demais. Cleo deu de ombros.

— Ela vai sobreviver. Nós sobrevivemos.

— É, sobrevivemos — concordei, mas não completamente. Sobreviver não é exatamente o melhor estado de espírito.

— Bom, vamos voltar à carta? — ela ofereceu, apontando para o quarto atrás de si. Sentei-me próxima a ela, nossas coxas quase se encostando em frente ao computador.

— Tenho uma condição. — Aprumei-me no banco e encarei Cleo com o nariz empinado. Era difícil demais enfrentar aquela mulher, precisava de todas as armas à disposição.

— Manda.

— Você vai fechar os olhos e eu vou ler a minha carta. Eu quero que você veja o que eu vejo quando escrevo, e é assim que vou te convencer a usar mais adjetivos.

Cleo me fitou por alguns instantes, ponderando em sua mente rápida as melhores opções, então se inclinou para frente, a fim de pegar minha carta.

— Eu queria te perguntar algo.

— Manda — retruquei e bocejei, espreguiçando-me ao seu lado.

— A sua ex-namorada, ela… Você está melhor? — Cleo se embolou nas palavras, os olhos ansiosos buscando qualquer lugar que não fosse meu rosto. — Digo, você comentou que ela era abusiva, mas não mais do que isso. Eu só queria saber se você está bem.

Pisquei atordoada pela pergunta súbita, mas me recompus e, após rodar alguns anéis em meus dedos, voltei o olhar para Cleo.

— Sim, estou. Eu achei que estava sem saída com ela, sabe? — Engoli em seco em uma tentativa de espantar memórias desagradáveis. — Pensava às vezes que merecia as ameaças dela e…

— Ela te batia?! — Uma sombra de ódio traspassou seu rosto com tal velocidade que jamais imaginaria que ela acabara de sorrir para mim.

Eu não esperava aquela reação de Cleo. Quer dizer, não imaginava que fosse falar sobre Namíbia com minha ex-namorada, ainda mais após declarar para mim mesma que meu passado permaneceria no *passado*.

Namíbia, que nunca levantou efetivamente a mão para mim, ainda assim era agressiva. Perdi as contas de quantas noites achei que estava ficando louca por me sentir intimidada. Porque, afinal, ela era minha namorada, então não poderia estar sendo agressiva comigo, certo? Errado.

— Não, não chegou a esse ponto. — Dei de ombros, mas Cleo não parecia inclinada a deixar o assunto de lado.

Eu enfrentei Namíbia, terminei nosso relacionamento quando ela apertou meu braço com força demais uma noite, o que foi o suficiente para chamar a atenção de Stephanie e meu pai. Passei duas horas inteiras em uma sessão de terapia urgente para lidar com o choque, e foram necessários meses após o término até entender o abuso pelo qual passava.

Se não fosse pela intervenção quase forçada da minha família, eu provavelmente ainda estaria com ela. Terminar não era exatamente o que eu queria, já que na minha cabeça a culpa era *minha* e *eu* deveria fazer algo para mudar a situação. Sempre que me lembrava do assunto, agradecia aos meus pais por me tirarem daquele redemoinho.

— Sinto muito, Marina — ela repetiu o que havia dito na roda de samba.

— Estou lidando com isso, não precisa se preocupar.

Acenei com as mãos e encarei o computador, sem conseguir voltar o olhar para ela novamente. Cleo respirou fundo e pegou a folha de papel em mãos.

— Aqui, pode ler. Vou ficar quietinha e de olhos fechados.

Uma oferta de paz, era o que aquilo era. Sorri e peguei a carta escrita à mão, virando a cadeira de frente para minha ex-namorada.

— Fecha os olhos, Cleo — pedi. Cleo cerrou os cílios curtos.

Ali, de olhos fechados, com os lábios em uma linha fina e com Taylor Swift tocando no computador, senti-me mais próxima de minha casa do que nunca. Controlei meus pensamentos e voltei o olhar para o papel.

— De todos os momentos e vidas que já vivi, este é o meu favorito — comecei, minha voz em tom de narradora que adquiri nos últimos anos. — Com você aqui, lendo meu livro preferido, sorrindo meu sorriso predileto e gargalhando minha risada mais amada. Sua perna treme debaixo da minha, seu corpo reage ao meu, seus lábios se abrem toda vez que as palavras se fazem necessárias, mas se fecham toda vez que parecem prestes a estragar o que o silêncio grita mais alto: que estar com você é falar tudo e nada ao mesmo tempo.

Voltei o olhar para Cleo, minha voz secando na garganta enquanto as palavras deslizam sem medo, tão naturais como se fossem próprias. Ela permanecia em silêncio, exatamente como prometeu que faria.

— Sua mão em meu pescoço me lembra a quem pertenço, sua boca na minha é uma memória que nunca posso deixar escapar, nossos corpos unidos são música e melodia. E eu danço este ritmo em meio às árvores frondosas do parque, seus guarda-chuvas nos protegendo da tempestade e nos conectando pelas gotas que insistem em nos castigar. Apesar disso, ainda sou sua.

— Marina... — A voz de Cleo estava seca, tão temerosa quanto a minha.

— Já estou acabando — garanti. Ela permaneceu de olhos fechados, os cílios a protegiam das palavras. — Seria sua com o corpo, com o coração, com a mente. Absoluta e inteiramente sua... E é isso, preciso terminar, mas é um bom começo.

Cleo abriu os olhos e desviou para a estante de livros no canto do quarto, balançando a cabeça.

— Sim, um ótimo começo. Claro. Você, hum, escreve bem — ela elogiou baixo.

— Eu tive uma boa companhia.

— Não, você escreve bem mesmo. Você descreveu um pôr do sol como se fosse uma obra de arte e...

Cleo se refreou como se fosse congelada. Arqueei a sobrancelha e cruzei os braços, divertimento claro em meus movimentos.

— Eu não escrevi sobre nenhum pôr do sol na carta.

— Devo ter confundido com alguém — ela desconversou.

— É, isso ou você finalmente leu *A dez mil pés*, o meu livro — cutuquei. Cleo desviou o olhar para o computador e se empertigou na cadeira.

— Acho que li de outra pessoa.

— Você está lendo minha história, Cleo Rodrigues? — perguntei mais uma vez, agora mais próxima dela do que antes. Cleo se virou para me encarar, os lábios se abrindo e fechando, mas bufou logo em seguida.

— Que convencida que você é — resmungou. Ri baixo, então deixei que minha boca pairasse ao lado de sua orelha. Mesmo que ela não me visse, pois estava encarando o computador, era impossível não saber que estávamos ao lado uma da outra, nossas respirações tão similares que poderiam ser uma só.

— O pôr do sol que eu descrevi foi o do nosso primeiro encontro na Praça do Pôr do Sol — murmurei.

— Já falei que li de outro lugar — ela insistiu. Pairei ali por alguns instantes, inspirando seu ar e expirando seu orgulho. Soltei uma risada e me afastei, sentando-me novamente na cadeira.

— Ahã, tá bom, Cleo. Se você prefere seguir assim...

— Por Deus, é por isso que, se algum dia eu vier a ler algo seu, não vou te contar! — ela exclamou e bateu com a mão na coxa. — Você é metida e insuportável.

— Não sou, não — retruquei. — Você é orgulhosa e não consegue assumir que leu algo meu e *gostou*.

— Quando eu ler seu livro, eu posso dizer se gostei ou não. Mas como eu *não* li, não sei dizer.

E ainda daquele jeito, permanecemos nos encarando por alguns instantes, o ar tão instável quanto a ventania lá fora. Respirei fundo e apoiei o cotovelo nos joelhos para encará-la.

— É realmente tão difícil confiar em mim? — perguntei num suspiro exasperado. Cleo foi tomada de surpresa, mas não se abalou. Ela nunca se abalava.

— Não tem nada a ver com confiança.

— Acho que tem, sim. Toda vez que a gente atravessa uma barreira, é como se não desse pra ir pra próxima, e...

— Isso é porque nós não somos amigas, Marina! — Ela ficou em pé e colocou a mão na cintura. — Eu falo que nós não somos o tipo de ex-namoradas que são amigas, mas você não me ouve, você *nunca* me ouve, e foi por isso que a gente terminou daquele jeito.

E ali estava, o elefante na sala. Coloquei-me em pé também, mas não sabia o que dizer, porque ela estava certa.

— Você tem razão.

Cleo me encarou em confusão, claramente não sabia que essa seria minha reação, o que só mostrava o quanto nós não nos conhecíamos de verdade, nossas versões atuais eram diferentes. Talvez eu argumentasse quando era mais nova, e Cleo talvez nem mesmo trouxesse isso à tona.

— Mas nós podemos, sim, ser amigas. Eu estou aqui, completamente preparada pra ouvir você jogar na minha cara o quanto quiser que eu estava errada, mas eu só quero a sua amizade de novo, Cleo. — Passei a mão sobre os cabelos presos e encarei o teto com um suspiro. — E eu sei que você quer ser minha amiga também, se não quisesse, não estaríamos saindo uma vez por semana.

Ela não falou por um momento, absorvendo minhas palavras. Aquela Cleo também era nova, a que não me respondia na hora, mas pensava antes de falar.

— Se você acha que uma amizade saudável é aquela em que vivemos em pé de guerra, então você não sabe o que é uma amizade saudável — ela respondeu com cansaço. — Você acabou de sair de um relacionamento complicado, está se mudando agora, eu só não quero que a gente confunda as coisas e dê tudo errado de novo.

— Eu não estou aqui para confundir nada, eu só estou aqui pra...

Atrás de nós, a porta da frente bateu com força. Lavínia passou fungando e se fechou em seu quarto.

— Nós podemos terminar isso em outro momento — assegurei e apontei com a mão para o quarto. — Vai cuidar da sua prima, estou indo embora.

— Marina... — Cleo tentou me chamar, indecisa entre ir até sua prima e terminar nossa discussão.

— Não somos amigas *ainda*, Cleo. Mas quero que sejamos, e amigos esperam. Pode ir. Boa sorte.

Não virei para trás até estar na rua, sem querer dar margem para qualquer decepção em olhar e saber que a Cleo de segundos atrás poderia não me esperar até convencê-la de que sermos amigas era possível. Que ela, mais uma vez, me superaria e eu permaneceria ali, esperando outra brecha para vê-la novamente.

Capítulo quatorze

ASSISTIR FILMES DE ROMANCE COM SUA EX-NAMORADA É UMA BOA ESCOLHA? (PROVAVELMENTE NÃO)

Cleo

Términos servem para nos ensinar que, não importa o quanto sua história foi feliz, um término ruim é capaz de estragar para sempre um relacionamento ótimo. A forma como se termina com alguém normalmente determina como essa pessoa lida com conflitos: terceirizando a culpa, assumindo erros, culpando outra pessoa, sendo claro e direto ou enrolado e postergador. Todos têm suas próprias maneiras de finalizar uma relação, e Lavínia infelizmente se encaixava na categoria de pessoas que se enrolavam e acabavam ficando confusas.

Ela chorava e falava, seus pensamentos eram despejados aos montes, mas eu não conseguia compreender sequer metade. Primeiro, ao contrário de mim, Lavínia não costumava chorar. Então, quando a rede de lágrimas se tornava uma enchente, ninguém era capaz de compreender suas palavras confusas.

— E ele... aí, eu, e nós dois... Ah, Cleo! — ela chorou novamente, abraçando seu travesseiro enquanto eu fazia carinho em sua cabeça. Minha mente alternava entre Marina saindo por minha porta e minha prima inconsolável em sua cama.

— Você precisa articular direito, aí eu consigo ajudar. — Peguei o travesseiro de Lavi e segurei seu rosto em minhas mãos. — Vou fazer um chá pra você, pedir uma pizza e vamos conversar até às três da manhã, tá bom?

Lavínia voltou a chorar e eu corri para a cozinha, apressada para acalmar minha prima. Eu sabia o quanto doía, o quanto o primeiro momento do término parecia um torpor, para então desolar e destruir qualquer tempo de terapia feito anteriormente.

Passei a mão no pescoço enquanto a água esquentava, pedi a pizza sem realmente pensar nos sabores e encostei-me à pia enquanto absorvia as informações da noite. Marina lendo uma carta de amor não era exatamente como eu almejava passar meu sábado. E cada frase parecia tão... natural. Como se declamar poesias e paixões fosse algo normal na vida de Marina Fonseca.

Voltei para a sala e encarei minha pequena estante improvisada, meus olhos correram para um exemplar novo, com a lombada já indicando sinais de leitura. O livro de Marina. Eu só havia lido as primeiras trinta páginas, e a descrição do pôr do sol (que neguei até o fim ter lido) estava na página vinte, enquanto a personagem principal se entregava às saudades de casa. Aquela foi uma das descrições mais lindas que havia lido, e Marina disse que era o mesmo pôr do sol do nosso primeiro encontro. Quer dizer, como reagir a algo daquele tipo? *Ah, obrigada por se lembrar e por dizer isso três anos após nosso término.*

E como ela havia ido embora… Parecia errado deixar as coisas daquela maneira. Ela parecia disposta a conversar, a falar sobre o fim do nosso relacionamento, mas eu não sabia se queria reviver tudo aquilo novamente. Marina tinha respostas para as quais eu sequer sabia as perguntas. Como eu cobraria um posicionamento sobre nosso fim quando eu mesma não tinha certeza do que eu gostaria de saber a essa altura do campeonato? Respirei alto e voltei para desligar a chaleira.

— Prima, pronta pra conversar e…

Lavínia estava dormindo, sua boca aberta em um ronco silencioso, o rosto inchado pelo choro dolorido. Apertei os lábios e beberiquei o chá, cantando baixinho para apaziguar o caos em minha mente e coração.

— Eu consigo! — reforcei para meu reflexo ao parar na frente do elevador, as portas maciças me engolindo enquanto subia para o décimo sexto andar. A cada tranco da caixa de metal, fechava os olhos e torcia para não estar com cara de louca. Porque somente uma pessoa completamente pirada bateria à porta da sua ex-namorada em um domingo à tarde para trazer torta de morango.

Mamãe me enviara o endereço novo de Marina e sua família após eu prometer que faríamos algo juntos. E quando Stephanie liberou minha entrada na portaria, mesmo sem aviso prévio, foi que a ficha caiu.

Eu estava indo conhecer a nova casa de Marina.

— Cleo? — O pai de Marina me recebeu com um sorriso confuso e surpreso. — Meu Deus, há quanto tempo que eu não te vejo, entre, entre. A casa é sua, fique à vontade.

— Olá, senhor Ozu — cumprimentei-o com a mão livre, enquanto a outra segurava a torta. — A Marina está?

— Ela foi ao mercadinho da esquina, mas já volta.

Deixei os sapatos à porta e adentrei no apartamento com o coração acelerado. Aquela era a nova casa de Marina? Linda, para dizer o mínimo. A sala imensa tinha dois sofás virados para a televisão enorme, lustres em formato de megafone se espalhavam pelos cômodos à vista, como a sala de estar, sala de jantar e varanda.

— Ora, ora, quem é vivo sempre aparece!

Virei-me assustada para a cozinha à direita, de onde Stephanie surgiu com um pano de prato no ombro e as mãos na cintura. A esposa do senhor Ozu era quem eu considerava verdadeiramente como sogra, já que a mãe biológica de Marina não era exatamente flor que se cheire. Já Stephanie, em toda a sua altura e sorrisos, conquistou-me ao me abraçar pela primeira vez, quando Marina nos apresentou.

A mulher que trouxe Marina ao mundo, uma dentista renomada e ex-esposa de seu Ozu, ficou com a guarda da filha, ainda criança, no divórcio. Porém, ao descobrir que Marina era lésbica, disse com todas as letras que abominação alguma viveria sob seu teto, e então mandou a filha embora. Marina tinha apenas treze anos quando isso aconteceu. Era nova demais para sofrer de um ódio desenfreado daquele. Seu pai a acolheu imediatamente junto com Stephanie, com quem havia se casado há apenas três semanas. Eles cancelaram a lua de mel para ficar com Marina, que na época passou um mês inteiro sem falar com ninguém além de seu pai. Agora, anos depois, a mãe de Marina tentava reestabelecer contato, pelo que minha ex-namorada fez parecer.

— Stephanie, tudo bem? — Abracei-a e entreguei a torta de morango, um sorriso constrangido congelado em meu rosto.

— O que você tem feito, querida? — ela sondou, pedindo que eu me sentasse à mesa com ela. — Fique para almoçar com a gente, você até trouxe uma torta. Que adorável, não precisava...

— Na verdade, eu só vim entregar o doce e falar uns segundinhos com a Marina, não quero incomodar, de verdade — assegurei imediatamente. Sentei-me à mesa, e mesmo ainda sentindo estranheza, parecia que eu nunca havia ido embora. Stephanie continuava a mesma, o senhor Ozu tinha apenas um pouco mais de cabelos grisalhos (apesar de que Marina, mesmo pintando os cabelos de loiro, tinha alguns fios brancos iguais ao pai).

— Não mesmo, a minha filha já foi à sua casa esses dias, você precisa ficar aqui um pouco também, vou me sentir injustiçada. — Stephanie fez um biquinho e colocou a mão sobre meu braço. Sorri amarelo e suspirei, encarando a porta, como se a qualquer momento Marina pudesse me salvar.

— Ok, mas eu insisto em lavar a louça ou ajudar de alguma maneira.

— Ah, querida, isso não vai acontecer — o senhor Ozu comentou atrás de mim, seu sorriso largo me recebendo como se houvesse me abraçado. Sorri de volta, incapaz de ser minimamente inconveniente com aquele casal tão amável.

— Mãe, pai, não tinha cominho, então eu peguei noz-mosca... Cleo? — Marina se interrompeu ao irromper pela porta, sem tirar os olhos da sacola em suas mãos. Acenei para ela timidamente e me coloquei em pé.

— Hã, eu vim aqui te entregar isso e-hã-é... — tentei me explicar, mas três pares de olhos em mim não era exatamente o meu forte. Rebobinei e foquei-me apenas nela. — Só vim trazer isso.

— E ela disse que queria falar com você também — Stephanie assoprou enquanto segurava o cotovelo de seu marido e sumia na cozinha. Marina arqueou a sobrancelha e acompanhou com os olhos curiosos os pais se afastarem, fechando a porta.

A família de Marina nunca, em circunstância alguma, fez com que eu me sentisse de fora. Mesmo quando terminamos, com minha ex-namorada a milhares de quilômetros do Brasil, o seu Ozu e Stephanie me chamavam para almoçar com eles, mandavam mensagem perguntando como eu estava, e foi só quando falei que aquilo era doloroso demais para mim que os dois pararam de tentar ser simplesmente... amáveis.

Eu pensava, em toda a minha síndrome de culpa, que impor limites como aqueles era grosseria e que eles somente estavam sendo amigáveis, mas a verdade é que nada daquilo era sobre quem meus sogros eram ou sobre o que a Marina significava para mim, era sobre *eu* não me sentir confortável e sobre como *eu* gostaria de ter meu espaço respeitado.

— Oi — ela cumprimentou timidamente. Encarei-a com o rosto baixo.

— Oi.

— Você quer tomar algo? Uma água ou...

— Eu vim pedir desculpas — soltei de uma vez. Marina arqueou a sobrancelha em confusão. — Você está se esforçando, eu sei disso, eu só... Eu não sei ser amiga da minha ex-namorada *ainda*.

— Isso significa que vai tentar? — O sorriso em seu rosto foi refletido no meu. Assenti reticente.

— Essa é uma torta da amizade. — Apontei para a travessa transparente sobre a mesa. — Já que a cozinha é a minha linguagem, os doces são minhas desculpas.

— E ainda vamos escrever cartas juntas? — ela sondou mais timidamente.

Aquilo me parecia uma péssima ideia, em todos os níveis possíveis.

— Se sua namorada não se incomodar — adicionou rapidamente.

— Por Deus, seja mais sutil — fingi brigar, e Marina apenas riu alto. — Sim, podemos continuar escrevendo cartas, é o nosso selo de amizade.

— Somos tão modernas, escrevendo cartas...

— Eu nos considero amantes da arte da escrita — retruquei. Ela assentiu, e um peso foi tirado de meu peito. Marina e eu poderíamos tentar ser amigas, era o que eu me dizia. Não seria difícil, não é? Já fomos amigas antes.

E olha só no que deu...

Tentei chutar para longe meu pessimismo. Tudo na minha vida foi para os ares nos últimos dias, então por que não finalizar com a cereja do bolo: ser amiga da minha ex-namorada? Várias pessoas faziam isso, eu também conseguiria.

— Você vai ficar pro almoço? — perguntou apontando para a mesa novamente.

— Vai! — Stephanie gritou da cozinha. Soltei uma risada e assenti.

— Sim, vou ficar.

— Ótimo, porque meu pai precisa saber que você agora é fluente em japonês, ele vai adorar conversar com você.

— Eu sempre quis conhecer Montenegro — confidenciei enquanto Marina selecionava alguns livros de sua estante.

— O que tem lá? — Ela jogou seu cabelo para trás e mirou seus olhos em meu rosto.

— Não sei, era o que eu queria descobrir.

Após o almoço muito confortável e longe de momentos esquisitos (para meu alívio), Marina percebeu que, se quiséssemos conversar de verdade, seus pais não poderiam estar por perto. O que me levou até seu quarto novo, em sua vida nova, e estava prestes a levar seus livros antigos para minha casa e fazer pesquisa de campo sobre como escrever sobre o amor.

Marina não sabia que eu precisava, na verdade, de livros para escrever sobre sexo. E, levando em consideração a autoria da minha carta atual, sexo entre dois homens cis.

— Você tem livros aquileanos? — perguntei ao fitar sua enorme estante, que tomava uma parede inteira para si, mil universos espalhados em páginas brancas e amareladas.

— Livros entre pessoas alinhadas ao masculino?

— Isso, eu preciso pra próxima carta. — Coloquei-me em pé após passar alguns instantes sentada na cama macia, para então me colocar ao lado de Marina, que dedilhava os livros em busca de histórias que pudessem me ajudar.

— Tenho alguns, sim. Você vai dar conta de ler tanta água com açúcar? — ela provocou com um sorriso zombeteiro. — Seu coração de pedra vai permitir?

— Se era pra isso ser um ataque, é só lamentável — suspirei falsamente e peguei um dos livros de sua mão. — Eu acho que eu sou romântica o suficiente.

— Sim, pra uma leitora de suspense e terror.

— Você por acaso me achava pouco romântica enquanto namorávamos? — disparei. Marina desviou o olhar, mas continuei a encarando.

— Não, na verdade, você era mais romântica do que eu. — Deu de ombros e colocou outro livro sobre a pilha, ainda sem me encarar.

— Você acha que em algum momento durante esse nosso acordo das cartas — chamei-a com a mão para me encarar — nós vamos acabar falando de verdade sobre o que aconteceu?

— Sim, eu só acho que ainda não estamos prontas. — Marina segurou mais um livro em mãos, analisou a capa e o estendeu em minha direção. — Esse livro é um romance entre dois pilotos de Fórmula 1. É de uma autora nacional, a Cora Menestrelli, conhece?

— Não, mas confio no seu bom gosto pra romance. — Bati com o livro sobre minha mão e voltei a encarar o quarto. As paredes eram de um verde-claro, combinavam com a personalidade atual de Marina, uma escritora que via no mundo uma chance de amor, que se propunha a explorar e não se contentar a viver pela tela do computador.

— Você já enviou a carta que fizemos?

— Ainda não — admiti com pesar. — Falta alguma coisa, não sei, não acho que seja o suficiente.

— Que tal uma sessão de filmes de romance? Isso pode te ajudar — Marina ofereceu com um dar de ombros, seu piercing na sobrancelha brilhou com a luz da janela e atraiu meu olhar imediatamente.

— Filmes de romance com minha ex-namorada? — As palavras pareciam levemente confusas em minha boca, uma novidade tão absurda que meu cérebro sequer se esforçava para aceitar.

— É bom pra te tirar dessa zona de conforto e autocrítica que você tem — ela alfinetou.

— Eu preferia quando você dava em cima de mim, não quando me criticava — murmurei a contragosto. Marina soltou uma risada, os olhos estreitos miraram meu rosto por completo, escaneando meu sorriso contido.

— O nosso acordo do bar ainda está de pé, sabia? Eu já te devo uns trinta reais pelo tanto que dou em cima de você, é lamentável — ela brincou. — Mas não se preocupe, sei que você está enrolada com alguém, apesar de não namorar — reiterou com um sorriso vitorioso.

— E por que o sorriso? — perguntei antes que me desse conta. Marina apoiou a mão na estante próxima ao meu quadril e deitou a cabeça sobre a madeira, seu rosto se aproximava do meu com muito mais frequência do que eu esperava.

— Porque você nega a minha amizade, mas não nega quando parece que vou te beijar ou quando eu elogio seus peitos. Você está mais aberta a um beijo do que a ser minha amiga. E isso só mostra o quanto me aproximar de você é tão importante pra mim, porque eu sinto que perdi a minha amiga Cleo antes de perder minha namorada.

Sem resposta e sem qualquer vontade de retrucar, apenas peguei os livros em mãos e decidimos começar a maratona de filmes de acordo com a vontade de Marina, a expert em romances e, aparentemente, em me deixar sem palavras. Costumava ser ao contrário.

— Eu não odeio o romance — comentei quando o filme começou. Os pais de Marina haviam saído para visitar um casal de amigos, e nós estávamos largadas no sofá da sala, descalças, com almofadas sobre nossas pernas e baldes de pipoca ao nosso redor. — Só não é meu gênero literário favorito. Mas gosto de amar e gosto de ser amada.

— Sei disso. — Marina deitou o queixo sobre o joelho e enfiou um punhado de pipoca na boca. — Essa sessão de filmes não é pra te ensinar a amar, Cleo, isso você sabe fazer muito bem. É só pra te ajudar a escrever romance. Não é porque eu adoro filmes de super-heróis que isso me torne mais expert em escrever sobre o tema. — Ela deu de ombros e estendeu o suco em minha direção.

— Quando foi que você virou um *coach* de romantismo? — perguntei com uma risada ao pegar a garrafa de sua mão. Marina mostrou a língua e voltou a olhar para a televisão, onde o cenário inicial do filme se passava.

A personagem queria engravidar, mas não sentia que precisava de um parceiro, então decidiu fazer inseminação. Corajoso da parte dela.

Recostei-me contra o sofá escuro, concentrada nos eventos se desenrolando diante de mim. Marina e eu estávamos a uma distância segura, mas não havia desconforto no ar.

Preparei-me para anotar algumas coisas em meu celular, mas Marina pediu que eu somente aproveitasse o filme e depois anotasse apenas o que me chamou a atenção de verdade, como uma forma de reter apenas o que realmente tocou meu coração.

O meu coração, no entanto, ainda estava preenchido por um sentimento de insuficiência pelo desemprego, por não poder ajudar meu avô a pagar seus remédios caros (mamãe tentou esconder a existência deles de mim, mas ontem Lavínia deu com a língua nos dentes e disse que sua mãe não conseguiria arcar com tudo sozinha) e um conflito interno sobre estar mentindo para Marina e ao mesmo tempo desejando que ela não se afastasse mais. Porém, contar isso a ela estava fora de cogitação.

— Sabe, é isso que eu não entendo. — Apontei para a televisão. — Ela obviamente quer ter o filho sozinha, e um cara aparece do nada e já chega pedindo em casamento? — Revirei os olhos dramaticamente, e Marina só ria.

— Você não está entendendo a mensagem por trás disso... — Marina pausou o filme.

Realmente era incompreensível. Aquilo, na vida real, jamais seria aconteceria. Nunca. Aquele tipo de coisa não seria possível . E por mais que meus filmes de zumbi não acontecessem também, ainda havia relação com a vida real. Talvez bancos sugadores de cérebros, ou, falando como uma pessoa de cinquenta anos, o celular tornando os adolescentes zumbis consumidos por algoritmos e bobagens. Mas os romances não seguiam uma lógica parecida, afinal de contas, o *destino* tinha um papel importantíssimo.

Brigas e conversas mal resolvidas seriam solucionadas porque o destino interviria em favor. Amigos se distanciariam por tempos, para que um deles se casasse e finalmente se reencontrassem. Ela teria uma família, e ele apareceria na porta de sua casa, completamente por acaso, e isso geraria uma nova história de amor.

O meio do filme, quando tudo está dando errado e as pessoas se afastam por motivos trágicos, é o verdadeiro fim dos relacionamentos da vida real. Não há reencontro no futuro, pelo menos não para a maioria. E as exceções se tornam filmes – porque não é normal. As expectativas de um amor irreal me pareciam mais um desserviço do que propriamente um entretenimento. Isso talvez se devesse porque meu avô me criou e me ensinou desde sempre que a realidade tinha, sim, suas belezas, mesmo que o amor fosse uma expressão diferente dos filmes.

Mesmo que Marina não fosse a principal de um filme de romance e mesmo que eu não fosse seu par amoroso, eu ainda assim sabia que o amor que tivemos foi o suficiente. Apesar de que, muito mais do que eu gostaria de admitir, ultimamente eu viesse pensando que não foi o suficiente, que poderia ter amado minha ex-namorada por mais tempo.

Eu amei Marina com todas as minhas forças, entreguei a ela tudo o que poderia, e não é porque meu amor não estava refletido em uma personagem interpretada pela Lily Collins ou pela Jennifer Aniston que eu não a tivesse amado de verdade. Amei Marina muito mais do que um filme de romance poderia demonstrar, e por isso me destruiu quando fui privada de amá-la e ser amada de volta contra a minha vontade.

Terminar um relacionamento pode ser difícil para quem toma o primeiro passo, mas dói ainda mais para quem recebe a notícia trágica, porque não há argumento. Não há: "Ok, eu não aceito isso, vou fingir que você não terminou comigo e continuar te namorando". Você precisa aceitar, precisa engolir perguntas e questionamentos e desilusões, porque já não é da conta da outra pessoa. A bagagem do término é sua.

Você passa noites sozinho olhando para o teto e refletindo. Solitário. Quieto em um mundo de questionamentos tão ensurdecedor que a única solução é respirar fundo e seguir em frente, mesmo sem suas respostas.

A partir do término, duas partes isoladas se formam, e não há cumplicidade para questionar: "O que posso fazer diferente? O que posso me tornar pra você não desistir de mim?". Talvez, no fim de tudo, seja bom não ter tantas respostas. A Cleo de agora jamais deixaria que a antiga Cleo se permitisse mudar por Marina. Não importava se nosso amor era digno de romance ou tragédia.

— A questão é que esse é um filme em que uma das partes se expõe, protege e cuida — Marina discursou. — Dependendo do público, é ideal. Em outros públicos, é legal a ideia de uma pessoa meio rabugenta se derretendo por uma pessoa amorzinho.

— Como o nosso caso? — perguntei sem pensar.

— Se eu for o amorzinho, sim.

Dei um tapa em seu braço e soltei uma risada.

— Você é simplesmente animada e feliz demais, eu tentava acompanhar, mas não é fácil, sabia? — Apoiei o queixo sobre a mão. A tela pausada iluminava nossos rostos próximos, as vozes quase sussurradas preenchiam o silêncio de um filme parado na metade. — Sobre o seu próximo livro... Como ele se encaixa nessa narrativa? Você não me falou nada sobre ele, enquanto eu estou aqui, dividindo cartas de amor com você.

— Eu acho que ele é a história de duas garotas, uma delas é uma cabeça-dura e a outra simplesmente tenta provar que consegue ser o suficiente.

Encarei o sofá, interessada aos montes nos fios sobrando do tecido. Mordi o canto da boca e, ao levantar o olhar, Marina estava séria demais para a ocasião. A história com sua ex-namorada (Namíbia, eu acho) parecia tomar espaços em seu peito, e desviar o olhar era a alternativa naquela hora, porque enquanto eu tentava superar as feridas reabertas por Marina, ela ainda se recuperava de um outro relacionamento. Talvez um mais importante. Mais doloroso. Mais marcante.

— Vamos voltar ao filme — comentei com um pigarreio, controlando o nó em minha garganta.

— Cleo...

— Eu quero saber o que vai dar esse passeio deles na fazenda. — Apontei para a televisão, um sorriso trêmulo em minha boca.

— Ok.

Liberamos o filme novamente, mas não me lembro de uma frase sequer, apenas das luzes acesas quando os pais de Marina voltaram e prometi almoçar com eles no sábado seguinte, meus pés apressados para fora e uma sensação dilacerante no peito de que eu estava começando a viver um filme de romance, no qual eu era uma personagem coadjuvante de meus próprios sentimentos.

Capítulo quinze

MARINA FONSECA ESCREVE BEM, E ISSO É UM PROBLEMA

Cleo

Escrever cartas de amor quando se está triste é muito mais fácil do que parece. Peguei algumas anotações de Marina sobre escrever um romance e, com um suspiro cansado, voltei a digitar a carta no computador.

> Primeiro de tudo, você precisa se lembrar de que você não é o que escreve. Geralmente ajuda anotar palavras que o personagem (no caso, a sua cliente) costuma usar. Isso te dá um norte. Além disso, é mito achar que é necessário vivenciar um sentimento para escrever sobre ele.
>
> Se ela gosta de ser tocada na nuca, então foque nisso, sobre como a outra pessoa a faz se sentir quando tocam na nuca dela. Esta é a parte interessante: uma carta de amor é uma declaração, mas também uma amaciada de ego. Receber uma carta de amor deve ser um feedback com amaciada de ego + uma afirmação.
>
> Quando escrever, pense em como galantear outra pessoa enquanto diz o que faz com que o remetente se sinta bem. É uma via de mão dupla.
>
> E não se cobre tanto, você é uma ótima escritora.

A carta parecia se desenrolar com facilidade, as palavras se mesclando à melancolia e ao sentimento de que o amor, na verdade, era bonito demais somente porque alguém sofreu por ele antes. E eu sabia perfeitamente o que era aquilo.

Senti naquela carta uma diferença maior do que nas cartas eróticas. O sexo não é exatamente algo pessoal para todo mundo, há diferentes formas de encará-lo: casual, sensível, grosseiro, baunilha, carinhoso ou de despedida. Nas cartas, eu escrevia sobre sexo entre pessoas desconhecidas, de quem não sabia nada, não tinha ideia do quanto os sentimentos eram reais ou não.

Com o amor, a banda toca diferente. Porque o amor, apesar de existir em diferentes formas, ainda é amor. Tira dos trilhos, se embrenha em todas as células e é capaz de destruir ou construir uma base sólida. Amar é simplesmente tão inerente à nossa existência que, mesmo sem dizer a palavra "amor", o sentimento ainda existe. Por isso, sabendo que amar Marina foi pura existência, era fácil escrever sobre algo que o universo já presenciou. Que o pôr do sol de nosso primeiro encontro declamou.

— Para de mexer no computador e vem me dar atenção! — vovô gritou da sala.

Dei uma risada e fechei a tela, orgulhosa do resultado final da minha carta. Precisaria apenas revisá-la e enviar. Caminhei ansiosamente até a sala e abracei Lavínia e vovô, que comiam enquanto assistiam ao jornal italiano favorito deles.

Quando via àquele programa, vovô nunca falava em português. Acho que era o momento em que se permitia voltar à Itália e ao seu idioma materno. Sorri para a televisão e enfiei outra colherada de risoto na boca, deixando que a felicidade por estar ali com pessoas que eu amava me tomasse, afastando para longe cartas a políticos e sorrisos sorrateiros de Marina Fonseca.

— Você vai me contar que fim deu àquela torta de morango de ontem? — Lavínia me encurralou enquanto eu lavava a louça. Desliguei a torneira e olhei para a sala, checando se vovô estava ouvindo, mas ele estava deitado com as mãos sobre a barriga e roncando.

— Marina.

— Ah, jura? Quem imaginaria! — ela debochou, mas pegou um pano de prato e me ajudou a secar a louça.

Minha prima já estava um pouco melhor, apesar de ainda não se interessar muito em falar sobre seu término. Ela, assim como eu, não era muito de explanar seus sentimentos antes que estivessem resolvidos dentro de si. Talvez fosse algo de família.

— Ela disse que queria ser minha amiga, então eu decidi dar uma chance.

— E vocês já se apaixonaram de novo? — Lavínia quase derrubou um copo de vidro e xingou baixo. — Igual nos livros que a Marina escreve.

— Você já leu algo dela? — O choque em minha expressão divertiu minha prima, que apenas deu de ombros e voltou a guardar a louça.

— Precisa tomar cuidado ao deixar seus livros espalhados pela casa.

— Estava na minha estante — retruquei.

— Tanto faz. O negócio é o seguinte… — Parei de lavar a louça e voltei-me para Lavínia com um suspiro, antecipando o que viria a seguir. — Por que você tem um livro da Marina aqui, se passou tanto tempo jurando que jamais leria algo dela?

— Por motivos unicamente relacionados a pesquisas de campo. E hoje o almoço estava uma delícia, não?

— Não tente mudar de assunto, mocinha! — Recebi um peteleco na testa e tentei socar Lavínia na costela, mas ela se desviou rapidamente. — Por que você comprou o livro?

— Eu não sei, ok? Mas eu já parei de ler, não saí da página trinta — confessei a contragosto. — Fico pensando no que vem da ex-namorada dela e no que vem do nosso próprio relacionamento. Quer dizer, tinha que ter algo ali, não é?

— Você está se torturando, priminha — Lavínia lamentou e depositou um beijo em meu ombro. — Está vivendo o seu término três anos depois de ter terminado.

— Uau, a sua psicóloga vai ficar orgulhosa por esse diagnóstico tão inteligente — alfinetei. Lavínia revirou os olhos e se afastou.

— A Marina escreve muito bem, Cleo. Se vocês duas estão nessa brincadeira de gato e rato com a desculpa de escrever, ler o livro dela de verdade talvez dê ainda mais assunto pra vocês conversarem.

Terminei de enxaguar os talheres com uma expressão confusa. Lavínia estava certa, eu me sentia vivendo o término com Marina de novo, mas com paranoias que não experimentei da primeira vez. Talvez, se eu tivesse vivido tudo o que precisava na época, não estaria me sentindo desta forma agora.

Decidida a superar Marina a qualquer custo, nem que isso significasse passar pelo processo de luto do término novamente, peguei o livro já lido por Lavínia na estante e me deitei na cama, o coração acelerado ao sentir meus travesseiros afagarem minha cabeça pesada. Abri novamente na página trinta, determinada a ler até o fim.

Uma das personagens, a que havia ido fazer intercâmbio, teve seu primeiro encontro com o par amoroso, obviamente. Uma moçambicana sorridente. A ex de Marina tinha nome de país africano também. Balancei a cabeça, não queria buscar ali migalhas. Era só uma leitura.

E aí eu li "A Cena". A principal, Felícia, era assexual. E demissexual. Como eu. Meus olhos se encheram de lágrimas e abri um sorriso bobo, sem conseguir controlar a sensação de pertencimento, lendo que a exata cena em que Felícia fala sobre o assunto foi extraída de um áudio do WhatsApp que mandei para Marina quando contei a ela que me identificava com o espectro ace, ou assexual. Peguei meu celular, prestes a mandar uma mensagem para ela, mas me refreei.

Uma parte minha, a parte que ainda gritava em momentos de lucidez, dizia que eu já havia superado Marina e que me preservar era a melhor chance. Outra parte, que crescia aos poucos e insistia em me lembrar de que eu ainda era um ser humano e que me forçar a não sentir nada não adiantaria, argumentava que eu havia, sim, superado Marina, mas que era impossível negar o que estava acontecendo entre nós. A proximidade, o carinho, os momentos em que apenas nos encarávamos e mil anos de intimidade crepitavam sem aviso, embrenhavam-se em cada risada e rasgavam cada incerteza boba que inícios de relacionamento teriam.

O que eu sentia agora era diferente, era a insegurança por estar sofrendo sozinha, por não ser correspondida após tanto tempo sem padecer, por me colocar em uma situação delicada sem motivo algum. E esse sentimento era mais amedrontador do que a vontade de mandar uma mensagem para Marina, então larguei o celular sobre a cama e voltei a ler, limpando as lágrimas tímidas.

O relógio já batia às oito horas da noite quando vovô foi embora para casa, e eu já passava da metade do livro, meus olhos vidrados em cada linha. O romance se desenvolvia aos poucos, as personagens passeavam por cenários lindos em um país novo, e eu imaginava Marina vivendo cada uma daquelas experiências, se divertindo nas cachoeiras e morrendo de rir ao andar de patins em um parque.

— O Caio me chamou pra conversar — Lavínia anunciou da porta do quarto. Levantei o olhar das páginas e franzi o cenho. — Aqui em casa. Pode ser?

— Ele se chamou pra vir aqui? — indaguei em desconfiança.

— Não, não, ele pediu que conversássemos na casa dele, mas ele mora sozinho e você está aqui…

— Tem medo dele ficar agressivo? Ele fazia algo com você, Lavi? — Larguei o livro e me sentei, uma raiva descomunal surgindo em meu peito conforme os olhos de minha prima se arregalavam.

— Quê? Não! É só porque eu tenho menos chances de ter uma recaída sabendo que você está aqui.

— Ah, se for assim, sim. — Deitei-me novamente na cama e peguei o livro, abrindo-o sobre o peito.

— Hum… Livro da Marina, né? — ela brincou, os olhos claros me fitando com curiosidade.

— Você não me contou que a personagem era assexual — cantarolei.

— Achei que gostaria de ler isso sozinha. E o final é ótimo, você vai adorar.

E então saiu para tomar banho e esperar Caio chegar. Preparei-me para fechar a porta do quarto, como fiz poucas vezes. Mordi a ponta do polegar e pulei ao ouvir a notificação de e-mail chegar.

> De: sbarnabe@unite.com.br
> Para: cleo_rodrigues@outlook.com
>
> *Prezada, Cleo.*
>
> *Gostaríamos de informar que você foi selecionada para a entrevista de emprego no Banco Unitê para a área de Atendimento ao Cliente. Gostaríamos de marcar uma conversa para o dia 01/07 (terça-feira), às 17h.*
>
> *Atenciosamente,*
>
> *Sandra Barnabé.*

Pisquei algumas vezes, e o choque se tornou alegria para, por fim, desespero. Aquilo seria amanhã. Pulei da cama e respondi o e-mail prontamente, mesmo sendo absurdamente fora do horário comercial.

> De: cleo_rodrigues@outlook.com
> Para: sbarnabe@unite.com.br
>
> *Prezada, Sandra.*
>
> *O horário está ótimo. Qual o endereço da entrevista?*
>
> *Atc,*
>
> *Cleo.*

Enviei o e-mail e comecei a gritar e a dançar, a alegria por ser selecionada para a vaga em uma das empresas que mais gostaria de trabalhar me encheu de esperança. Não era a minha área, mas era um bom trabalho, com ótimos benefícios e salário.

Deitei a cabeça no travesseiro, sentindo aos poucos que as coisas voltavam a se alinhar e que eu poderia, finalmente, ajudar minha família e ter a estabilidade de antes – sem dores de cabeça, sem grandes surpresas, somente a conta cheia no fim do mês e a possibilidade de comprar os próximos livros que Marina escrevesse.

Capítulo dezesseis

TERÇAS-FEIRAS CHEIAS DE POEIRA DE ESTRELA

Cleo

A única coisa alinhada em toda a minha vida naquela terça-feira chuvosa foi a saia drapeada que usei para a minha entrevista. Além disso? Bom, pode-se dizer que Stephen King em parceria com Wes Anderson escreveram o meu dia.

Tudo ia bem durante o período da manhã, eu estava feliz. Acordei sorrindo e tomei banho sorrindo (mesmo quando um jato de água fria inesperado encharcou minhas costas e me fez gritar). Havia enviado a carta de amor, com uma certeza absoluta de que não poderia ter feito um trabalho melhor do que aquele. Estava melhorando na escrita e prestes a ir para a entrevista perfeita. Tudo estava se alinhando, então obviamente meu dia daria certo!

Antes de sair para a entrevista, tomada por uma onda de confiança, parti para a segunda carta, a do deputado que gostaria de escrever para outro. Aquele seria o meu maior desafio e, mesmo assim, estava empolgada. Nada nem ninguém perturbaria meu dia. Enviei o contrato de confidencialidade, passei o orçamento, fiz o questionário de sempre e terminei com um sorriso orgulhoso. Estava me acostumando àquilo. Era divertido.

Só que o destino, aquele mesmo que juntava personagens em filmes de romance que Marina adorava, arremessou-me no chão, pisou em meu pescoço e cuspiu sangue em meus olhos, como em um maldito filme *slasher*.

— A senhorita foi a última entrevista da seleção, imagino que tenhamos a resposta logo — informou-me a responsável pela decisão do meu emprego. Era uma mulher negra, de olhos verdes e pele tão retinta que mal aparentava em seus olhos o delineado marrom que usava. Ela tinha um sorriso simpático que não combinava em nada com a sensação de desespero dentro de mim.

— Obrigada, fico no aguardo — sorri de volta, aliviada por finalmente ter acabado.

E qualquer um poderia pensar: foi aí que tudo deu errado?

Ah, quem me dera fosse!

Ao sair da entrevista, com a postura de alguém pronto para encarar qualquer vilão da DC Comics e ainda assim sair vitoriosa, mandei uma mensagem para Marina.

Afinal de contas, não estava em um momento de vulnerabilidade, então poderia chamá-la, não havia parte de mim nervosa com sua presença.

Que tal comemorar nossa vitória com a carta?, enviei a mensagem e voltei a caminhar pelas ruas frias.

Vim almoçar pela paulista hoje com a minha agente e ainda estou aqui, quer me encontrar no mesmo bar de sempre?, ela me respondeu quase imediatamente.

Chego em uma hora.

O metrô parecia mais limpo, o chão sujo de chiclete e urina não cheirava tão mal, até mesmo as pessoas que insistiam em ficar paradas na esquerda da escada rolante me pareceram mais amigáveis. Talvez elas estivessem em paz, e por isso ficavam atrapalhando a vida alheia. Mas não era meu problema, eu não estava com pressa, estava feliz e animada.

Quando saí do metrô, quarenta e cinco minutos depois da entrevista no banco, recebi o e-mail.

> *Lamentamos informar que...*

Nem terminei de ler . As lágrimas subiram tão rapidamente que sequer tive tempo para me refrear. Soltei um grito de raiva, batendo com os pés no chão como uma criança mimada. Ao meu redor, algumas pessoas olhavam, mas não mais do que dois segundos, esvaindo-se da memória da garota esperneando no meio da estação Consolação.

Aquela era a graça de viver em uma cidade tão grande: você pode fazer o que quiser, e ainda assim ninguém vai se importar. Mesmo tão coletiva, São Paulo era individualista. Cada um em seu canto, cuidando de sua vida. E pronto. Naquele momento, era o consolo que eu precisava, poder chorar livremente e descontar meu ódio no concreto.

Já era a minha terceira entrevista, meu terceiro não, a terceira chance de me restaurar enquanto ser humano. Mas eu não consegui. Eu falhei. Eu não conseguiria ajudar nos medicamentos de meu avô e não poderia comprar uma mísera pizza para Lavínia quando ela precisasse chorar pelo término com seu namorado. Droga, dali dois meses eu sequer teria dinheiro pro aluguel completo!

Apoiei a mão no joelho e respirei fundo, sentindo meu corpo inteiro dar solavancos para evitar que os soluços viessem junto às lágrimas. Aquilo sim seria uma tragédia, uma vez que o choro se tornasse audível, não haveria mais fim.

Durante dez minutos completos em que compreendi um pouco mais por que o Coringa fazia o que fazia, tentei respirar fundo. As lágrimas pararam sozinhas, apesar do sentimento esmagador no peito, passei a mão sob os olhos e me convenci de que não era o fim do mundo.

Eu ainda teria outras oportunidades, só precisava aguentar mais um pouco. Só mais um pouco.

Empertiguei-me e voltei a caminhar, deixando no asfalto o meu surto de minutos atrás. Assim como os outros paulistanos, planejava deixar que a memória da garota chorando há alguns minutos ficasse por ali, esquecida em meio à garoa traiçoeira do inverno.

Quando cheguei ao bar, já estava escuro e o frio invernal castigava minhas maçãs do rosto. O aquecedor me recebeu com carinho ao fechar a porta atrás de mim. O lugar estava relativamente vazio, por ser uma terça-feira, mas havia alguns grupinhos espalhados, todos aproveitando a noite gelada para tomar bebidas quentes. O menu indicava que era noite de *fondue* e vinho branco. Meu estômago roncou, mas eu só poderia comer em casa, não tinha grana pra bancar uma refeição daquelas.

— Aqui! — Marina gritou de uma das mesas ao fundo, seu rosto aberto em um sorriso gigantesco ao acenar para mim. Torci para que minha maquiagem não estivesse destruída, que meu rosto não demonstrasse a derrota do dia.

E, apesar daquilo, ser rejeitada por uma empresa não foi o que efetivamente estragou meu dia. Afinal de contas, receber *nãos* faz parte da vida adulta. Eu estava triste e chateada, mas não era realmente o fim do mundo. Eu ainda conseguiria. Tinha que conseguir.

— Você está bem? — ela perguntou, seus olhos vasculharam meu rosto em busca de respostas que minha boca se recusaria a dar.

— Entrevista de emprego ruim, o de sempre. — Dei de ombros e peguei o cardápio, a fim de evitar contato visual mais longo. Marina pôs a mão sobre o plástico e apontou para o bar.

— Eu pedi um rodízio de *fondue* pra gente.

— Marina… — suspirei pesadamente, passando o indicador e o polegar sobre a têmpora. — Você precisa parar de pagar as coisas assim, eu não gosto muito dessa ideia.

— Mas eu não estou pagando só porque eu quero — ela respondeu com um sorriso zombeteiro. Arqueei a sobrancelha em sua direção e cruzei os braços. — Eu dou tanto em cima de você que aquela regra dos cinco reais a cada cantada já deve estar beirando os duzentos.

Tentei segurar uma gargalhada, mas foi impossível. Comecei a rir e apoiei o queixo sobre a mão, deixando que Marina me envolvesse em uma conversa leve e fácil sobre os tipos de *fondue* e como queijo fazia mal ao estômago.

— Hoje eu me encontrei com a minha agente — ela começou a conversa quando nosso jantar chegou. Eu já estava na metade da taça de vinho, mas Marina parecia focada em devorar o *fondue* de queijo.

— Já entregou o manuscrito? — Tomei outro gole, afundando para meu estômago meus questionamentos sobre o livro, o que havia me feito companhia no dia anterior e que eu terminara no metrô, vindo para cá.

— Não. Eu tenho mais três semanas, mas ainda falta o final da história — confessou, seus olhos se desviaram para o bar, onde uma garçonete ria junto ao caixa.

— Eu sinto que o final que os leitores esperam não é o suficiente. Preciso fazer justiça às minhas personagens.

— Você não me contou sobre o que é a história… — Arqueei a sobrancelha. — Na verdade, não falou quase *nada* sobre seu livro novo. Eu estou aqui me expondo sobre minhas cartas românticas e você toda misteriosa.

— Cleo. — Marina se aproximou um pouco, a luz fraca acima de nós criava sombras em seu rosto. — Foi você quem disse que não pretende ler nada meu, não é?

— Sim, mas… Ah, tem razão.

Dei-me por vencida antes que falasse mais do que deveria. Ainda não queria que Marina soubesse que li seu livro e, pior de tudo, que amei cada segundo. Lavínia estava certa, o final foi perfeito.

Em algum ponto, esqueci-me de procurar agulha no palheiro e somente aproveitei o livro, envolvida pelo romance de duas meninas que se amavam, mas não poderiam ficar juntas.

— Eu entreguei parte do manuscrito hoje — ela confidenciou ao enfiar mais um pedaço de brócolis no molho. Ela havia pedido um *fondue* vegetariano para nós, já que eu não comia carne. — E ela pareceu empolgada.

— Marina, isso é ótimo! — Havia uma comemoração genuína em minha voz. — Espero que ela venda seu livro pra alguma editora.

— Eu já tenho uma compradora. E você adora os livros dela… — cantarolou.

— Para de me deixar curiosa, eu não sou fofoqueira, mas não consigo me controlar quando o assunto são livros que eu gosto, você sabe disso. — Dei um chute de brincadeira em sua canela sob a mesa, mas Marina segurou meu pé e fez um carinho de leve em minha panturrilha. — Menos cinco reais pela carícia.

— Isso significa que você está tentando acumular uma taça de vinho? — brincou enquanto chamava a garçonete para pedir.

Marina tinha um sorriso tão calmo, eu me sentia exatamente como nas noites frias e chuvosas que saíamos para aproveitar a presença uma da outra, só dar risada e nos encararmos por algum tempo, contemplando a facilidade de simplesmente *estar* na presença de quem amamos.

— Essa foi minha terceira entrevista de emprego, e deu errado — desabafei. Marina segurou minha mão sobre a mesa e começou a fazer círculos em minha palma, um olhar cuidadoso voltado em minha direção. — Por isso odeio que pague minhas coisas, sinto que é caridade, que eu deveria arcar com tudo isso e…

— Cleo — Marina chamou minha atenção com firmeza. Voltei-me para encará-la, percebendo que algumas lágrimas se amontoavam no canto do meu olho. Tentei encarar novamente a parede, mas Marina foi incisiva em manter sua mão na minha e seu olhar trancado no meu. — Nada disso é caridade. Quando a gente namorava, você vivia pagando nossas saídas porque meu pai estava desempregado, lembra? Nós já tínhamos quitado o intercâmbio, mas tudo deu errado. E você nunca cobrou nada, nunca pensou em jogar na minha cara que pagava as coisas por nós. É o mesmo agora. Eu *gosto* de fazer isso, eu gosto de te alimentar e eu gosto que me deixe cuidar de você.

Pisquei com força algumas vezes, meu peito se encheu de tantas sensações ao mesmo tempo que qualquer palavra parecia engasgar. O que eu responderia? Por que Marina precisava sorrir daquele jeito? Por que ela parecia tão... madura e tão confiante? Por que eu simplesmente não conseguia falar algo?!

— Licença — pedi e me retirei da mesa, quebrando o contato por completo de seus dedos nos meus.

— Cleo!

Ignorei o chamado de Marina e caminhei apressada até o banheiro, passando por algumas pessoas amontoadas na pequena pista de dança, que agora reproduzia alguns sucessos dos anos 80. Atravessei a cortina de contas e dei de cara com meu reflexo no espelho. Balancei as mãos ao lado do corpo, deixando a ansiedade fluir de uma vez.

Ok, precisava pensar com calma.

Marina gostava de cuidar de mim, mas até aí eu gosto de cuidar dos meus bonecos do The Sims.

Marina gostava de me alimentar, então ela que comprasse uma Barbie ou qualquer que fosse o nome que davam para as bonecas hoje em dia.

Marina queria que eu confiasse nela, mas não era possível voltar no tempo, para quando eu baixei a guarda e ela quebrou meu coração. Mas isso foi há tanto tempo... Mesmo assim, havia tão pouco que Marina voltara para minha vida, não era justo me cobrar quando ela própria admitiu que queria tentar ser minha amiga, apenas isso. Eu tinha tempo, certo? Então por que eu simplesmente sentia uma vontade imensa de jogar minhas indecisões no fogo e admitir para Marina que eu queria tentar de novo, que eu a superei, mas não queria mais viver a superando, e sim beijá-la a qualquer momento, assistir filmes de romance junto com ela sem me preocupar em ir embora, deitar a cabeça em seu ombro e sentir sua mão fazendo carinho em minhas costas?

Você não diz esse tipo de coisa pra sua ex-namorada que ainda está superando outra pessoa. Simples assim.

— Cleo? — A cortina de contas fez um estardalhaço quando Marina a ultrapassou chamando meu nome, sua voz perigosamente próxima. Voltei-me para ela no mesmo momento que uma pessoa saiu de uma das cabines, encarando a nós duas com o cenho franzido.

— Foi mal, vou só lavar a mão — desculpou-se com timidez a pessoa de cabelos azuis.

Foram os segundos mais constrangedores da minha vida. Enquanto a moça lavava a mão, tentava não nos mirar pelo espelho, ao ponto que Marina e eu ficamos segundos inteiros nos encarando, o silêncio cortado unicamente pela água corrente. Quando a intromissão saiu, suspirando audivelmente e comentando para sua amiga que havia "duas meninas prestes a transar muito no banheiro", Marina deu um passo à frente.

Eu não sabia o que fazer, o peso do dia inteiro me lembrava que, não importava o quanto eu quisesse algo, o universo o tiraria de mim. Era como um grande caos cósmico, e Marina estava ali, pairando como uma supernova, em um brilho tão intenso que tirava a atenção de toda a escuridão exaustiva e explodia em partículas minúsculas toda vez que sorria em minha direção, criando novas estrelas memoriais, sensíveis ao mísero piscar de olhos.

— O que está acontecendo de verdade, Cleo? — ela praticamente murmurou.

— Eu não fui aprovada no emprego.

— Tem mais.

Desviei o olhar para a pia, as gotas d'água molhando o mármore eram um ponto de interesse muito maior do que os olhos inquisitivos de Marina.

— É só isso — assegurei-a novamente.

— Vou começar a cobrar cinco reais toda vez que mentir pra mim. — Marina estava tentando quebrar o gelo, a cada segundo seus passos se aproximavam de mim. Pairando ao lado de minha mão, seus dedos tracejavam os contornos da pia, as unhas se arrastavam até que o destino final, a ponta dos meus, fosse encontrada.

— Eu li seu livro — disparei. Levantei o olhar, Marina estava com um sorriso adorável, os olhos brilhavam com felicidade genuína. Não pude evitar sorrir de volta.

— E o que achou?

Por mais que conversássemos normalmente, cada palavra parecia sussurrada, íntima. Uma bolha na qual ninguém poderia nos ouvir ou espiar.

— Eu acho que você poderia ter me dito que tinha uma personagem demissexual — brinquei. Marina agora arrastava seus dedos sobre os meus, alcançando meu pulso delicadamente. Seu cabelo era tão cheiroso, eu estava perdida e inebriada. Poderia discorrer sobre as 95 teses de Lutero e ainda assim não compreender palavra alguma, vivendo no automático até que Marina finalmente acabasse com o meu sofrimento e me deixasse sentir o cheiro de seu pescoço, de sua pele, de tudo. Marina por inteiro era tudo o que eu queria.

— O que você achou sobre o primeiro encontro delas?

— Que a Felícia deveria ter beijado a Simone — respondi, mas minha voz já não parecia minha. A garganta seca denunciava a sede por Marina, as piscadas lentas tentavam marcar o máximo de tempo com os olhos abertos para vê-la. Era viciante. — E você vai perder pelo menos uns quinze reais por fazer isso. — Apontei com a cabeça para sua mão, que subia por meu cotovelo e se aconchegava em minha cintura.

Marina sorriu, prestes a dar uma resposta engraçadinha, mas eu já havia esperado demais. Sem pensar, com uma taça de vinho correndo em minhas veias e o desejo desenfreado de, por uma vez na vida, não esperar que o universo fizesse algo por mim, segurei Marina pela nuca e a beijei, silenciando sua voz para despertar uma multidão em minha cabeça. Derreti-me em seus braços, suspirando quando sua mão se embrenhou por meus cabelos e me segurou com força. Aquilo era tão bom, tão cheio de intimidade que parecia nunca ter sido quebrada. Marina tinha gosto de estrelas cadentes e pôr do sol. E perto dela eu me sentia incandescente.

Puxei-a para perto, inspirando seu sorriso entre os beijos e expirando pequenos gemidos toda vez que ela decidia segurar minha coxa.

— Dentro do banheiro, agora — consegui formular entre um beijo e outro.

Afastei-me de Marina apenas para encará-la sorrindo, os olhos exalavam loucura e saudade. Deveria ser um reflexo do meu próprio rosto, porque voltei para seus braços, sem conseguir respeitar meu próprio comando. Minha mão em seu pescoço, sua boca em meus lábios, suspiros trôpegos e sua pele na minha.

Marina abriu a porta do banheiro ao nosso lado, o beijo desleixado nos fazia rir como adolescentes, mas quando nos vimos trancadas ali, o som da música abafada do lado de fora e sem lugar para correr, senti parte da coragem ruir.

— Não pense demais — ela pediu, pressentindo meu receio.

Encostei-me à porta, o gelado da madeira contra minha pele em chamas. Marina se aproximou devagar, os polegares circulando meu quadril e a língua contornando de leve meus lábios. Roubei um beijo tímido, o som mais gostoso que já ouvi. Soltei um suspiro quando a mão de Marina se aventurou sob minha blusa e se aproximou de meu sutiã.

— Eu sinto tanta falta deles na minha boca — ela sussurrou em minha orelha.

Puxei Marina para mais perto e passei o polegar em seu lábio inferior.

— O seu sorriso... — murmurei sem desviar os olhos dela. — Você sempre ficava desse jeito quando eu te chupava, sabia?

Marina me fitou com um sorriso frouxo e levantou meu sutiã apenas o suficiente para envolver o bico de meu seio em seus dedos, girando-os sem qualquer aviso.

— Nina... — gemi em antecipação. Marina não me deixou respirar antes de deslizar a língua por meu pescoço, sem parar de maltratar meu seio com sua mão. Levantei a perna, buscando inutilmente mais contato.

— Quer ir lá pra casa? — ela perguntou tão ofegante quanto eu.

Deitei a cabeça contra a porta, ponderando a decisão.

A Ela, que mantém meu coração a dez mil pés do chão.

O agradecimento do livro de Marina retumbou em cada célula, trazendo-me de volta à poeira estelar. Afastei-me dela rapidamente, passando a mão sobre o rosto. Precisava voltar à realidade, ao que eu sabia ser certo ou errado.

— Não, eu... não posso — balbuciei ao arrumar meu sutiã. Não consegui encarar o rosto machucado de Marina, sua boca inchada e o pescoço marcado por minhas unhas.

— Ah — ela murmurou. — Eu achei que você não tivesse nada sério com a sua outra pessoa e...

— Não, não é nada disso — tentei explicar, mas o banheiro se fechava ao meu redor.

Por Deus, o que eu fiz?

— Preciso ir embora — desconversei e abri a porta atrás de mim.

— Cleo...

— Obrigada por pagar o *fondue* — consegui dizer antes de sair correndo pelo restaurante, rasgando entre planetas e crateras lunares até chegar à calçada, encontrando por fim meu ponto de gravidade.

E foi assim que arruinei meu dia, sozinha, não por culpa de Marina ou de qualquer força divina, apenas a minha escolha de beijar minha ex-namorada no banheiro de um bar. E o pior. Eu havia gostado e queria de novo, mesmo sabendo que ela ainda amava outra pessoa e que eu não tinha o lugar em seu coração que já tive um dia.

Embarquei no metrô dormente, torcendo para ser sugada por um buraco negro para um mundo em que eu fizesse boas escolhas, e Marina não fazia parte delas.

Capítulo dezessete

NÓS ODIAMOS A NAMÍBIA. PONTO FINAL

Marina

Parte da juventude de qualquer pessoa que se preze é cometer erros com a desculpa de "que se dane, só se vive uma vez". E é justamente porque só se vive uma vez que cometer erros não é sempre uma boa escolha. Por isso, minha mente era clara e transparente com o quão correto foi beijar Cleo.

E tão fodidamente bom.

Ela sabia exatamente como me tocar, quais palavras eram necessárias para me desmontar e me levar ao céu, capazes de me motivar a explodir capitais e universos apenas pelo puro prazer de beijá-la novamente.

Mas estou apenas sendo uma romântica, porque, no final de tudo, foi um erro para Cleo, e aquilo me doía ainda mais do que se eu mesma considerasse nosso beijo algo menos do que um crime.

A caminhada para casa foi regada de vergonha e um estômago levemente vazio. Não consegui aproveitar tanto o rodízio quando a única coisa que eu queria ter de verdade era Cleo Rodrigues. Bom, voltava para meu lar de barriga vazia – de ambas as formas.

— Filha, que cara é essa? — Stephanie estava com o semblante preocupado, as pernas para cima no sofá enquanto pintava as unhas e assistia a Gilmore Girls. Observei-a pausar o episódio e me fitar com curiosidade.

— Não tive um dia tão bom. — Desdenhei com a mão e larguei minhas coisas sobre a mesa. — Vou para o quarto, tá legal?

— Ei, tentaram te ligar aqui no telefone fixo. — Ela apontou com a lixa de unha para o lugar esquecido pelos deuses (mas não pelo meu pai) em que estava nosso artefato arqueológico, o telefone fixo. Ninguém além da cobrança e amigos do meu pai ligavam para aquela linha, por isso estranhei a fala de minha mãe.

— Hã... Você já cogitou que era um trote da cadeia?

— Ainda bem que você é escritora, porque se sairia péssima como comediante. Era uma garota com um sotaque gringo muito forte.

— Namíbia? — perguntei com o cenho franzido.

— Não sei... Você nunca nos deixou conhecer essa namorada. — Havia crítica em sua voz, mas eu não estava em pé para discussão naquele dia.

— O que foi ótimo, porque olha só o buraco em que eu me enfiei com ela, não é? — A ironia escorrendo por minhas falas não era uma reclamação para Stephanie, e ela também sabia disso, apenas queria que eu desabafasse, e a amava por isso.

— Isso só torna tudo pior, se nós a tivéssemos conhecido antes, talvez pudéssemos ajudar com toda a questão do...

— Mãe... — alertei com a voz baixa e triste. — Eu só estou cansada, ok? Posso ir me deitar e ficar quietinha?

— Eu levo um chá pra você depois. — Ela voltou o olhar para as unhas dos pés, agora metade vermelhas.

Suspirei e caminhei pelo corredor até meu quarto. Meu pai estava na redação, ele trabalhava durante a noite quando havia alguma conferência importante, como a do governo japonês sobre o investimento na saúde, que ocorria agora.

Larguei-me na cama e voltei a encarar o teto, meu corpo inteiro se mesclava à confusão e ao sentimento de vitória dentro de mim. Eu havia beijado Cleo, pelo amor de Deus! Deveria estar reluzente com isso, então por que sentia como se aquilo fosse um mau presságio? Como se beijá-la fosse a pior decisão?

Aquela discussão interior, na verdade, sequer era válida. Cleo me beijou. Foi dela que partiu o convite para nos enfiarmos naquele banheiro pichado por diversas pessoas com coisas como "Lula Livre" ou "Vocês preferem pênis ou bucetão?". Um charme.

Peguei meu celular e cerrei os olhos quando o brilho da tela me incomodou. Abri novamente o e-mail de minha agente, uma respiração presa na garganta. Ela me enviou pontos de alteração no romance, mas, no geral, estava ótimo.

O problema era o final, os últimos cinco capítulos daquela história que não se formavam em minha mente, martelavam meu sono e me tiravam da zona de conforto. Os finais de romances eram sempre os mais difíceis, é quando o conflito entre as principais acontece, e eu preciso pensar em uma desculpa boa o suficiente para separá-las apenas para que o leitor se questione: como isso vai se arrumar? Como, depois de tamanha briga e desavença, as principais vão se encontrar e fazer as pazes?

Bem, daquela vez eu não tinha a resposta.

— Que droga! — exclamei enraivecida e sentei-me na cama, fitando minha estante de livros com alguns espaços em branco. Livros que emprestei para Cleo fazer sua pesquisa. Pesquisas que ela poderia aplicar para sua própria *namoradinha*.

Era ridículo falar assim, os ciúmes que eu sequer conseguia esconder. Cleo não estava namorando, mas devia ter se sentido culpada por causa do nosso beijo. Era irritante não saber o que esperar, não saber o quão séria ela estava com essa menina, se eu ainda tinha chances de conquistá-la de volta ou se deveria apenas me contentar com o título de ex-namorada.

E então, como uma boa *Gen Z*, entrei no Instagram e decidi me enfurnar em um mundo de stalkeadas em likes e posts, mas não havia nada. Nenhuma garota.

Nenhum garoto. Nenhuma pessoa não-binária. Nada. Apenas comentários de suas amigas e de algumas outras pessoas que eu não conhecia.

Eu queria poder comentar, gostaria de estar com ela naquele momento, cabeça em seu pescoço, mão em sua cintura, falando para ela que, desde que voltei, comprei 3 camisas alguns números maiores que eu para nossos encontros, caso ela precisasse de uma roupa nova e eu não pudesse dar a minha, já que não usávamos o mesmo número. Ela riria, me beijaria e diria que eu era a pessoa mais boba do universo, e mesmo assim jamais pararia de usar aquelas camisas.

Marina, você está por aí?

Pisquei algumas vezes diante da mensagem na barra de notificações, uma sensação ruim no estômago. Deixei que ela desaparecesse e ainda assim continuei encarando o aparelho.

Queria falar com você… Por favor, eu juro que vou ser rápida. Posso te ligar?

Peguei o celular em mãos e abri o aplicativo de mensagens.

Você tem um minuto, depois vou bloquear seu número, digitei.

Não se passaram segundos até que o toque de chamada invadisse o quarto vazio e escuro. Respirei fundo antes de atender, cogitando fingir que meu cachorro inexistente havia digitado aquilo.

— Namíbia — atendi à ligação com secura, meus olhos fixos na parede com minhas fotos do intercâmbio, onde a conheci, três anos atrás, mas só nos relacionamos de verdade quando ela veio me visitar no Brasil ano passado. Namoramos por oito meses. Foi o suficiente para que eu sentisse apenas um gostinho do que uma pessoa abusiva poderia fazer.

— Obrigada por me atender — ela falou rapidamente, seu sotaque de português brasileiro forte. Seu pai era moçambicano e sua mãe era brasileira. Ela havia aprendido parte do idioma enquanto crescia, mas ainda tinha o sotaque ao falar.

— Você só tem 50 segundos… — cantarolei, não havia um pingo de humor em minha voz.

— Eu gostaria de pedir desculpas.

Afastei o celular da orelha e o apoiei na cama, ligando o viva-voz. Eu com certeza tive algum problema na internet e ouvi errado.

— Marina? — ela me chamou novamente.

— Eu… hã…

— Desculpas, tá legal? — repetiu mais uma vez, sua voz eletrônica entrecortada por um suspiro. — Eu fui uma péssima namorada, você sabe que eu sou ciumenta, mas deixei passar demais do ponto e…

— Não, eu passo do ponto quando sou grossa com minha mãe sem motivo. — Cerrei a mandíbula em pura raiva. — Alguém passa do ponto quando bebe demais. O que você fez foi muito mais do que passar do ponto. Você disse pra todos os meus amigos do intercâmbio que eu roubei da sua casa porque, aparentemente, isso faria com que eles se afastassem de mim. Você violou a minha privacidade, mentiu, tentou manipular a minha vida, me pintou como doida! — cuspi as palavras, minha voz embargada mesmo após tanto tempo lidando com aquela questão na terapia, com o quanto Namíbia tirou de mim algo que era somente meu.

— Marina, eu sinto muito — ela pediu novamente, sua voz tão baixa que somente a ouvi porque estava focada intensamente naquela conversa, torcendo para que Namíbia tropeçasse na rua e quebrasse as duas pernas. — Não espero nada com essa ligação, só queria pedir desculpas, queria dizer que eu entendo agora o que fiz e...

— Fale isso pra sua psicóloga, eu não poderia me importar menos.

Desliguei a chamada, sem querer ouvir mais nada. Respirei fundo, tentando refrear as lágrimas quentes que sequer pediam permissão para sair. Apoiei o rosto no joelho, controlando minha respiração, sentindo minhas pernas tremerem de ódio, cansaço, raiva, tudo ao mesmo tempo. Eu odiava Namíbia com toda a minha vida por ter criado traumas em mim que eu já havia superado há tanto tempo. Eu a odiava mais ainda por me deixar daquela maneira, desestabilizada e completamente fora de mim. Ela não tinha o direito de fazer aquilo comigo.

Stephanie bateu à porta, mas não consegui responder, apenas continuei a chorar. Sozinha. Deitada na minha cama e torcendo para que o mundo me engolisse. Eu sabia que o dia seguinte seria melhor, que aqueles momentos de gatilho não duravam tanto tempo, mas isso não os impedia de doer e me destroçar enquanto estavam ali.

— Eu ia te deixar quieta chorando, mas eu preciso perguntar... — Ouvi a voz de Stephanie à porta e virei-me para encará-la, uma confusão de dor e lágrimas. — Você precisa de um abraço?

— Sim — chorei manhosa e me sentei na cama, abraçando minha mãe antes que ela se sentasse no colchão. Apoiei a cabeça em seu ombro e deixei que o choro dolorido me embalasse.

Doía tanto que parecia não acabar nunca.

Doeu até que Stephanie se deitasse comigo, suas unhas recém-pintadas fazendo carinho em meu cabelo, sua voz cantando uma música do Toquinho, seu abraço me lembrando que eu não estava sozinha.

Quando acordei no dia seguinte, com o peso do braço dela ao meu redor, abri um sorriso cansado. O pior havia passado. O dia seguinte era sempre exaustivo, lotado de pensamentos intrusivos, mas melhor. Melhor porque eu podia simplesmente ficar sentada no sofá abraçada com minha mãe, vendo filmes bobos e pensando no meu próximo livro, invejando meus personagens por não sentirem o que eu sentia naquele momento. Eles tinham um desfecho decidido, havia uma luz para eles no final... Mas e eu? Qual era a minha garantia de que aquela sensação sufocante passaria?

Não havia garantia, mas eu tinha as ferramentas para lidar com toda aquela dor. E escrever era uma delas.

Acordei Stephanie e falei para que fosse dormir em sua cama. O dia estava nascendo e havia baba seca em minha boca. Peguei o computador quando ela se despediu com um beijo e comecei a escrever mais um capítulo, pronta para finalizar a minha história com a honra devida.

Enquanto as palavras escorriam por meus dedos e criavam ramificações em Times New Roman 12, vi-me sorrindo ao me lembrar de Cleo, de seu sorriso, de como ela encarava seriamente cada elemento da paisagem quando saíamos, absorvendo tudo para transformar em escrita. Gostaria de ler o material final que ela produzia, mas se nunca havia me mostrado, tinha motivo, e eu apenas respeitaria.

Naquela cena, as personagens estavam criando o clima de romance, sustentando no ar o desejo e incapazes de se refrear. Era delicioso de ler e de escrever, e questionei-me se Cleo leria aquilo algum dia.

Você sempre sorria desse jeito quando eu te chupava, sabia?

Cleo havia dito aquilo sem pestanejar, fitando meus olhos enquanto aquela boca deliciosa profanava a pureza de seu olhar. Eu só queria viver com a boca nela, dentro dela, em cima dela, de qualquer maneira. Queria Cleo por inteiro, e aquela pequena amostra me revelava que nós duas sabíamos que era inevitável nos aproximarmos daquela maneira.

— Ela não pode ser real — exasperei encarando a tela.

Cleo leria aquela história, e eu queria que ela soubesse que cada suspiro, cada reação, foi escrita apenas porque eu não podia gemer o nome dela – ainda.

Capítulo dezoito

CHURRASCOS VEGETARIANOS E FAMÍLIAS UNIDAS

Cleo

Já havia se passado uma semana desde o fracasso Marina-e-Cleo-se-beijando-em-um-banheiro-de-bar-assim-como-Cleo-prometeu-que-nunca-aconteceria. A parte boa, pelo menos, seria o feriado no dia seguinte e eu poderia descansar. Meus pais queriam fazer algo na casa dos meus avós, como sempre, então passaria algum tempo conversando com vovô sobre a CPI, ainda em vigor, do esquema de corrupção na cidade de São Paulo.

Cada dia mais os jornalistas falavam em manifestações, em como a política era falida, etc. Eu e vovô estávamos ali unicamente para criticar as roupas dos apresentadores e fofocar sobre nomes: quem seria o primeiro a ser descoberto, quem iria preso e deduraria outras pessoas. Era um jogo familiar divertidíssimo.

— Você vai passar o feriado com a gente? — perguntei para Lavínia enquanto ela lavava o banheiro e eu passava o rodo na sala.

— Vou, ué.

— Eu ainda não me acostumei com sua versão solteira, perdão. — Apoiei-me na vassoura e limpei a camada de suor da testa.

— Também não, prima. Mas eu e Caio terminamos em bons termos, está tudo certo — ela me assegurou pelo que parecia a nonagésima vez somente naquela semana.

Dei de ombros e voltei a passar o pano sob a mesa de jantar, com preguiça demais de mover as cadeiras. Bufei e apoiei a mão na lombar antes de me agachar. Não havia coluna que aguentasse aquilo.

— Ei, abaixa o volume! — Lavínia gritou do banheiro, peguei o celular do bolso de trás do jeans velho e pausei a música alta do nosso apartamento, a trilha sonora da limpeza da semana. — Oi, tia.

Lavínia estava falando com minha mãe? Arqueei a sobrancelha e apoiei o rodo na mesa, andando até o banheiro da suíte de Lavi.

— Que foi? — sussurrei em sua direção. Lavínia balançou a mão em minha direção, focada na conversa com mamãe. Seus olhos se arregalaram, ela sorriu, assentiu, mas não consegui entender nada. — Por que ela te ligou? — perguntei quando desligou a chamada.

— Nada, não.

— Você acha que eu nasci ontem? Lavínia, eu não conheço pessoa mais fofoqueira, desembucha! — Cruzei os braços, formando uma barreira para que minha prima não saísse do cubículo até me dar respostas.

— Eu não sou fofoqueira, de onde tira essas ideias, priminha? — Sua voz estava pelo menos dois tons mais alta. Revirei os olhos e apontei o dedo em sua direção.

— Vai, matraca, fala logo.

— Vou dizer pra sua mãe que você me ameaçou com um facão — murmurou e tirou a franja do rosto antes de me encarar com um suspiro. — Nós não vamos passar o feriado com a família do vovô.

— Ué, por quê? — Agora minha voz estava dois tons mais alta.

— Porque… — ela enrolou, encarou todos os azulejos antes de bufar e se sentar sobre a privada limpa. — Porque nós vamos para o sítio da família da Marina.

Permanecemos em silêncio por um período absurdamente preocupante, a informação sendo digerida aos poucos.

Eu.

Sítio.

Sítio da Marina.

Minha família.

Eu, minha família no sítio, sítio da Marina.

Com a família da Marina.

— Nem se o Papa fizesse promessa para acabar com a guerra no mundo eu faria isso — anunciei com a mão para o alto, em dramaticidade digna de teatro.

— Você é tão egoísta… Mas se fosse a Marina pedindo, você faria, né?

— Lavínia!

— Eu menti?

Não.

— Sim! — retruquei a contragosto. — Mas, de qualquer maneira, não vou. E não sei por que a senhora minha mãe resolveu te ligar em vez de me encarar pra falar comigo.

— Porque você é assustadora às vezes…

— Você não tem medo de mim.

— Claro, eu faço o seu almoço, você é quem deveria ter medo.

— E por que diabos vamos para o sítio da família da Marina? — perguntei ao voltar para a sala. Peguei meu rodo e fui à cozinha, tentando descontar nas manchas de refrigerante no chão a frustração que sentia.

— Porque a mãe dela nos convidou, e você sabe que a titia e a Stephanie são próximas. Elas disseram que não nos reunimos há muito tempo e…

— Ah, e por que será?! — Bati com o rodo no chão.

— Você pode fingir estar doente, eu posso te acobertar — Lavínia murmurou atrás de mim. Dei-lhe um sorriso que reservava a poucas pessoas além dela.

— Eu te amo por isso, mas aí mamãe viria aqui me arrastar pelos cabelos. Vou falar direto com ela e convencê-la com argumentos bem elaborados.

— Você vai à força, não vai?

— Vou — lamentei.

Era impossível argumentar com mamãe, ela provavelmente usaria a carta do "feriados são reservados para família, essa foi nossa condição antes de você se mudar", e eu não poderia discutir contra aquilo. Era o nosso combinado, afinal de contas. Mas a família de Marina não estava no pacote.

Depois do beijo, Marina me mandou mensagens, disse que poderia postar uma foto com a prima dela para fingir para minha namorada inexistente que não tínhamos nada, o circo todo. Mas não consegui responder. Eu evitei todo contato com minha ex-namorada, simplesmente porque não sabia como reagir.

O que eu diria? Que o beijo foi ainda melhor do que eu me lembrava? Que me masturbei pensando nela em um dos dias da semana, a primeira vez em vários meses que não fosse unicamente para dormir mais rápido, e que foi bom o suficiente para me deixar com câimbra na coxa? Hum, não.

Liberei a música de limpeza novamente, torcendo para que as letras do funk tirassem Marina de minha mente. Era difícil quando a música falava sobre gozar e mais outras sem vergonhices que fariam a *nonna* nos deserdar. Pelo menos me ajudariam na próxima carta que precisava fazer. Eu já tinha pegado o jeito, então foi mais fácil. Não precisava de um pênis para escrever sobre um, mas fiz muita pesquisa. O deputado foi claro em sua carta sobre algemas, cera e outros itens que precisei buscar no Google para entender a dinâmica.

Cogitei assistir a alguns pornôs para buscar informações, mas percebi que, assim como para entender sexo entre duas pessoas com vagina aquilo não seria verídico ou saudável, para pessoas com pênis se aplicava igualmente. Para mim já era natural olhar para um vídeo daqueles e simplesmente… não sentir. Quando era mais nova, achei que houvesse algo errado em ver pornografia e não pensar "Nossa, é isso que eu quero, ser virada que nem frango". Não havia nada ali que me causasse bem algum, quer mental ou fisicamente. Levei muito tempo (e muita terapia) até entender que a libido não significava atração sexual. E apesar de agora saber disso, ainda tinha preguiça de explicar tudo para alguém quando faziam piadas sobre minha assexualidade na faculdade. Se a pessoa realmente queria entender, eu falava por cima, mas enviava alguns artigos que já tinha engatilhados para situações parecidas. Só era… cansativo precisar me explicar, argumentar e falar que assexualidade era algo diferente para cada assexual.

Transar com Marina nunca foi um problema, tampouco me masturbar pensando nela, porque a questão era com quem eu estava confortável, quando me sentia bem, e nem todo mundo parecia entender que transar não era o objetivo master da minha vida.

— Com qual roupa você vai? — Lavínia gritou do quarto sobre o som do DJ GBR.

— Com um saco, demonstrar luto eterno pelo meu livre arbítrio nessa família! — berrei de volta. Lavínia me xingou com uma risada. — Acho que com a meia-calça preta, o vestido xadrez e o moletom.

Voltei a focar na minha tarefa, subitamente consciente de que precisaria encarar Marina novamente. Como reagiria? Trataria com normalidade? Larguei a vassoura e andei em passadas apressadas até o quarto, onde Lavínia jogava suas roupas sobre a cama, montando opções e desarrumando tudo que havia feito.

— Quer saber? Eu vou encarar a Marina — decretei.

— Boa sorte, guerreira.

— E eu vou dizer pra ela que esse joguinho não está funcionando, que eu não quero nada com ela e que o nosso beijo não significou nada.

— Espera aí! — Lavínia me interrompeu com o dedo em riste. — Você beijou a Marina?

— Isso não vem ao ponto — desconversei. — O que importa é que eu não vou ceder, que não vou fazer parte de jogos emocionais. Se ela não superou a ex, problema o dela! Eu vou viver a minha vida.

— Uau, isso foi *girl power* demais enquanto ouvimos um cara cantar sobre sarrar com gosto com uma arma pro alto — Lavi provocou com os braços cruzados.

— Ah, vai à merda.

— Bem feito, você não me contou sobre o beijo... Como assim você beijou a Marina?!

— Foi no bar — esclareci, sentando-me na cama com um suspiro. — Eu bebi uma taça de vinho e...

— Não bote a culpa no vinho. Você quis beijar?

Assenti levemente, sem querer mentir.

— Então lide com isso — Lavínia despejou e escolheu um conjunto fofo de vestido e sobretudo. — Ela gostou?

— Acho que sim, a gente até quase ultrapassou alguns limites sanitários no banheiro.

— Pra quem sequer suportava ouvir falar da menina... — ela cantarolou. Joguei um casaco em sua direção e respirei fundo.

— Não importa, porque ela ainda não superou a ex abusiva dela e eu não quero ser um lugar seguro pra onde ela pode correr quando precisar, como se eu não tivesse meus próprios sentimentos.

Marina estava passando por muita coisa, eu entendia. Mas não é porque eu sentia empatia que deveria servir de apoio emocional para ela. Não havia feito isso antes, não faria agora.

— Mas ela te disse tudo isso ou você está criando paranoias na sua cabeça? — Lavínia sondou seriamente. — Você tem essa péssima mania de viver tudo sozinha, puro fruto da sua imaginação.

— Ela escreveu aquele agradecimento pra ela, tá legal? — desabafei. — "A Ela, que mantém meu coração a dez mil pés do chão" — recitei como uma frase gravada em minha cabeça. Porque era.

— Sinto muito, Cleo...

Lavínia me abraçou de lado e deu um beijo em minha cabeça.

— Nós podemos colocar algo na comida dela amanhã — minha prima sugeriu. — O que você acha?

Descartei a ideia com um aceno.

— Não, isso ia criar fila no banheiro.

Ajudei Lavínia a escolher sua roupa para o dia seguinte, reforçando para mim mesma o meu discurso: Marina não me usaria como apoio emocional.

Eu só esperava me lembrar disso enquanto ela me encarava como se me devorar viva fosse a melhor coisa do universo.

— Querida, como você está linda! — Stephanie me abraçou quando entrei pelo enorme arco de entrada no sítio. À esquerda, a piscina aquecida com um golfinho jorrando água causava inveja no clima frio de inverno. À direita, a casa se estendia gloriosa, com sua arquitetura antiga e toda em madeira. Havia uma pequena trilha de ladrilhos que levava diretamente à churrasqueira.

Eu fui a última a sair do carro, encarregada de ajudar com as compras enquanto todos se faziam à vontade na casa dos pais de Marina.

— Obrigada, Stephanie. E obrigada pelo convite — sorri cordial e agarrei-me ao *cooler* vermelho como se minha vida dependesse daquilo. — Que coragem em aceitar tantos Rodrigues Lombardi na sua casa, espero que não se arrependa...

— Jamais! — Ela me ajudou a carregar alguns refris, e seus braços demarcados anunciavam muito tempo na academia. Stephanie era uma mulher linda, na verdade. — A Marina foi ao mercadinho da cidade comprar algumas coisas, já, já deve estar de volta.

Ignorei a informação deliberadamente e foquei em elogiar a casa até encontrarmos o senhor Ozu fazendo a carne e, em um espaço separado, alguns legumes. Não contive o sorriso com sua preocupação em fazer algo para mim também. Eles eram adoráveis.

— Querida, deixe suas coisas no quarto do meio, ele está vazio. Vocês só devem ir embora à noite, então pode tirar um cochilo por lá, se quiser. Se faltar lugar pra todo mundo, nós fizemos uma casinha pequena nos fundos pro homem que vem limpar o local descansar de um dia pro outro. Está novinha.

— Obrigada, Stephanie.

Cumprimentei o senhor Ozu com um aceno, confirmei se toda a minha enorme família estava ajustada e me dirigi para dentro da casa que eu conhecia tão bem. Marina já havia me levado até ali algumas vezes durante nosso namoro, uma delas sem a supervisão de seus pais. Nós passamos dois dias inteiros torrando na piscina e assistindo filmes de terror. Era a nossa despedida antes do intercâmbio.

Larguei minhas malas no colchão de casal e sentei-me sobre a cama. Lavínia já havia feito amizade com Stephanie, e as duas caminhavam pela horta ao lado da piscina, apontando suas hortaliças favoritas e métodos de cozimento de inhame.

Abri o meu celular, e uma notificação me chamou a atenção. O centro cultural japonês? Mas o quê... Arregalei os olhos em descrença, eles tinham me enviado um e-mail na sua língua. Eu me inscrevi para ser redatora de todo o conteúdo em japonês e em português, meses atrás quando já pensava em sair da editora, mas nunca obtive retorno. O e-mail, explicava que meu currículo, que estava no banco de dados, tinha sido aprovado para o cargo. Eu só precisaria de uma entrevista, então, seria contratada, caso tivesse interesse.

Caso tivesse interesse?

Ah, se eles soubessem.

Respondi afirmativamente, tentando controlar o nervosismo em minhas mãos e a palpitação no peito. Eu só necessitava causar uma boa impressão na entrevista e o emprego seria meu. Sem concorrência além de mim mesma. Pouca pressão.

— Você vai ficar aí sentada enquanto ficam fofocando sobre você e a sua namorada lá fora? — *Nonno* cruzou a porta do quarto com uma carranca. Dei uma risada e balancei a cabeça.

— Por isso eu não queria vir, *nonno*.

— Sua avó acha que vocês fazem um casal bonito.

Tirei alguns fiapos de pelo do edredom em que estava sentada e encarei o chão.

— E o que o senhor acha?

— Importa o que eu acho?

— Óbvio que importa.

Ficamos em silêncio por alguns instantes enquanto ele se sentava ao meu lado, passando a mão calejada em minhas costas como um carinho. Fitei os olhos claros de vovô, tão claros quanto os de Lavínia e tão diferentes dos meus.

— Eu acho que você está sorrindo muito nos últimos dias, que está colocando sua vida no lugar, e se essa menina está te deixando assim... *poi* fico feliz também.

— Vovô, o senhor e a *nonna* terminaram uma vez antes de se casar, não foi?

A história era conhecida da minha família. Durante o período em que meus avós se separaram, pouco antes de se casarem, vovô engravidou uma moça. Naquela época, aquilo significaria que o casamento com vovó estaria anulado, mas nem ele nem a moça queriam ficar juntos, não era possível. Ela já era casada, então criou o menino como se fosse do marido e vovô nunca conheceu o filho, já que a família dela se mudou para a Inglaterra, e eles jamais se falaram novamente. Nós só descobrimos toda essa fofoca há dois anos, quando meu avô acabou deixando escapar que tinha três filhos, e não dois (meu pai e minha tia) em um jantar. A comida estava deliciosa, mas precisei levar para casa em uma embalagem, já que papai saiu enraivecido. Foram meses dolorosos até eles voltarem a se falar novamente.

— Nenhuma de vocês duas está grávida, não é, *fragolina*? — ele brincou, meio sério.

— Não, sem chance — suspirei. — É só que eu acredito que quando um relacionamento acaba é pra sempre. Que voltar atrás não é sábio. Mas aí eu me lembro do senhor e da *nonna* e…

— *Fragolina*, algumas vezes voltar é uma boa ideia, outras vezes, nem tanto. Não sou bom com esse negócio de conselhos, *sai*? O que sempre me guiou foi saber o que é certo e errado pra mim, depois lidar com as situações que caíssem na minha mão.

— Voltar com a *nonna* foi o mais certo naquela época?

Vovô respirou pesadamente e encarou o chão.

— Quando eu e a sua *nonna* nos separamos, foi o pior período da minha vida. Mas eu não tinha essas patacoadas de psicólogo que vocês têm hoje em dia, não sabia o que fazer pra me sentir mais *uomo*, e achei que fazer o que eu fiz me ajudaria.

— Vovô, o senhor não precisa falar sobre isso, é sério — assegurei e o abracei de lado.

— *Beh*, só quero falar que voltar com a *nonna* não foi o mais certo, eu errei em terminar com ela antes, voltar foi a única opção. Eu seria um homem perdido sem aquela *vecchia*.

Dei uma risada com ele, absorvendo um dos poucos momentos que vovô se abria emocionalmente comigo. Em toda a vida, talvez aquela fosse a terceira vez, e sabia o quanto demandava dele se expor daquela maneira.

Levantei-me da cama em um salto e estendi a mão para meu avô.

— Eu estou a fim de alguns espetinhos, vamos comer?

Caminhamos juntos até a churrasqueira novamente, e ao chegarmos à área aberta, os olhos de Marina partiram diretamente para mim. Desviei o olhar para minha mãe, que conversava vigorosamente sobre almofadas de tricô com Stephanie. Aproximei-me das duas de propósito, já que era o lado oposto de onde Marina estava conversando com minha tia e Lavínia sobre sua nova faculdade. Elas finalmente descobriram que Marina seria a caloura da minha prima.

— Querida, amei a sua roupa — Stephanie elogiou quando me aproximei com um beijo no topo da cabeça de mamãe. — Só é uma pena que seja inverno, seria incrível usar a piscina.

Sorri para ela e abracei minha mãe de lado.

— Ah, da última vez, eu usei e foi ótimo.

Do meu lado, mamãe franziu o cenho e me encarou de baixo.

— Última vez? Quando você veio aqui nadar na piscina? — perguntou desconfiada, seus olhos brilhando com uma curiosidade beirando a um discurso moralista.

— Ela veio me ajudar a pegar os materiais de construção que ficaram no fundo. — Marina apareceu ao lado de Stephanie, que também parecia confusa.

Apesar de já ter ido antes ao sítio com a família de Marina, a piscina só ficou pronta um mês antes do intercâmbio. Nenhum de nossos pais sabia que havíamos ido para o sítio no último fim de semana de Marina no Brasil, já que era inconcebível que viajássemos sozinhas. Hoje em dia se tornou engraçado pensar que eles achassem que nós esperávamos estar sozinhas por uma noite para que algo acontecesse, como se qualquer passeio deles ao mercado enquanto assistíamos a televisão não fosse o suficiente pra Marina estar sentada na minha cara, com a mão puxando meu cabelo e se contorcendo pela adrenalina de sermos interrompidas a qualquer momento por uma batida na porta.

Ah, pais...

— Churrasco vegetariano saindo! — o pai de Marina gritou e colocou um prato imenso com arroz, farofa, vinagrete, pão de alho e queijo coalho na minha frente.

Quando finalmente a maioria das pessoas se sentaram para comer, o sol decidiu aparecer, aquecendo um pouco aquele dia gelado. Marina estava gargalhando com meu avô, mamãe conversava com papai e *nonna*. Lavínia e seus quatro irmãos discutiam ao meu redor sobre uma viagem que fizeram para Maceió. Enquanto isso, eu permanecia quieta, contando mastigadas no pão de alho para mascarar o som de diversas vozes berrando na minha cabeça que aquilo não deveria ser tão normal, que eu não deveria me sentir tão confortável com Marina sorrindo em minha direção, conversando com minha família. Que nada daquilo era real.

O beijo continuou rondando minha mente, era certo para mim que Marina e eu tínhamos cometido um erro, que ela não sairia machucada, mas eu sim. Que ela, tão ocupada com seus próprios sentimentos, não precisaria lidar com a confusão que eu lidava agora.

Enquanto eu crescia, ser uma garota gorda, clara demais para ser negra e escura demais para ser branca e com o cabelo sem definição alguma não me tornava a mais "atraente" do ponto de vista do que garotos do Ensino Fundamental gostavam de ver. Ao longo da vida, era muito comum ouvir que "Você seria bonita mais magra", "Eu te beijaria se você fosse mais magra", ou "Você já pensou em alisar o seu cabelo? Você ficaria tão mais linda...". Por isso, viver no modo automático de defesa *sempre* foi a única opção. E mesmo quando se interessavam por mim, era necessário usar todas as minhas forças para não pensar "Por quê?". A verdade é que ser uma garota com baixa autoestima, porque fui *forçada* a não me sentir bonita e amada, doía mais do que tudo. Eu sempre me achei bonita, mas depois de tanto tempo ouvindo que eu não era nada daquilo, foi inevitável não começar a acreditar. A querer alisar o cabelo, a querer ser mais clara, mais magra, mais peituda, menos bunduda, com quadris menores.

Foi só quando entrei na faculdade e passei a ser considerada bonita que minha vida deu um certo giro. Estar com Marina também me ajudou a entender muito sobre quem eu era e sobre amor-próprio. Ela fazia questão de dizer sempre o quanto eu era linda, e mais do que isso, ela mostrava em ações toda vez que seus olhos brilhavam ao me ver de biquíni ou quando ela parava de me beijar só para dizer o quanto amava meu corpo.

Naquele momento, enquanto eu tentava compreender por que achava que não merecia aproveitar o tempo com a família de Marina e a minha, percebi que talvez a autossabotagem e a insegurança estivessem rastejando novamente, silenciosas e cheias de garras, prontas para me deixar paranoica.

Quer dizer, eu sequer havia falado com Marina sobre o beijo, mas tinha certeza que tudo estava errado e que eu precisava me proteger. Do quê?! Da Marina? Da rejeição? Do que adiantava me blindar de tudo aquilo se, no final, eu estava voltando à estaca zero da falta de amor-próprio e confiança em quem eu sou e no que eu quero? Não fazia sentido.

Do outro lado da mesa, jogando cartas com meu pai, Marina ainda sorria, cantava e conversava, completamente imersa no momento, enquanto eu criava paranoias. Aquilo não era justo comigo.

— Filha, é a sua vez! — mamãe gritou por cima da música alta. Olhei para ela e observei que eles jogavam sinuca no canto da churrasqueira. Mamãe passou a tarde toda à mesa, ganhando de todas as pessoas que se atreviam a cruzar seu caminho.

— Eu vou destruir você, sabe disso, não é? — provoquei-a quando saí da cadeira, disposta a simplesmente aproveitar aquele momento de felicidade com pessoas que eu amava.

— Pega o taco e para de falar bobagem — mamãe retrucou com um sorriso.

Durante o jogo, observei Marina de soslaio. Seus olhos meia-lua expressavam contentamento, os lábios abertos sempre em uma risada denunciavam que ela estava amando tudo aquilo. Então sorri na mesma hora que ela voltou o olhar para mim e balancei a cabeça, como um sinal de paz depois de uma tarde inteira travando uma guerra sozinha, da qual eu saí vitoriosa.

Capítulo dezenove

A CASA DO CASEIRO TEM UMA CAMA RESISTENTE

Cleo

— Como assim a estrada está bloqueada?

Senti o gosto da frase em minha boca antes de olhar alarmada para mamãe.

— Uma carreta atravessou todas as faixas sentido capital e a previsão é que a estrada só esteja liberada por volta das cinco da manhã — seu Ozu releu a mensagem enviada no grupo dos moradores da região. Sua voz estava um pouco alterada pelo tanto de cerveja que havia tomado durante a tarde.

Com todas as malas no carro e prontos para irmos, recebemos a fatídica notícia de que voltar para casa não seria uma opção. E eu não estaria tão preocupada com isso, se não fosse a Aline do centro cultural ter me respondido que poderíamos fazer a entrevista no dia seguinte.

— Vocês todos podem dormir aqui, temos espaço o suficiente — Stephanie ofereceu de bom grado. Ao meu lado, Marina me encarou preocupada, como se soubesse que eu escondia algo. Maldita intimidade.

Papai se adiantou com uma careta.

— É muita gentileza, mas precisamos trabalhar cedo e...

— Amor, não faz sentido insistir em algo que não dá pra controlar. Vamos dormir aqui e ir embora de manhã cedinho — mamãe interferiu, passando a mão nas costas de papai com carinho.

— Mas o mercadinho...

— O seu funcionário pode abrir — respondi de imediato.

— Bom, então fica decidido! — seu Ozu gritou e bateu com as palmas das mãos. — O que vocês acham de uma rodada de Just Dance?

Mamãe topou imediatamente. Eu, Marina, Lavínia e meus outros primos ficamos encarregados de devolver tudo para a casa. Abri o porta-malas do carro e preparei-me para pegar muito mais coisas do que podia carregar, quando ouvi uma risada atrás de mim.

— Você fica uma graça quando está irritada. — Marina passou em minha frente com dois *coolers* de isopor na mão, virou-se e foi andando de volta até a casa. Permaneci um tempo parada com um sorriso no rosto, até Lavínia me dar um tapa na nuca.

— É ridículo o quanto você está caidinha, prima.

— Vai cuidar da sua vida, Lavínia — retruquei e joguei-lhe uma sacola cheia de laranjas do pomar da Stephanie que Lavi havia surrupiado para nós.

— Eu bem que cuido, mas a sua é uma comédia romântica divertida de assistir — cantarolou e voltou para a casa com a sacola de laranjas.

Peguei uma mochila e mais uma outra sacola de frutas (Jesus, quanta comida a Stephanie havia dado para Lavínia?) e caminhei até o quarto onde ficaríamos. Lá, as mulheres estavam reunidas para a divisão dos quartos.

— Todas as crianças podem dormir juntas, né? — minha mãe sugeria no momento em que coloquei as sacolas sobre a cama.

Por crianças, ela queria dizer todos os maiores de idade que não fossem pais ainda.

— Claro, eles podem ficar na sala — Stephanie decidiu, e logo eu fui expulsa do quarto do planejamento.

Sem ter muito mais o que fazer para ajudar, ficar jogando e rindo com as "crianças" foi o que tomou todas as minhas horas até meia-noite, quando nossos pais berraram com muita doçura que era hora de dormir.

Marina, que estava sentada ao meu lado e encostara sua coxa na minha um número muito maior de vezes que o normal para ex-namoradas, ficou em pé e se espreguiçou. Parte da sua barriga apareceu ao fazer isso, e precisei desviar o olhar para não pensar no quanto eu gostava de beijar seu ventre toda vez que ela fazia aquilo.

— Eu vou arrumar as coisas lá fora — ela anunciou e sumiu.

Na sala, todos estávamos prontos para dormir, distribuídos nos sofás e poltronas, como se nossas colunas fossem de aço para aguentar aquilo. Senti pena do irmão mais velho de Lavínia, que trabalhava com empacotamento no mercado e ainda assim havia escolhido a poltrona. Pobre homem.

— Vai ajudar! — Lavínia se jogou ao meu lado e apontou para Marina arrumando todas as mesas.

— Por que eu iria? Só nós duas? — questionei alarmada. Lavi revirou os olhos.

— Não, Deus também vai estar lá com vocês. Anda, é bom que se resolvam logo e também deem outros beijos depois. — Estava pronta para revidar, mas ela me fuzilou com os olhos azulados. — Vocês duas estavam um nojo a noite inteira, de carinhos por ali e por aqui, dando risadinhas e sorrisos. Faça-me o favor, que vexame!

Com todo o amor e afeto do discurso de minha prima, levantei-me e fui atrás de Marina, fechando a porta da casa atrás de mim. Ela estava empilhando os pratos descartáveis e jogando os restos de churrasco no lixo quando me viu chegar.

— Ah, oi. Pode ir dormir, eu arrumo tudo aqui.

Sem pedir permissão, coloquei os copos plásticos uns sobre os outros após jogar o restante da bebida no ralo.

— Quero ajudar.

Marina sorriu de leve e continuou a trabalhar, enquanto eu pegava a vassoura. Por alguns instantes, apenas as cigarras lá fora e alguns cachorros da vizinhança se faziam ouvidos. Comecei a varrer embaixo da mesa, já me amaldiçoando por ter decidido agachar. Minhas costas ainda me matariam.

— Espero que não esteja me ajudando com a faxina só porque me ignorou a semana inteira. — Marina quebrou o silêncio. Levantei-me debaixo da mesa e comprimi os lábios com um suspiro.

— Me desculpa.

— Desculpada.

— Ótimo.

Voltei a varrer, mas agora uma sensação pinicava em meu peito. Larguei a vassoura e cruzei os braços, chamando a atenção de Marina.

— Eu não te ignorei porque sou uma grande sacana, sabia?

— Eu nunca disse que era — ela alfinetou de volta. — Só acho *muito* curioso você, a pessoa completamente fã de dialogar, não querer falar comigo depois do que aconteceu.

Ela estava certa. Que droga, eu odiava que ela estivesse correta.

— Não sabia o que dizer. — Dei de ombros. — Se você queria um *feedback* sobre o beijo, podia simplesmente ter me dito.

— *Feedback*? — Marina riu com a cabeça para trás, então apoiou as mãos na mesa e se aproximou, quase cruzando a distância entre nós duas. — Eu tive todo o *feedback* que eu precisava quando você pediu mais, Cleo.

E daquela maneira, eu estava desmontada. De novo. Mas Marina não precisava saber disso.

— Fico feliz que não tenha perdido o ar arrogante — comecei com um sorriso. — É só o que vai conseguir ter de mim, de qualquer maneira.

— Você se sentir tão superior assim depois de ter perdido feio na sinuca *de novo* é honrável. E pra sua mãe — ela brincou. — Achei que nosso último jogo no bar tivesse ensinado que é melhor deixar isso para profissionais, lindinha.

— Eu vou voltar a varrer o chão e te ignorar, Nina — respondi e virei-me de costas para pegar a pazinha.

— Preciso buscar um saco de lixo na casa do caseiro — ela anunciou, seu tom de voz demonstrava uma felicidade que não havia antes. O que aconteceu? — Já volto, tente não sentir saudades.

— Vou tentar, mas é difícil! — falei mais alto conforme ela corria para longe da minha visão até a pequena construção mais distante do casarão principal.

Peguei-me sorrindo para o chão enquanto juntava o lixo. O fato de Marina ser uma das poucas pessoas a retrucar o que eu dizia, e ainda por cima me deixar sem palavras, irritava-me na mesma proporção que me satisfazia. Era sempre bom conversar com ela. Como se todo assunto sério fosse um pouco mais leve por ser simplesmente… *ela*.

Somado ao fato de estar completamente caidinha pela minha ex-namorada, o assunto do emprego ainda me assombrava. Além do centro cultural, também havia enviado meu currículo para o *podcast* sobre sexualidade mais famoso do Brasil. Eles precisavam de uma redatora, e eu aparentemente conseguia escrever. Não era a minha primeira opção, mas não podia contar com a vaga no centro cultural como sendo minha. Não, já havia quebrado a cara vezes o suficiente.

Com um suspiro resignado, levantei o olhar para a pequena construção quando ouvi um barulho de panela no chão. Larguei a vassoura e caminhei apressadamente para lá, interrompendo-me no meio do caminho para garantir à Stephanie (pela janela) que estava tudo bem e Marina só tropeçara em algo.

— Você por acaso quer acordar a casa inteira? — brinquei ao fechar a porta de madeira atrás de mim.

Marina estava na pequena cozinha empilhando algumas panelas que haviam caído no chão. Sua expressão gritava "Ops, fiz besteira, mas sou bonita demais para levar uma bronca". E era verdade. Eu odiava como Marina precisava apenas destacar seu piercing na sobrancelha, fazer um biquinho e pronto, eu estava rendida.

— Foi mal, eu estava andando por aqui, lembrei de você pelada e causei um acidente.

Eu sabia que ela estava brincando, mas suas palavras diretas me acertaram em cheio.

— Você por acaso consegue pensar em alguma coisa que não seja meu corpo nu? Caramba, Nina. — Aproximei-me e a ajudei a guardar tudo.

— Não, não consigo — ela respondeu um pouco mais baixo. — Não enquanto você continuar me chamando de Nina.

Abri e fechei a boca algumas vezes, agora consciente do deslize que havia cometido.

— Em prol da nossa boa convivência, vou voltar a te chamar de Marina, então — declarei em tom brincalhão, mas ela não me acompanhou.

— Eu insisto que você me chame apenas de Nina, gostosona ou bunda-perfeita, mas isso quando se sentir mais à vontade e tiver reconhecido que quer me beijar tanto quanto eu quero te beijar, Cleo.

Fechei os olhos e respirei fundo antes de encará-la. Marina buscava em meus olhos alguma resposta, já que eu estava completa e inutilmente sem palavras. Cerrei o punho sobre a bancada da cozinha quando sua mão segurou minha cintura e fitei seus lábios ao senti-la me puxar para perto.

— Marina...

— Não foi assim que eu pedi que me chamasse.

— Nina.

— Bem melhor — ela murmurou ao depositar um beijo tímido sob minha orelha. — Eu não vou fazer nada até você me dar sinal pra isso, Cleo.

Eu queria dar sinais para Marina?

Eu queria que minha ex-namorada soubesse o quanto eu queria beijá-la, o quanto eu queria quebrar aquela tensão infinita entre nós duas de uma vez e me perder nela por completo?

— Eu escrevi mais uma carta — anunciei. Marina suspirou e se afastou um pouco, um sorriso magoado perpassou sua expressão. Engoli em seco e dei a volta, indo até o sofá de dois lugares em frente à televisão.

Marina se sentou ao meu lado e apoiou a cabeça no estofado, olhando para mim em seguida.

— Foi mais fácil do que as outras? — perguntou, como se a cena de segundos atrás não tivesse acontecido.

— Foi uma carta erótica — disparei.

Marina arqueou a sobrancelha e deu uma risada levemente irônica.

— Pra sua não-namorada-mas-não-sei-o-que-somos? — perguntou.

Arqueei a sobrancelha em sua direção e encarei o teto com um suspiro cansado. Se eu queria efetivamente me respeitar, precisava ser honesta. Era difícil, em parte. Não é como se a cada pensamento de autossabotagem eu pensasse "Nossa, estou me sabotando". O problema com pensamentos intrusivos é que começam pequenos, vão criando garras até que me impedem de executar tarefas simples no dia a dia, como falar a verdade, e não mentir para me proteger de um monstro inexistente. Marina jamais seria um monstro, e eu poderia me defender de outras maneiras que não a afastando de mim.

— Não existe nenhuma pessoa, Marina. Eu inventei isso — murmurei com vergonha.

Nada havia me preparado para seu olhar. Achei que fosse sentir raiva, se irritar comigo porque menti. Mas Marina apenas sorriu, quase todos os dentes aparentes ao me encarar. Que tipo de reação era aquela? Os filmes e livros românticos de Lavínia não me prepararam para isso.

— Você não vai virar o Coringa agora, não é? — perguntei com uma risada nervosa.

— Eu simplesmente não consigo acreditar que você mentiu sobre isso — ela gargalhou. — Por que, Cleo? Não precisava!

— Porque eu achei que assim você me deixaria em paz. — Encolhi os ombros. — E que não daria em cima de mim também, mas você é péssima em seguir algumas regras, não é? Não que eu esteja reclamando — brinquei.

Marina balançou a cabeça sem perder o sorriso, agora sentada de frente para mim com a curiosidade brilhando em seus olhos.

— Além dos prováveis trezentos reais que eu te devo por todas as vezes que quis te beijar em pensamento e em palavras — ela arqueou a sobrancelha —, quanto eu te deveria se dissesse que você fica ainda mais linda vermelhinha de vergonha?

— Marina! — exclamei e joguei uma almofada em sua direção. Soltei uma risada quando se ajoelhou no sofá e se colocou em cima de mim com um sorriso, segurando minha cintura com uma mão enquanto a outra tirava o cabelo do meu rosto.

— Pensei que fosse Nina, Cleo... — ela repreendeu com um pequeno mordiscar em meu queixo. Levei uma de minhas mãos até seu pescoço e arrastei minha unha até seus lábios, circulando o coração em sua boca com total atenção, sem desviar o olhar do meu ponto de concentração.

— Nina — testei o gosto das letras em minha boca.

Marina assentiu e repetiu a palavra, o movimento fez com que meu polegar deslizasse um pouco para dentro de seus lábios. Ela deu uma leve mordiscada e voltou os olhos para os meus. Fitei-a na mesma intensidade, sem desviar o olhar por um segundo sequer, apenas escutando nossas respirações profundas, tomadas por tensão tão grande que faria a Cleo de anos atrás tremer. Não que a Cleo de agora não estivesse tremendo, mas era muito mais do que isso. Encarar Marina tão de perto era mais do que ser íntima dela, era deixar anos separadas, agora se comunicarem, explicando uns aos outros o que foi perdido, o que foi deixado de lado por nós duas.

— O que você escreveu na sua última carta erótica, Cleo? — Marina perguntou baixinho, tão quieta que somente a ouvi por estar sussurrando perto da minha orelha.

Apoiei-me nos cotovelos no sofá, nossas bocas pairando tão próximas agora que podia sentir os lábios de Marina se movimentando sobre os meus, seu nariz resvalando no meu, tão suave que poderia estar imaginando tudo aquilo.

— Posso ler pra você — respondi lânguida, sem realmente saber o que dizia.

— Com uma condição. — Ela desceu o olhar para minha boca e depois voltou para meus olhos. — Você vai me deixar fazer absolutamente tudo o que estiver escrito nessa carta. Se você quiser, obviamente.

— Eu quero — respondi imediatamente. Marina deu uma risada baixa e passou seu nariz em minha bochecha, depositando um beijo na maçã do rosto.

— Então lê pra mim, Cleo. — Ela se afastou devagar, nossas pernas ainda encostadas quando peguei meu celular do bolso do moletom e abri o Google Docs.

— Eu que costumava estar nessa situação — comentei com uma risada ao achar o arquivo, finalmente encarando Marina, que agora fazia carinho em minha coxa.

— Que situação?

— Você sabe que eu sou a mandona. — Deitei a cabeça para o lado. — E você fica linda me obedecendo, mas gostei dessa sua versão, se te faz achar por um segundo sequer que não faria o que eu mandasse imediatamente.

Marina abriu um largo sorriso e parou com sua mão sobre minha meia-calça.

— Tira.

Sem desviar o olhar do seu, coloquei-me em pé e tirei os sapatos e a meia-calça, jogando-os de qualquer jeito no chão. Nada romântico ou sexy, mas Marina havia gostado, porque esfregou as coxas de leve e sorriu. Observei atentamente enquanto ela tirava cada anel de seus dedos esguios. Meu sangue fervia em antecipação com a memória do que eles eram capazes de fazer.

— Agora lê a carta.

— Bom, eu só preciso te dizer uma coisa antes — falei com uma risada e Marina arqueou a sobrancelha. — Eu escrevi isso aqui pra um casal de homens com pênis.

Marina gargalhou e deitou a cabeça para trás.

— Nós vamos fazer algumas adaptações, então. Contanto que no fim da noite você tenha gozado, estarei feliz.

Sua voz brincalhona não condizia com as palavras que saíam de sua boca, e foi justamente isso o que me fez tirar o moletom sobre a cabeça e jogar ao lado da meia-calça no chão.

— Você vai me esperar mandar antes de tirar o vestido — Marina decretou com um sorriso e tirou o próprio casaco e os sapatos. A pilha de roupas no chão apenas crescia, assim como minha antecipação.

Respirei fundo e fitei o celular em minhas mãos.

— Querida Marina — adaptei o nome imediatamente, o que a fez assentir. — Decidi escrever uma carta, assim como uma mulher do século XV, porque o que gostaria de relembrar é místico e sagrado demais para ser desperdiçado em outra coisa senão em palavras no papel.

— Nossa, isso é realmente muito bonito — ela declarou. Levantei o olhar e dei um sorriso debochado.

— Talvez você prefira que eu leia isso sentada no seu colo.

— Se controla, Cleo — Marina respondeu, mas havia incerteza em sua voz.

— Apesar de ser uma romântica irreparável, nada nessa carta é romântico. É visceral. É regado a suor e momentos de descontrole, como só nós duas conseguimos ter — continuei a ler, engolindo em seco toda vez que minha voz parecia sumir. — É um memorando para todas as vezes que achar que cansei de sua boca em minhas costas...

Não consegui refrear o suspiro quando Marina se colocou atrás de mim, levantando meu vestido até que estivesse no chão com as outras roupas. Sua boca depositava beijos devagar em meus ombros, repetindo o movimento que eu havia escrito na carta. Deitei a cabeça para o lado, incapaz de continuar a leitura.

— Cleo...

— De sua mão em meu pescoço. — Voltei para o texto, esperando que Marina seguisse a ação.

— Preciso da sua permissão, linda — ela sussurrou em meu ouvido, suas mãos em minha cintura e seu tronco encostado às minhas costas. — Preciso que você diga até onde se sente confortável e me fale se não gostar, combinado?

— Combinado — tive forças para murmurar, sentindo que o tesão por Marina não poderia ser maior do que naquele momento, enquanto ela pedia instruções e me dava o poder de escolha de maneira diferente, simplesmente porque queria saber o que era melhor para mim.

Logo, sua mão estava ao redor do meu pescoço de leve, distribuindo beijos em minha nuca. Respirei fundo e encostei meu quadril para trás, buscando mais contato. Marina riu em meu ouvido e segurou minha cintura com mais força.

— Eu vou te foder quando eu quiser, Cleo, agora continua lendo.

— Nina — gemi baixinho.

— Mais um pouco, você consegue.

Balancei a cabeça com impaciência.

— Todas as noites terminadas na sua cama, seu corpo atrás de mim, me fodendo com tanta força que somente poderia me deixar satisfeita, todos aqueles momentos são meus companheiros íntimos.

Senti Marina se afastar, mas não parei de ler. Somente compreendi quando olhei para baixo e vi que todo o restante de sua roupa estava no chão. Ao sentir Marina roçar seus seios nus em minhas costas arrepiadas e a virilha em minha bunda, apenas deitei a cabeça para frente em sinal de rendição.

— Eu não consigo mais. — Larguei o celular sobre o sofá. — Eu posso criar uma carta nova pra você, o que quiser, mas me deixa te beijar logo.

Marina riu atrás de mim e tirou meu sutiã com calma, descendo as alças por meus braços com toda a delicadeza do mundo, como se tivéssemos tempo de sobra e não a segundos de estarmos nos braços uma da outra novamente.

— Você é linda. — Marina beijou meu pescoço e desceu as mãos até minha calcinha, arrastando o tecido por minhas pernas até que estivesse no chão também.

O frio em meus pés não era nada, os arrepios em meu corpo inteiro denunciavam minha ansiedade, meus mamilos tão inchados que doíam gritavam para o mundo que ali era onde a boca de Marina pertencia. Suspirei com alívio ao sentir suas mãos geladas segurarem meus seios e deitei a cabeça para trás, consciente de que me entregava para ela mais uma vez.

— Senti saudade deles — ela murmurou mais para si do que para mim.

Por fim, após tanta ansiedade, os lábios de Marina encontraram os meus com desleixo, sua mão ainda maltratando meus peitos, torcendo os bicos com força, meus suspiros se misturando ao nosso beijo. Mordi seu lábio com mais intensidade quando uma de suas mãos se aventurou por minha barriga em círculos pequenos.

— Tem uma cama ali, quer ir?

— Pensei que você estivesse mandando hoje, linda — retruquei. Marina deu um tapa estalado em minha bunda e apontou para o único cômodo após um estreito corredor.

— Vou trocar os lençóis quando acabar de foder você, combinado?

— Continua falando desse jeito comigo e eu vou durar segundos, Marina.

— E aí começamos de novo. Eu sou paciente, tenho todo o tempo do mundo pra te fazer gozar, Cleo. Vai pra lá, eu vou apagar as luzes, só por precaução. Menos chances de termos visitas.

Caminhei descalça até o quartinho bem arrumado. Ele estava bem vazio, já que não foi feito para que alguém morasse ali. Uma cama, uma cômoda com um abajur e alguns poucos materiais de construção no canto mais extremo.

— Olha, uma corda! — exclamei e voltei o rosto para o corredor, encontrando Marina caminhando em minha direção. Seus cabelos estavam um pouco rebeldes pelo contato com minhas mãos, a boca vermelha de nossos beijos e o corpo… simplesmente… Marina. Os seios pequenos contrastavam com os meus, os quadris estreitos e as pernas tão longas que eu amava.

— Quer usar? — ela perguntou apontando para a corda também.

— Um passo de cada vez, mas é bom saber que temos opções.

Agora no escuro completo, com a luz da lua atravessando a pequena claraboia no teto, finalmente beijei Marina como queria desde o começo: com tempo, aproveitando cada som, cada curva de sua boca. Eu adorava o barulho de nossos beijos, dos suspiros que compunham a melodia e dos gemidos que amplificavam a sinfonia.

— Te beijar é bom, muito bom — gemi em sua boca. Marina separou minha coxa com o joelho e apoiou sua palma inteira em minha virilha, mas apenas um dedo encontrou seu destino final. Segurei o cabelo de minha ex-namorada em um rabo de cavalo e puxei para trás, deixando seu pescoço exposto.

Marina nos separou com um sorriso, e agachei-me o suficiente para dar uma mordiscada em seu mamilo.

— Foda-se que hoje eu deveria mandar, eu adoro quando você faz isso. Porra, faz de novo, por favor — ela pediu, os olhos cerrados e a cabeça deitada para o lado. Mordi com um pouco mais de força, o corpo de Marina tremeu sob o meu.

Naqueles momentos, quando ficávamos juntas, tão completamente vulneráveis e expostas, aqueles eram alguns dos meus momentos favoritos com Marina. Quando, envolvendo sexo ou não, deixávamos cair toda e qualquer barreira e pedíamos, mandávamos e implorávamos por mais, em um espaço somente nosso.

Quando nos deitamos na cama, seus cabelos espalhados no travesseiro e os olhos sem deixar os meus, senti saudade. De nós duas, de nossa relação, de como funcionávamos como um só. Eu senti saudade de Marina por inteiro.

— Marina, me perdoa por falar sobre isso agora, mas eu preciso...

— O que foi, Cleo? — Sua mão percorreu meu queixo em uma carícia.

— Você sabe o que o sexo significa pra mim, e eu simplesmente não sei se consigo fazer isso sabendo que você tem outra pessoa no seu coração. — Marina arqueou a sobrancelha e deitou a cabeça de lado em confusão. — Ah, quer saber? Deixa pra lá.

— Não, eu que não entendi isso de outra pessoa. Que outra pessoa você acha que está no meu coração, Cleo?

Sua voz agora soava muito mais delicada. Os dedos esguios fazendo carinho em minha bochecha não me ajudavam a ser objetiva.

— Que porcaria falar isso agora — bufei. — A Namíbia.

Foram poucos instantes até que Marina falasse, mas eles pareceram uma eternidade.

— De onde você tirou isso, mulher? — Havia pura e sincera confusão em seu tom.

Fui tomada por uma súbita onda de vergonha e enfiei minha cabeça em seu pescoço para esconder a timidez.

— Da dedicatória do seu livro, eu acho — murmurei com a voz abafada pelo único travesseiro na cama.

Senti o peito de Marina subir e descer com uma risada. Levantei o rosto o suficiente para encará-la, sentindo meus cabelos formarem uma cortina de proteção, mas minha ex-namorada não era boa com barreiras, então jogou-os para trás e fitou meu rosto parcialmente coberto pela escuridão.

— Você por acaso leu esse livro com a bunda?

— Caramba, vai partir pro *dirty talk* assim? Não acho legal, Nina — retruquei com um sorriso.

Marina se sentou na cama e colocou os cabelos rebeldes atrás da orelha. Sentei-me de frente para ela e encarei o lençol esparramado.

— Cleo — ela me chamou, mas encarei-a com relutância. Seu rosto estava sério como nunca. Já não sabia o que esperar, o que Marina diria.

Ela tinha a chance de destruir meu coração naquele momento. Era assustador o quanto Marina, em pouco tempo, voltou a ocupar o mesmo lugar de antes. Como se nunca houvesse saído. Como se meu corpo, meu coração e minha mente estivessem prontos para recebê-la de volta sem pestanejar.

— Cleo — ela repetiu como um mantra, sem desviar o olhar do meu por um segundo. — Aquela dedicatória é pra você. Aquele livro *inteiro* é pra você. Meu coração ficou aqui enquanto eu estava no intercâmbio. Você realmente não percebeu isso?

Eu percebi que o Brasil estava em decadência, que eu jamais seria atleta olímpica, que a Fada do Dente não existia, mas não, eu não percebi em momento algum que aquela dedicatória seria para mim.

A Ela, que mantém meu coração a dez mil pés do chão.

— Eu me sinto boba.

Foi apenas o que consegui dizer, mas não foi necessário mais nada, porque Marina atravessou o pequeno espaço que nos dividia e me beijou com calma. Aconcheguei-me em seu abraço, puxei-a para perto, para que não saísse tão cedo. Sedenta, era como me sentia. Marina estava ali, em carne e osso, seu corpo no meu como sonhei tantas noites que estivesse.

— Preciso que você entenda de uma vez por todas que eu não parei de insistir em você desde que cheguei porque eu quero você de volta, Cleo. E me doía muito ver que você não me queria — Marina murmurou com a voz chorosa. Afastei-me para encarar seu rosto por completo.

Sua revelação, agora tão óbvia, parecia-me absurdamente obscurecida nos últimos dias. Pisquei lentamente, minha boca estava subitamente seca. Por fim, deitei minha testa contra a sua e respirei fundo.

— Sinto muito por ter falado que tinha outra pessoa.

— Me desculpa por ter terminado com você mesmo sabendo que era o amor da minha vida.

— Amor, hã? — provoquei após alguns instantes silenciosos.

Marina soltou uma risada, depois me deu mais um selinho e engatinhou até se aconchegar em meu colo, agora afundando seu quadril no meu com mais força do que antes. Diante de mim, seu tronco esguio se projetava para frente, buscando mais contato.

— Quer que eu repita?

— Mais algumas vezes, por favor — pedi com uma risada.

— Posso mostrar de outras maneiras também — ela cantarolou, deitando-me para trás, nossas pernas entrelaçadas até que eu estivesse à sua mercê.

Fechei os olhos com um arquear das costas quando Marina arrastou sua língua com cuidado pela curva entre meus seios, dando beijos espaçados até chegar ao meu quadril.

— Quero que você me guie exatamente como quiser, Cleo — ela pediu, sua respiração reverberando entre minhas pernas abertas.

Segurei os cabelos de Marina com força quando ela me lambeu uma, duas, três vezes, todas em locais tão certeiros que me fizeram cogitar ficar ali para sempre. E eu queria. Arrastei as pernas para cima e para baixo no colchão quando ela deslizou um dedo para dentro de mim, o movimento de vai e vem calmo.

— Quer puxar meu cabelo do jeito que só você faz? — ela sondou antes de mordiscar minha coxa. Apoiei-me em um cotovelo e segurei seu cabelo com a outra mão em um rabo de cavalo, sem desviar meu olhar do seu.

— Continua me chupando assim, e eu puxo o seu cabelo quantas vezes você quiser.

Marina riu e adicionou mais um dedo ao jogo mortal que acontecia entre nós. Deixei que um gemido sonoro escapasse por meus lábios quando os movimentos se intensificaram e sua língua atingiu um ponto tão gostoso em meu clitóris que joguei meu quadril para cima, incapaz de respirar. Puxei seu cabelo com mais força quando o orgasmo me preencheu, e a consequência foram gemidos tão unidos que poderiam ser um só. Aquela era a porra do som mais gostoso que já ouvi na vida.

Fechei os olhos, sentindo meu corpo inteiro tremer em espasmos. Marina continuou pressionando o polegar em meu clitóris, prolongando meu prazer. Minhas pernas se moviam sozinhas, buscando mais contato com seu corpo em meio à névoa em minha cabeça.

Abri um sorriso preguiçoso e sentei-me na cama novamente após respirar um pouco, sem conseguir acreditar no quanto aquilo era bom. Marina estava me encarando, os olhos completamente alucinados enquanto passava o polegar pelos lábios.

— Eu gosto pra caralho do seu gosto, Cleo — ela murmurou e me beijou lentamente. Meu coração ainda estava acelerado quando abri suas pernas, lado a lado, e desci meu polegar por seu tronco, sem parar de acariciá-la por u[illegible]ndo.

Marina era viciante, e eu não estava pronta para deixá-l[illegible]

— Olha pra mim — pedi com um fio de voz.

Marina ainda estava me encarando quando comecei a [illegible]. Seus olhos se fechavam aos poucos, mas eu não permitiria. Queri[illegible]odo dentro dos meus olhos. Queria ver cada reação de seu corpo.

O que eu não esperava era que ela apoiasse uma mão ma[illegible]im e voltasse a me penetrar com dois dedos também. Derreti-me em sua [illegible] um beijo desesperado quando nós duas achamos um ritmo satisfatório.

— Ah, porra — Marina gemeu exasperada ao se ouvir molhada em meus dedos.

Eu mesma já não conseguia ficar de olhos abertos, então apenas deitei a cabeça no ombro de Marina e tentei não colapsar quando ela gozou em meus dedos, os gemidos abafados por nossas bocas desesperadas. Deitei a cabeça na curvatura de seu pescoço, sem tirar meus dedos dela, apenas fazendo carinho em seu corpo mole.

— Não acabei com você, Cleo — ela murmurou em meu ouvido. Soltei um gritinho quando aumentou o ritmo das investidas, agora de joelhos em minha frente.

Nossos lábios se resvalavam, uma confusão tão grande de dentes e línguas, mas igualmente gostosa. Foi completamente imersa no universo castanho de suas orbes, que gozei mais uma vez, implorando que alguma vida lá fora ouvisse meu clamor para que ela não quebrasse meu coração de novo, porque ele era novamente seu.

Capítulo vinte

O PAI DA MENTIRA É O DIABO E A MÃE É MARINA FONSECA

Cleo

— Daqui duas semanas? Óbvio que posso começar em duas semanas. Eu adoraria começar em duas semanas. Duas semanas é *ótimo* — tagarelei ao apertar a mão estendida de Aline, a minha nova CHEFE. Isso mesmo, chefe.

— Estou ansiosa para começarmos a trabalhar juntas, senhorita Rodrigues — ela respondeu com cordialidade, fingindo não perceber o quão alucinada eu estava por, após mais de um mês de desemprego, finalmente estar trabalhando de novo. E como tradutora!

Saí do centro cultural com os olhos brilhando, o coração a mil, pensava em quais roupas precisaria comprar, já que todas as pessoas ali eram extremamente estilosas. Paloma havia me passado uma tradução de livro, será que conseguiria conciliar com o meu trabalho integral? Ah, a palavra era como doce em meus lábios. Saborosa, cheia de vida. Não que eu estivesse empolgada para acordar cedo, andar de transporte público e doar minha vida ao capitalismo, mas era gostoso saber que poderia ajudar minha família, especialmente as contas dos remédios do *nonno*, que pagaria meu aluguel em dia e que poderia, talvez, juntar uma grana para uma viagem.

Ao entrar no metrô, observando as notícias (uma senhorinha achou trezentos mil dentro de casa, duas prisões da CPI foram realizadas, uma blogueira fez um jejum de 48h e foi parar na Unidade de Terapia Intensiva), pensei que o inverno não estava tão frio, o metrô não parecia tão sujo e São Paulo estava, pelas poucas vezes na vida, parecendo um ambiente acolhedor e querido.

Talvez fosse isso, ou então era a sensação de ter finalmente conseguido um emprego e, de quebra, voltado para casa a tempo de me arrumar para a entrevista após o fiasco/sucesso do caminhão bloqueando a estrada.

Após prometer para Marina que não dormiria, acabei caindo no sono em seus braços, com a boca em seu ombro, uma mão jogada por cima de sua cintura e o cabelo completamente emaranhado no travesseiro. Acordamos horas depois, com o som de Lavínia batendo à porta da pequena casa e dando risada ao ver meu estado. Ela disse que acordou antes dos outros para ir até ali e proteger a nós duas de uma enrascada.

Após segundos fazendo piadas de calão tão baixo que fariam qualquer reprodução ser censurada, ela avisou que já estava na hora de irmos.

Marina, ainda dormindo e com a expressão mais adorável do mundo, foi vítima de um despertar após tão pouco tempo descansando. Acordei-a com todo o carinho do mundo, tão digno das comédias românticas que ela gostava de assistir.

— Se você não se levantar agora, sua mãe vai entrar por aquela porta e ver a marca da minha boca no seu peito inteirinho — ameacei após tentar acordá-la com beijinhos nas costas.

Foi o suficiente para Marina arregalar os olhos e correr para arrumar tudo. Trocou os lençóis de cama tão rápido que só tive tempo de lavar o rosto no banheiro e esperá-la em frente à porta.

— Está com cara de quem transou loucamente a noite toda — ela cantarolou enquanto vestia a roupa em minha frente com igual rapidez.

— Não se sinta tão bem — respondi ao ajudá-la a amarrar o tênis. — Eu fico assim quando assisto um jogo de vôlei também.

— Eu já te vi assistindo vôlei, Cleo. — Marina arrumou o cabelo e deu um selinho rápido em meus lábios. — Você fica bem pior do que isso.

Soltei uma risada rápida e envolvi seus ombros com meus braços. Não conseguia parar de beijar Marina por nada nesse mundo. Nem com a perspectiva de sermos vistas por nossas famílias ali fui capaz de evitar beijá-la mais algumas vezes antes de finalmente sairmos para a noite extremamente gelada. O celular marcava três e meia da manhã, e Lavínia já se encontrava na cozinha fazendo o café para todos.

— Stephanie já acordou, está tomando banho — minha prima disse sem desviar o olhar da panela com ovos. — Eu disse que vocês estavam me ajudando na cozinha, então se arrumem rápido e venham logo.

Eu havia encarado Marina mais uma vez com um sorriso antes de sumir na casa, pegar minha pequena malinha e ir até o banheiro. Minha imagem no espelho refletia realmente algo similar a quando eu assistia às partidas de vôlei feminino. E aquilo me deu uma ideia ótima para a próxima carta, do seu Hermes, o último contratante dos meus serviços eróticos por um bom tempo.

E agora, voltando para casa após receber a notícia positiva do meu emprego, fui capaz de perceber que algumas coisas finalmente se ajeitavam. Mas faltava uma, e eu sabia que precisaria lidar com aquilo em breve.

Quando terminamos, cortei contato por inteiro com Marina, não brigamos e nem discutimos como eu *sei* que teria sido necessário. Não falei tudo o que gostaria de ter dito, e ela também não. Com toda a honestidade, nosso término foi tão abrupto e tão cheio de mágoa que eu vivi tudo sozinha, criei justificativas por mim mesma, argumentei contra e a favor de Marina sem que ela participasse da conversa porque *eu* não quis dar esse espaço.

Quando ela disse que gostaria de terminar porque viu que o relacionamento a distância não daria certo, aceitei de uma vez, magoada demais para querer discutir, que não me dei tempo de falar o que deveria. Fiquei tão irritada e com tanto ódio de

Marina por não ter me ouvido semanas antes, quando pedi que fosse viajar conosco já terminadas porque eu *odiava* o conceito de relação com duas pessoas em países diferentes por tanto tempo, que simplesmente não quis ouvi-la repetir tudo que eu já previa.

Na época, não sabíamos que ela ficaria somente um ano. Se soubesse, talvez, o término não tivesse acontecido. Talvez tentaríamos com sucesso manter uma relação a distância. Talvez e talvez... Àquele ponto, me restava apenas pensar e imaginar, mas estava cansada daquilo.

Antes de entrar em meu apartamento, após andar da estação até minha casa, mandei uma mensagem para minha antiga psicóloga, aquela que minha família me forçou a frequentar, e que eu havia abandonado meses atrás para economizar. Pois bem, decidi que voltaria para a terapia. Em vez de imaginar tudo, falar com um profissional poderia me ajudar a efetivamente entender o que era real e o que vinha da minha mente cansada de se autossabotar.

— Você está tão sorridente... — Lavínia provocou quando entrei no apartamento e fechei a porta com um estrondo atrás de mim.

— Isso é porque agora posso pagar a minha parte da Netflix todo mês! — gritei em comemoração e me joguei em cima dela, que lia um de seus livros eróticos esparramada no sofá da sala. Lavínia gargalhou e me abraçou de volta, passando a mão em meu cabelo com um toque maternal tão bom que me lembrou o de minha própria mãe. Afastei-me com um sorriso e sentei-me no chão ao seu lado.

— Está feliz só porque está empregada ou porque está de namorada nova? — cantou. — Nova? Velha? Nova e velha?

— Não estamos namorando — respondi com certeza. Lavi arqueou a sobrancelha e fechou o livro, colocando-o ao seu lado no sofá.

— Vai ser algo casual?

— Não sei.

— Você quer que seja?

— Não.

— E a Marina?

— Não sei.

— Vocês transaram sem discutir? — Lavínia abriu a boca em choque e balançou a cabeça. — Esse é um dos erros primordiais dos romances, como não perceberam isso? Quer dizer, como a Marina não percebeu?! Ela escreve esses livros, pelo amor de Deus.

— Lavínia, não é pra tanto. — Apoiei os braços no sofá e suspirei. — Eu e Marina estamos voltando a nos conhecer, estamos nos entendendo...

— E...? — Ela gesticulou com as mãos, sabia muito bem que eu tinha algo mais a dizer.

— E eu não vou conseguir voltar a me relacionar com ela de vez sem resolver toda a questão do nosso término.

— O que mais tem pra resolver?! — Lavi arquejou.

— Eu nunca consegui dizer o que senti quando ela terminou comigo, quando vi aquela foto beijando outra menina alguns dias depois. Sei que não vai resolver nada — antecipei-me quando Lavi tentou retrucar —, mas isso não é sobre consertar aquele término, é sobre ser honesta e falar o que aconteceu, simples assim.

— Mas você está pronta pras respostas que ela pode te dar?

Eu já havia parado para pensar naquilo. Antes, sequer sabia quais perguntas fazer para Marina, agora, com alguns rascunhos em minha mente, queria questioná-la e deixar que ela falasse o que gostaria também. Se saíssemos dessa confiando uma na outra e prontas para a próxima, ótimo, do contrário... Bem, eu já remendei meu coração uma vez, faria de novo se fosse necessário.

— Vou descobrir — respondi e finalizei o assunto. Lavínia voltou a ler seu livro e dirigi-me para o quarto, largando minha bolsa no chão e me sentando em frente ao computador.

Quer vir me ajudar com a última carta?, enviei a mensagem antes de tirar as roupas para tomar um banho.

Mas é claro, que tipo de mestre eu seria sem incentivar minha aprendiz?

Se chegar em quinze minutos, consegue tomar banho comigo, digitei com uma risada.

Chego em dois. ME ESPERA!!!!!

— Isso significa que todas as vezes que a gente saía e você falava sobre cartas, não eram cartas de amor, mas cartas eróticas? — Marina perguntou com a voz esganiçada, logo em seguida se jogou no colchão com os olhos arregalados. — Eu não acredito!

Nós estávamos há alguns minutos conversando em meu quarto e Marina finalmente perguntou sobre as cartas. Passei alguns minutos explicando tudo o que havia acontecido, todas as dificuldades com *nonno* e como escrever cartas eróticas ajudou a minha família em um momento delicado.

— Sabe, isso dá um livro — ela comentou antes de se sentar novamente e apoiar o queixo sobre a mão.

— De suspense? — arrisquei com um sorriso.

— De romance, sua boba.

Voltei o olhar para o computador, onde a carta já estava pronta para envio. Marina chegou há alguns minutos e, após me forçar a tomar outro banho, dessa vez com ela, mesmo que tivesse acabado de sair de um, estávamos discutindo algumas ideias trocadas sobre a última carta.

— Nós podemos sair para essa última carta. Quais foram as especificações do contratante? — Marina sugeriu e se colocou em pé para dedilhar minha estante de livros.

— É um homem, não identificou o cargo político, mas quer entregar uma carta para uma governadora. E ele descreveu como a casa dele, então é mais fácil. Mas se você quiser sair para ajudar com o seu livro…

— Eu já enviei o manuscrito — Marina me interrompeu com um desprezar de mãos. — Só quero sair com você porque gosto.

— Você não me falou quase nada sobre o livro novo — provoquei e pousei minha perna em cima de sua coxa. — Eu quero saber tudo.

— Não mesmo. Assim que ele for aprovado pela editora, eu imprimo pra você. Minha primeira leitora oficial. — Marina arrastou as unhas sobre minha perna com um carinho e sorriu. — Não falamos sobre isso antes, mas estamos bem?

Arrumei-me na cadeira e desviei o olhar para a porta. Estávamos bem, eu estava feliz, mas não conseguia deixar de lado o fato de que precisaríamos conversar sobre o que estava acontecendo, sobre o que seria de nós dali para frente. *Nós*. Como se isso já existisse.

— Nós precisamos conversar, sabe disso, não é? — murmurei com um suspiro.

— Sei. Mas hoje é o dia de comemorar o seu emprego novo. Podemos deixar isso para amanhã, o que acha?

Respirei aliviada com a sugestão de Marina e levantei-me da cadeira para depositar um beijo em sua testa, um em seus lábios e outro em seu queixo.

— Se nós vamos sair para comemorar, é melhor parar de fazer isso, ou corremos o risco de eu querer ficar abraçada a noite inteira com você e discutindo léxicos pornográficos para uma carta erótica — ela disse com um riso.

— Isso parece tentador, mas três cartas, três passeios.

— Nós só passeamos uma vez, tecnicamente — Marina apontou em confusão, já colocando seu casaco que estava apoiado em cima da cama.

— O sítio conta como a segunda, Nina.

Fui ao banheiro passar meu perfume e a maquiagem. Eu amava me arrumar e estar bem-vestida, o inverno me ajudava muito nisso. Através do reflexo do espelho, vi quando Marina parou atrás de mim e deu um beijo tímido em meu pescoço.

— Eu fui honesta sobre o que falei pra você — ela sussurrou baixo, depositando outro beijo atrás de minha orelha, o que enviou calafrios por todo o meu corpo.

— Falamos bastante coisa àquela noite — ri com nervosismo. — Seja mais específica.

— Sobre ter errado ao terminar com o amor da minha vida.

Encarei-a pelo espelho mais uma vez e abaixei o olhar para a pia.

— Para onde vamos? — desviei o assunto e voltei para o quarto.

— Cleo… — Marina me chamou com um suspiro.

— Quer saber, vamos conversar sobre isso, então. — Larguei minha bolsa sobre a cama e voltei-me para Marina com a mão na cintura.

— Mas esse é um dia de comemorar — ela retrucou com um bater de pé no chão. — Eu não quero que a gente brigue hoje.

— Brigar? Quem falou que vamos brigar? — Arqueei a sobrancelha.

Nós provavelmente brigaríamos.

— Cleo, você tem certeza de que quer essa conversa agora? — ela perguntou mais uma vez. Assenti e ouvi um arquejo em resposta. — Então vamos combinar algumas coisas. Primeiro de tudo, seremos completamente honestas.

— Combinado.

— Você não vai me ignorar por uma semana no WhatsApp.

— Vou pensar no seu caso.

— E vai parar de fazer esse biquinho adorável, eu quero te beijar de novo.

Abri um sorriso e balancei a cabeça.

— Quando isso começar a ficar sério — comentei e tirei o casaco que vestia. — Eu mostro meus peitos. Deve funcionar.

— Seus peitos sempre funcionam, Cleo.

E voltamos ao silêncio. Encarei o chão com um engolir em seco, cogitando quem começaria, quem seria a primeira a pedir desculpas, como sairíamos dali intactas. Tomei a dianteira e me aproximei de Marina para lhe dar um beijo, resvalando nossos narizes ao final, apenas inalando o máximo dela que podia. Afastei-me com um sorriso triste e respirei fundo, preparada para iniciar a conversa.

— Antes de tudo, eu te amo. Mas te odiei por muito tempo — desabafei. — Por ter terminado comigo depois de eu já ter dito que deveríamos terminar antes do intercâmbio.

— Desculpa, Cleo — ela pediu e trocou o peso de um pé para o outro. — Só percebi que era o melhor a ser feito quando cheguei lá.

— Eu só… — Olhei para cima, a fim de evitar que meus olhos me traíssem. — Eu quero saber o que aconteceu com você durante esses anos que não estivemos juntas, não falamos sobre isso direito.

Marina desviou o olhar e assentiu, parecendo reticente em reviver tudo o que estava prestes a expor.

— Comecei a namorar Namíbia somente algum tempo atrás. Nós só fomos amigas durante a época do intercâmbio, sabe? Ela mora na África do Sul, mas veio para o Brasil visitar a família dois anos atrás, e foi quando ficamos pela primeira vez — Marina suspirou e cruzou os braços sob o peito, na defensiva. — Só começamos a namorar alguns meses depois disso. Ficamos juntas quase um ano, e você sabe que não foi um namoro saudável. — Assenti, os lábios em uma linha fina. — E terminamos, estamos separadas há mais de nove meses e não sinto a menor falta dela ou do nosso relacionamento.

Uma explicação sucinta, direta, mas algo havia escapado no meio.

— Vocês tiveram um relacionamento a distância? — perguntei com a sobrancelha arqueada. Cruzei os braços sob o peito quando Marina engoliu em seco e assentiu.

— Eu achei que daria certo.

— É, e tentar comigo foi fora de cogitação — retruquei antes que pudesse me conter.

— É diferente, Cleo…

— Diferente? Você insistiu por semanas antes de viajar pra que tentássemos algo a distância, que daria certo, que nós faríamos dar certo porque nos amávamos e todo o tipo de baboseira desses livros de romance que você me emprestou — bufei. — Chegou lá, desistiu da ideia, mas, subitamente, tentar com outra pessoa parecia certo?

— Não tem justificativa, Cleo.

— Você já sabia que eu era o "amor da sua vida" antes de terminar comigo? — perguntei com as aspas no ar.

— Sabia.

— E terminou comigo.

— Me arrependi disso.

— Mesmo assim teve outro relacionamento a distância.

— Tive.

— Por quê?

— Porque achei que daria certo.

Engoli em seco e encarei a parede atrás de Marina, as lágrimas finalmente subindo sem permissão.

— O que foi diferente? — perguntei, tentando esconder a voz embargada ao tossir um pouco. — Por que tentar algo com ela era melhor do que comigo?

— Isso não é sobre quem você é, Cleo — Marina se defendeu e segurou minha mão com força. — Quando nós terminamos, eu era mais nova, queria viver a vida e...

— Você terminou comigo por que queria viver sua vida?! — Afastei-me dela com um sorriso irônico. — Que porra estava pensando? Que eu te impediria de algo estando aqui no Brasil?

— Eu era mais nova, Cleo — Marina se defendeu novamente, mas não negou.

— Você já disse isso!

Ela disse que havia terminado comigo porque não aguentaria a distância, porque nossa comunicação não aconteceria com regularidade, que percebeu que eu estava certa e que aquilo não daria certo. Ela olhou em meus olhos e *mentiu*.

— Por que mentiu pra mim sobre o motivo do término? — vociferei, agora sem qualquer paciência. — Você mentiu, Marina.

— Eu não sei, Cleo! — ela exclamou de volta, parecendo exasperada ao passar a mão sobre os cabelos soltos. — Não faria aquilo novamente, mas eu fiz e...

— E uma semana depois já estava beijando qualquer pessoa que desse abertura pra você — interrompi.

— Do que está falando? — ela perguntou em confusão, o cenho franzido e o rosto parecendo desesperado.

— Eu recebi uma foto sua beijando uma menina, Marina. — Continuei encarando seu rosto mesmo quando ela desviou para a minha estante. — Uma semana depois do nosso término, você já estava realmente vivendo a vida que eu te impedi de viver, não é?

Soltei uma risada cansada. Talvez Lavínia estivesse certa e eu não estava pronta para as respostas, mas precisava delas.

— Cleo, eu nunca te traí — ela respondeu. — Jamais faria isso.

— Mas nada disso é sobre traição, Marina, você não entende? É sentir que todo o nosso relacionamento foi superado em uma semana, enquanto eu estava aqui sofrendo e me remoendo por *meses*. Você acha que eu te odiei por ter terminado comigo? — Balancei a cabeça. — Foi porque eu achei que você já tinha me superado antes de sequer acabar nossa relação. Pelo visto, eu estava minimamente, certa, não é?

— Cleo, você não pode achar que é capaz de saber o que eu senti ou não — ela se defendeu com a voz mais altiva. — Está dizendo que eu te superei antes de terminarmos, por acaso sabe se isso é verdade? Olha pra mim, Cleo! — Voltei a encará-la, algumas lágrimas de estresse já caindo por minhas bochechas. — Eu levei *meses* pra te superar, mas não é porque beijei alguém que isso signifique algo.

— Mas eu fiquei magoada, tá legal?! E que diferença isso faz agora? Você acha que é a coisa mais legal do mundo receber uma mensagem com a foto da sua ex-namorada beijando outra pessoa? E agora, sabendo os *motivos*, não acha que eu tenho o direito de reagir assim?

— Quem te mandou essa foto? — ela perguntou. Peguei meu celular e fui até as conversas arquivadas.

Nunca apaguei a conversa, mas não porque gostaria de ter uma festa de autopiedade, mas sim, uma prova. Do quê? Não sabia. Talvez, inconscientemente, imaginava que algum dia diria aquilo para Marina.

Os olhos de minha ex-namorada se arregalaram ao ver o número sem o contato salvo. Ela respirou fundo e passou a mão na testa, um cansaço imenso parecia ter se abatido sobre ela.

— Marina? — chamei-a após bloquear o celular.

Não queria ver a foto de novo, as luzes ao fundo enquanto Marina se enganchava com uma outra garota. Não vi aquilo em mais de um ano, não olharia agora.

— Esse é o número da Namíbia — confessou.

Pisquei algumas vezes, muito atordoada para falar algo mais.

— Será que ela já estava planejando tentar algo com você ou…

— Eu decidi terminar com você depois que ela me contou uma história sobre a ex-namorada, sobre relacionamentos a distância e… — conforme falava, seus olhos se arregalavam. — Meu Deus, como não percebi isso antes?

— Se você colocar a culpa de nosso término nela, eu juro que não continuo essa conversa — ameacei com uma carranca. Marina balançou a cabeça em negação e respirou fundo.

— Não, não é culpa de ninguém além de mim. Cleo, eu não sei o que dizer para consertar o meu erro.

— A sua mentira.

— Sim, isso — ela reconheceu e pegou minha mão, fazendo círculos em meu polegar. — Me perdoa por ter mentido pra você, Cleo.

— Não se mente pra quem dizemos ser o amor da nossa vida, Marina — solucei um pouco, sentindo as lágrimas voltarem.

— Você também mentiu pra mim sobre estar com outra pessoa, isso não conta? — ela perguntou na lata.

— Está comparando uma mentira que eu fiz depois de três anos pra que você não desse em cima de mim com o término de um namoro?! Você é incrível, Marina, simplesmente incrível. — Bati com a mão na lateral do corpo. — Você não foi honesta sobre ter terminado comigo, e o que eu estou sentindo agora... Eu preciso ficar sozinha — pedi com um outro soluço.

— Cleo, por favor.

— Eu achei que a gente fosse discutir o nosso término, não que eu fosse descobrir que mentiu descaradamente — disse em voz mais alta. — Eu sabia que isso tudo tinha sido um erro — lamentei.

— Espera aí, você não está falando isso de verdade. — Ela se colocou ao meu lado, os olhos vasculhando meu rosto em busca de respostas. — Você não percebeu que tudo o que eu fiz desde que voltei mostra que eu mudei? Que eu cresci? É injusto me julgar agora pelo que aconteceu três anos atrás.

Marina se colocou em pé e respirou fundo.

— Você tem todo o direito de estar chateada, eu errei feio, Cleo. Mas eu estou arrependida, e não houve um dia desde que voltamos a nos ver que eu não tenha mostrado pra você que eu quero ficar, que eu cometi um erro. Você parece querer isso também, então eu vou embora. Quando quiser conversar, quando sentir que está pronta pra isso, me manda uma mensagem.

Assenti cabisbaixa, sem conseguir encarar Marina de verdade. Doía de novo. Marina mentiu. Eu precisava de tempo para processar aquilo, para entender o que eu queria. Levantei-me e passei reto por ela até a sala. Abri a porta do apartamento e apoiei-me ao batente. Minha ex-namorada pairou ao meu lado em silêncio, suas mãos se contorcendo dentro do bolso do moletom.

— Eu te amo, Cleo, ok? — ela relembrou.

Encarei-a com um suspiro e assenti. Marina se aproximou e deu um selinho demorado em minha boca úmida pelas lágrimas.

— Eu também te amo — sussurrei de volta.

Antes de fechar a porta atrás de mim quando Marina desceu as escadas, senti uma mão me interromper. Dei um pulo para trás com o susto e Lavínia entrou em seguida.

— Quer me matar do coração? — perguntei aborrecida.

— Eu decidi esperar no corredor pra não ouvir a discussão — ela se desculpou e me abraçou com força, dando um beijo no topo de minha cabeça. — Sinto muito, priminha.

— Está tudo bem — assegurei após alguns segundos presa em sua demonstração de carinho. — A Marina falou tudo o que podia, agora está nas minhas mãos decidir o que fazer com isso.

— Que responsabilidade, hein? — ela brincou, empurrando meu braço de leve. — Liga a TV, vamos deixar clipes da Taylor Swift passando ao fundo enquanto conversamos e comemos, que tal?

— O programa perfeito — funguei com um sorriso.

Lavínia correu para a cozinha, enquanto isso eu me sentava no sofá com um suspiro cansado. Talvez minha reação fosse desmedida, mas como eu reagia aos meus próprios sentimentos não era errado, somente o que eu decidia fazer com eles.

A televisão estava ligada em um canal de notícias, e antes que eu pudesse mudar para o aplicativo do YouTube no aparelho, uma manchete me chamou a atenção.

— A literatura erótica no Congresso: políticos contrataram uma escritora erótica para escrever cartas a outros membros da política brasileira — anunciou a jornalista. A câmera mudou para seu outro âncora, com expressão séria ao noticiar o fim dos tempos:

— Governadores, senadores, vereadoras... Esses são alguns cargos dos políticos investigados pela CPI atual e que foram ligados à escritora Penelope, pseudônimo de Cleo Rodrigues.

Capítulo vinte e um

A FILHA DO PAI DA MENTIRA, UMA FAMÍLIA FELIZ

Marina

Cresci ouvindo meu pai dizer que o pai da mentira era o diabo. A partir disso, cada vez que eu mentia, corria chorando para seu colo pedindo que não me levasse para meu "pai de verdade". Somente com treze anos ele me explicou sobre o trecho bíblico que dizia o que era ser "filho" do pai da mentira. Crendo ou não em Deus, é no mínimo assustador pensar que o anjo caído era meu pai. Afinal de contas, vermelho não combinava comigo, nem laranja. Ir para o fogo do inferno seria no mínimo um crime para meu estilo.

Mas agora, sentada em frente ao quadro de uma praia que Stephanie comprou há alguns anos, questionei-me se o pai da mentira estaria orgulhoso de mim por ter feito o que fiz com Cleo. Mentido descaradamente, e o pior, não ter admitido nada antes.

Respirei fundo e afundei o rosto em meus joelhos, a ansiedade crepitando ao redor de meu corpo, pinicando minhas costas e minhas bochechas. Cleo pediu que eu fosse embora, então eu fui, mas a verdade é que odiei sair por aquela porta sem me acertar com ela.

Eu era nova demais quando terminamos, nova o suficiente para achar que precisava mentir para Cleo, a fim de não a machucar. Agora, olhando para trás, eu daria um tapa na testa da antiga Marina, mas não é como se pudesse mudar o passado. Estava verdadeiramente arrependida, e esperava que Cleo reconhecesse meu esforço nos últimos tempos, que ela visse que mudei. Afinal de contas, ela mudou também.

Ao fundo do quarto, Jão estourava no computador, preenchendo a sala isolada com notas melódicas enquanto eu me perdia em meus próprios pensamentos. Gostaria que Cleo mandasse uma mensagem, desse uma data limite para sua raiva, mas não era possível. Por mais que me doesse, eu precisava aguentar. Por Cleo, valeria a pena.

— Liga o jornal! — Stephanie entrou correndo pela porta com uma sacola em mãos. Virei-me para trás com o semblante cansado.

— Papai não vai falar hoje, ele só está na redação.

— Não é isso. É só fazer o que eu falei, Marina Fonseca Ozu!

Levantei-me da cadeira à mesa e liguei o telejornal. Na imagem, a gravação de um deputado de São Paulo sorrindo em seu palanque era exibida.

— O que foi? — perguntei confusa.

Stephanie roubou o controle de minhas mãos e se jogou no sofá, zapeando entre os canais com os olhos vidrados e a boca aberta.

— Estou ficando assustada... — comentei com leve assombro. Seu cabelo estava bagunçado e ela mal me encarava.

Ela então apontou para a televisão ao parar na BCN, uma emissora gringa que havia se mudado para o Brasil havia um tempo. Um jornalista, Guilherme Luchini, comentava com outros apresentadores o tópico do momento.

— Olha só.

Figuras políticas investigadas na CPI encomendam cartas eróticas e *Quem é Cleo Rodrigues, a escrivã erótica dos políticos?*

Segurei a respiração e encarei Stephanie com os olhos arregalados. Ela me fitava com preocupação, sondando o quanto eu sabia sobre aquela informação.

— A Cleo fez algo errado? Como você sabe? Como eles — apontei para a televisão com o dedo em riste — sabem?

— A pergunta é: como *você* sabe? — Stephanie retrucou. — Seu pai tentou me ligar antes da notícia ir ao ar para me avisar, mas eu estava na yoga.

Olhei ao redor da sala buscando meu celular. Cleo pediu espaço, mas isso significava que eu não poderia dizer nada sobre isso? Ela me disse que apenas escrevia as cartas eróticas, será que tinha mais alguma coisa que ela não me contou?

Apoiei a cabeça entre as mãos e bufei de frustração. Faria contato no dia seguinte, não sabia se ela já tinha visto a matéria, mas eu, com certeza, era a última pessoa que Cleo gostaria de ver enviando uma mensagem naquele momento.

Stephanie esperava uma explicação, uma que eu não sabia como dar, não até descobrir até que ponto ela estava ciente da situação por completo.

Peguei meu celular e entrei no Twitter, minha fonte de informações de cultura POP e, no geral, fofocas. Sem surpresa, o assunto estava nos *trends* do aplicativo. O nome Cleo Rodrigues estampava o segundo lugar dos assuntos mais comentados no Brasil.

"Entenda quem é Cleo Rodrigues, apontada como a escritora-fantasma das cartas eróticas mais picantes entre os políticos envolvidos com a CPI do esquema de corrupção das linhas de trem de São Paulo", dizia uma das manchetes. Pisquei atordoada ao ver a foto de minha ex-namorada estampando diversas matérias, mas nenhuma com a cara dos políticos.

Desci poucos tweets até ver as cartas divulgadas. Elas foram vazadas durante a CPI por um hacker, não era a intenção. Pelo que percebi, Cleo sequer deveria ter sido descoberta pelas pessoas, somente as cartas foram achadas no meio da investigação. Quem as lançou na íntegra queria causar uma comoção geral, e o pior de tudo, essa pessoa conseguiu. Vinte e dois mil tweets em menos de duas horas sobre o assunto.

Entrei no perfil de Cleo na rede social, e ela já possuía mais de dez mil seguidores apenas com a explosão da notícia. "Pansexual e amante de suspense, gatos e comidas vegetarianas. Não necessariamente nessa ordem", era o que dizia sua biografia.

Em resposta a seus últimos tweets sobre a seleção de vôlei do Brasil, diversas pessoas faziam piadas infames sobre as cartas, enviavam memes (alguns, engraçadíssimos) sobre a situação. Senti meu estômago revirar com tudo aquilo. Cleo havia acabado de conseguir um emprego no centro cultural japonês, uma entidade ligada diretamente ao governo do Japão. Se ela perdesse aquele emprego por um escândalo...

Mudei de aplicativo, digitando uma mensagem antes que pudesse me conter:

Lavínia, como ela está?

Ai, Marina, péssima, ela respondeu.

Tem uma multidão de jornalistas aqui na frente de casa querendo algum depoimento. Isso tomou proporções absurdas...

Me avise se eu puder fazer algo, tá bom?

Aviso, sim. Bjs

Bloqueei o celular e dei de cara com Stephanie de braços cruzados e pé batendo no chão em clara impaciência.

— Você vai me contar a fofoca completa agora ou preciso esperar sair no próximo noticiário?

A primeira noite depois do término com Cleo foi horrível. Não consegui fechar os olhos, revirava na cama, minha mente apresentava possíveis cenários que terminariam diferentes daquele que protagonizei. Naquele dia, em uma situação completamente anormal, encontrei-me da mesma maneira.

O colchão estava desconfortável, mesmo sendo inverno, sentia calor sob os edredons. Será que Cleo conseguiria dormir? Como ela estava se sentindo? Será que havia lido alguns comentários de ódio direcionados a ela? Cleo era casca grossa, mas não àquele ponto, ninguém era. Peguei meu celular embaixo do travesseiro e bufei resignada ao ver que Lavínia não enviara mais mensagem alguma informando sobre o estado de sua prima.

Eu deveria estar lá para ajudá-la, para acalmá-la, mas só iria se Cleo me desse liberdade para isso, se realmente quisesse que eu estivesse lá a seu lado. E tinha medo o suficiente por minha vida para invadir seu espaço.

Voltei, então, a pensar em meu livro, talvez aquilo me acalmasse. Repassei toda a história na cabeça, reescrevi diálogos inteiros de olhos fechados, as cenas se passando por trás de minhas pálpebras. E então, um estalo, um final diferente. Uma solução para o término iminente de minhas personagens, algo que faria com que ficassem juntas.

No final do livro, sem conseguir pensar em algo melhor, separei-as. Elas não tinham futuro, na verdade. Era óbvio que a separação fazia sentido. Mas ali, de canto de olho e em uma madrugada de inverno, consegui pensar em como juntá-las, em como evitar que um romance tão bonito escorresse por água abaixo somente por erro de uma delas. Somente por algo que poderia ser remendado e consertado.

Assim como eu e Cleo? Não saberia dizer. A vida real era bem diferente dos livros, mas se eu poderia deixar minhas personagens vivendo felizes, mesmo que eu não tivesse Cleo ao meu lado, ainda assim permitiria. Porque, no final das contas, todos queremos amar e ser amados, inclusive personagens de livros. Não era essa toda a graça de ler e escrever romances?

Com o coração acelerado e determinada a reescrever parte do manuscrito, do computador sobre a escrivaninha, ouvi um bipe. O relógio batia anunciando ser três da manhã, então só havia duas opções: ou mensagem de spam ou a minha agente, que tinha um horário de trabalho perfeitamente desregulado e me enviava e-mails de madrugada. Sentei-me na cama e segurei o notebook em minhas mãos, aceitando meu destino de eterno cansaço e ansiedade.

Como previsto, era uma mensagem de Carlota. Reli várias vezes as informações, um sorriso vitorioso em meio àquele furacão preencheu meu rosto. Aprovado, meu manuscrito foi aprovado e o contrato de publicação seria enviado ainda naquela semana. Respirei fundo e digitei uma resposta, o coração acelerado no peito:

> De: marina.fonseca@gmail.com
> Para: cbergamota@agenciafed.com.br
>
> *Fala aí, Carlota, tudo certo?*
>
> *São ÓTIMAS notícias, obg por se assegurar que o manuscrito chegasse ao pessoal da editora. Agora é o momento que vc quer me matar, porque tenho um pedido. Quero mudar o final, acho que as personagens acabarem separadas não é algo satisfatório – e não faz sentido pra história delas. Veja, pfv, se o pessoal da editora aceita.*
>
> *Terei o final alternativo pronto até semana que vem. Mesmo que seja negado, quero fazer uma alteração na dedicatória e nos agradecimentos, pfv.*
>
> *E não me odeie, te imploro!!!!! Juro que é um final melhor, e vc me conhece bem o suficiente pra saber que não tô de brincadeira, né rs.*
>
> *Beijos e tenha uma ótima madrugada de trabalho.*

Mudei automaticamente para a aba do Word, digitando palavras rápidas e impensadas no arquivo. Apaguei sentenças e reescrevi páginas inteiras, consciente de que talvez minhas personagens não fossem tão perfeitas quanto em outros livros que eu amava ler, mas com a noção inegável de que elas eram ainda mais instigantes para mim, porque, apesar de todos os erros, conseguiram mudar e reconhecer que precisavam alterar algumas coisas por si próprias para que finalmente ficassem juntas.

Minha solução inicial era separá-las, para que então pudessem se "arrumar", e em seguida se encontrariam novamente no futuro, prontas para recomeçar do zero. Talvez como eu e Cleo. Mas o que não percebi mais nova, e percebia muito obviamente agora, é que durante a vida *toda*, tanto eu como minhas personagens, passaríamos por mudanças. E eu não poderia me afastar de Cleo o tempo inteiro para me arrumar e em seguida voltar. A vida real não funcionava daquela maneira.

A Marina de hoje, que escrevia aquelas linhas de suas personagens refletidas na própria história, tinha certeza de que Cleo e eu merecíamos uma chance de crescermos juntas, de vivermos uma vida inteira aprendendo em união, não separadas.

Não, porque já havia passado tempo o suficiente afastada dela para saber que odiava aquilo.

Odiava não estar com Cleo, odiava que ela não fosse a pessoa com quem eu construiria uma vida, uma família. Odiava mais ainda que eu tenha estragado tudo. Mas o passado estava feito e imutável. Se aqueles dois meses de volta foram pouco tempo para Cleo perceber que eu faria de tudo por nós duas, então eu levaria mais tempo.

Infelizmente, para minhas personagens, havia um espaço de tempo e caracteres. Para mim, pelo contrário, havia uma vida inteira disposta a trazê-la de volta. E sabendo que Cleo queria aquilo tanto quanto eu... Era todo o combustível necessário para insistir mais. Para insistir em nós duas. Para insistir em Cleo.

Capítulo vinte e dois

BRASILEIRINHAS DO PLANALTO

Cleo

Uma das coisas que mais admirava nos livros e filmes românticos de Marina era a coragem dos personagens. Fazer um *flashmob*? Muita coragem e determinação, com a possibilidade da rejeição. Brigar com a sua família indiana conservadora inteira por causa da sua noiva negra e brasileira? *Uh*, aquilo me deu até agonia. Desafiar uma matilha de lobos para se casar com uma loba recém-chegada na matilha por quem o principal se apaixonou perdidamente? LOUCURA!

E naquele momento, encarando a mais nova estampa berrante da almofada que mamãe havia feito, pensei que gostaria de ser uma loba que fazia *flashmobs* com uma família indiana, o combo perfeito de coragem e determinação para encarar minha nova realidade.

Ficar em meu apartamento se tornou inconcebível, o assédio por parte de jornalistas era sufocante. Eu não podia ir à padaria de manhã comprar sonho e pão de queijo, sem que alguma mulher morena de terninho me parasse para perguntar informações frescas sobre o que ficou conhecido como *Négligé* da República, ou como o Twitter apelidou carinhosamente, Brasileirinhas do Planalto. Cheguei a procurar esse tal *Négligé* na intenet, e me deparei com um robe feminino de tecido fino e transparente, adornado de rendas. Haja criatividade!

Sim, exatamente o que você leu.

Eu também não acreditei quando minha prima me mostrou a *trend*. Ou quando o advogado contratado por meus pais informou.

Nada daquilo parecia real, mas o que realmente me preocupava, no final das contas, era a ameaça velada que havia chegado à porta de casa. Um dos deputados que me enviou a carta, Hércules, o segundo felizardo da minha lista, se chamava Adenório dos Santos Brasiliano, e foi o *maldito* a ser pego pela CPI como responsável pelo esquema de diversos desvios de verba da construção de uma linha de trem junto com a prefeitura, além de uma empreiteira que cuidava do projeto. Enquanto reviravam as contas do homem, acharam o e-mail. E, para piorar, pelo visto os malditos a contratarem meus serviços estavam enfurnados nos mesmos esquemas, porque qual foi um dos pontos em comum para achá-los? As cartas eróticas. Foi assim que todos os meus clientes de cargos políticos se conectaram na CPI. Não havia registros de contato entre eles formalmente, e a única coisa que encontraram foram os e-mails com pseudônimos que enviaram entre si com os contratos de confidencialidade.

A ironia absurda era que, de uma certa forma, ajudei a colocar políticos corruptos nas investigações. O lado obscuro de tudo era que o advogado contratado por meus pais era caro, e todas as minhas economias das cartas foram embora, junto com todo o dinheiro reserva. E mais desesperador ainda: o centro cultural pediu dois dias para reconsiderar minha contratação, devido à polêmica. No topo do bolo, ocupando um espaço que só era menor porque a imprevisibilidade da minha vida não permitia que fosse maior, estava Marina e seu pedido de desculpas.

Durante os últimos dias, quando me cansei de não conseguir sair para jogar o lixo na rua sem mil pessoas atrás de mim, vim ficar com meus avós, ao lado da casa de meus pais. Eles eram queridos, mas *nonno* vez ou outra me encarava de esguelha.

Vovó, por outro lado, era mais cautelosa. Após me pegar chorando antes de dormir, fez carinho no meu cabelo até que eu descansasse novamente. No dia seguinte, mamãe e papai me acordaram com beijos e abraços. Não que eu reclamasse daquilo, mas me desesperava saber que eles agiam daquele jeito porque sabiam que eu estava entalada até o pescoço em uma piscina cheia de polêmicas e, novamente, o desemprego.

O maldito desemprego.

Pensar que passaria por todo aquele inferno novamente enchia meu peito de puro desespero e cansaço. Sair da cama ficou um pouco difícil, porque o que havia para mim lá fora além de olhares de pena, pessoas apontando para mim por onde quer que eu passasse e a sensação de ter falhado miseravelmente?

Meu pai não brigou comigo, mas estava decepcionado. Vovó também, com seu senso moral aguçado e pronto para me julgar. Quando meus avós descobriram que fiz o que fiz para conseguir o dinheiro para os exames e remédios, vovô fez drama e disse que não gostaria de dinheiro sujo em casa. Aquilo foi o suficiente para que eu fosse dormir agarrada com um de meus livros do Stephen King, a única relíquia realmente minha naquele quarto reservado para mim e para meus primos quando vínhamos dormir aqui. Chorei a noite inteira.

Agora, seis dias depois do ocorrido e quatro dias após o surto de vovô, nossa convivência ficou melhor. Ele passou a conversar mais comigo e me dava beijos impessoais na testa, já era algo. Por ser um assunto recorrente devido à CPI, tudo era muito fresco. Ontem, o advogado do investigado, Adenório, entrou em contato e instruiu que não falasse nada, absolutamente nada para as pessoas. Não havia feito nada errado, mas qualquer declaração poderia pesar contra seu cliente. Eu, sem me importar um pouco sequer com o deputado, mas muito temerosa por um processo em minhas costas, aceitei em silêncio. O contrato de confidencialidade me protegia, era óbvio que eu não vazei as cartas, sequer faria sentido.

Apesar disso, para a CPI, meu computador era um objeto necessário para coletar a prova crucial que conectaria os acusados. Por esse motivo, indo contra tudo o que imaginei para minha vida pacata, estava sentada em uma cadeira desconfortável, em uma sala com diversas persianas, paredes pintadas de um cinza *horrendo* que faria o pessoal de Queer Eye ter uma síncope, e encarando oficiais de justiça.

Eles não pareciam muito contentes por estar me interrogando sobre o assunto também, foi assim que justifiquei minha carranca e a falta de paciência.

Minha vida já havia se tornado um inferno nos últimos dias, e talvez essa fosse a razão para eu ter mandado o delegado à merda, com muita delicadeza, quando ele me perguntou pela vigésima vez se eu não sabia mais do que as cartas. Ele, com seu nariz achatado, olhos arregalados e lábios ressecados em necessidade de um protetor labial, falou muito gentilmente que eu estava em uma delegacia e poderia ser detida por desacato.

Talvez uma noite no xilindró fosse melhor do que mais um dia voltando para casa para me deparar com os olhos afiados de *nonna*.

— Está liberada, senhorita — ele me disse após cerca de uma hora e meia ali, explicando desde o princípio tudo o que havia acontecido. Meu computador também ficaria com eles, algo que eu não imaginei ser possível.

Aquela semana só melhorava.

Voltei para casa com o capuz sobre a cabeça, apenas para me assegurar de que nenhum jornalista espertinho me isolaria e perguntaria sobre o caso. O delegado foi muito específico ao pedir que eu não divulgasse mais informações com ninguém.

Quando me sentei com um suspiro cansado em um assento duro do metrô, apenas fechei os olhos e deixei-me imaginar fechar as mãos ao redor do pescoço rechonchudo do delegado. Seus olhos eram sempre muito ácidos ao falar a palavra *erótica*, como se quem houvesse cometido um crime fosse eu, e não o deputado.

Naqueles dias, percebi que boa parte do julgamento que eu recebia era por ter escrito as cartas, pelo conteúdo vazado. Era ridículo! Entendia cada vez mais o que Lavínia havia chamado continuamente de "dois pesos e duas medidas do mundo do romance".

Eu escrevi uma carta erótica, e daí? Tive o infortúnio de que elas fossem direcionadas para pessoas criminosas, mas não cometi nenhum crime por isso. Aquelas pessoas, sendo horrendas ou não, poderiam ter uma vida sexual sem problemas.

— Licença...

Abri os olhos para me deparar com uma garota com piercing nos lábios e na sobrancelha me encarando. Aquele último era idêntico ao de Marina. Um peso se afundou em meu estômago com a memória. Sentia tanta falta dela.

— Posso ajudar? — sondei com desconfiança, a sobrancelha arqueada que deixava óbvio que não gostaria de ser perturbada. Eu havia deixado a educação em casa nos últimos dias, sempre pronta para simplesmente ir embora com alguma palavra atravessada.

— Você é a garota que escreveu as cartas, não é? O *Négligé* da República?

Segurei um revirar de olhos e cerrei a mandíbula. Estava tensa e cansada demais para aquilo. Não sabia o que esperar dela, ainda mais com outras pessoas ao redor. Mas a graça de São Paulo se mostrava novamente, e ninguém parecia nem aí para o que acontecia.

— Por que gostaria de saber? — Foi o que respondi, sem deixar brecha para um sim ou não.

A menina arregalou os olhos e se sentou no lugar vazio ao meu lado. Franzi o cenho automaticamente, sem saber o que esperar. Ela balançou os cabelos curtos e sorriu.

— Porque você é lendária!

Bom, eu esperava tudo menos aquilo. Pensei em algo muito inteligível para dizer, que deixasse claro que eu não gostaria de ser vista como uma lenda, apenas deixada em paz.

— Hã... Hein?

Mas, infelizmente, minha mente se tornou geleia.

— Cara, eu amei as suas cartas. E aí entrei no Twitter e vi seu perfil... Você é *tão* legal. Acho que não tem culpa nenhuma em nada — ela tagarelou enquanto gesticulava com as mãos. Fiquei muda, tamanho o choque em meu semblante, o que pareceu ótimo para ela, que estava investida em seu monólogo. — Você sabia que algumas pessoas estão escrevendo *fanfics* com o que aconteceu?

Não, eu não sabia.

— Pois é! — ela respondeu a si mesma com empolgação, agora voltando sua energia para mim. — E sabe do que mais? Queria muito ter visto sua resposta, mas imagino que sua vida deva estar uma doideira, né?

— Você não tem ideia — formulei a primeira frase coesa em todos esses últimos minutos de loucura.

A garota sorriu um pouco menos e suspirou.

— Eu sinto muito que tudo isso esteja acontecendo, de verdade. Mas se te ajuda, muita gente gosta de você na internet. Virou até meme começar os tweets com "Querida alguma coisa", sabia?

Mais uma vez, não, eu não sabia de nada daquilo.

Lavínia me proibiu de mexer nas redes sociais, plenamente consciente de que os aplicativos seriam uma bomba para mim, quer para o bem ou para o mal. Não era uma escolha inteligente entrar nos meus perfis, como ela me informou, porque todos os meus *posts* e fotos possuíam comentários diferentes.

— Obrigada, eu acho — disse ao chegar à minha estação. Levantei-me rapidamente e permiti-me sorrir um pouco para a desconhecida. — Fico feliz em saber que toda essa confusão tenha te divertido.

— Foi um prazer, e me divertiu muito, sim! Espero te ver falando sobre isso logo. — Ela acenou quando saí do vagão. As portas se fecharam atrás de mim, levando embora a garota que trouxera o primeiro fôlego de alívio para meu peito durante os últimos dias.

Lavínia havia dito que os jornalistas pararam de ir o tempo todo para nossa casa, então estava na hora de voltar para meu lar. Naquele mesmo dia, antes de sair dos meus avós, *nonno* apenas havia dito um "Tchau" baixo e voltado a ler seu jornal. Eu engoli em seco e dei um beijo em vovó. Papai estava na mercearia, mas já tinha me despedido dele e de mamãe na noite anterior.

Novamente parada em frente ao prédio que morava com Lavínia, respirei fundo algumas vezes e encarei o lugar ao meu redor antes de me ajoelhar entre as grades e chorar, com as pernas trêmulas depois da semana mais estressante da minha vida. Meus ombros subiam e desciam com os soluços incontroláveis, como se o primeiro elogio daquela garota houvesse aberto uma comporta prestes a se romper. Saber que uma pessoa desconhecida me apoiava era mais significativo do que eu esperava que fosse. O choro era uma mescla de desespero, cansaço e incerteza.

Tudo do qual eu fugi minha vida toda me assombrava novamente: a exposição, a falta de certeza sobre o meu futuro, o maldito desemprego, a instabilidade geral.

Eu havia dito que ser mediana não me satisfazia mais, mas isso não significava me envolver em um escândalo político! E era assustador que a parte mais calma e mais estável dos meus últimos dias fora Marina. Mesmo passando por cada situação absurda, estar com ela tornava toda a tempestade caótica em algo mais aturável, simplesmente porque era parte de nossa relação sermos assim.

Mesmo sem querer admitir, ela saberia o que dizer no meio de tudo aquilo, ela não deixaria o meu lado. Talvez até enfrentasse os jornalistas parados em frente de casa, como tentei fazer uma vez. Ela provavelmente dormiria abraçada a mim e sussurraria em meu ouvido pelo tempo que fosse o quanto eu era amada e querida, que tudo passaria.

Mas com essa confusão acontecendo, mal tive tempo para pensar na nossa discussão, e eu sabia que ainda estava magoada. Parte de mim relembrava que ex-namorados eram ex por um motivo, que Marina poderia ter mudado, mas que ficasse com outra pessoa. Porém não era o que eu queria. O mero pensamento de minha ex com alguém além de mim causava arrepios em meu corpo. Não, eu queria estar com ela, sabia disso plenamente, mas a questão era: eu estava pronta para confiar totalmente nela novamente? Eu a havia perdoado por completo?

Porque, mesmo que eu quisesse voltar com Marina e esquecer de tudo, precisava fazer isso integralmente. Se fosse para perdoá-la, que o fizesse de coração. Não entraria naquilo novamente sem confiar nela, sem o perdão. A relação seria ruim para as duas e acabaria ainda pior.

E por mais que eu dissesse para mim mesma que não daria certo, o tempo que passei com ela me provava o contrário. Cada passeio, cada conversa, tudo apontava para o fato de que eu *queria* tentar de novo. Conhecia a mim mesma bem o suficiente para saber que, se não quisesse estar perto de Marina, não teria feito qualquer esforço. Ela não era apenas uma amiga como Helena ou Larissa, Marina era diferente, e eu sabia disso. Apenas precisava ser mais honesta comigo mesma e dar uma chance.

Para minha infelicidade, eu tinha outros compromissos na frente, como explicar para minha prima por que meu rosto estava inchado e cheio de lágrimas quando entrei em casa.

— Eu senti tanto a sua falta — Lavínia sussurrou em meu ouvido ao me esmagar em seu abraço. Em seguida, passou a mão em meu rosto e verificou como eu estava, se *nonna* não havia me batido ou pior, como ela disse, tentado me benzer.

Enquanto a atualizava sobre o fiasco do depoimento na delegacia, separei minhas roupas e comi alguma coisa.

— Você pode usar o meu notebook o quanto quiser, especialmente agora que as aulas vão voltar — ela disse com um dar de ombros.

— Acho que vou comprar um computador novo, sabia? — lamentei. — Eles provavelmente vão precisar dele como evidência por um tempo, e não sei se vão me devolver. Ainda acham que vão encontrar algo mais incriminador naquele laptop. — Lavínia arqueou a sobrancelha. — O que não vai acontecer — assegurei-a mais uma vez.

A parte mais difícil, talvez, tenha sido convencer minha própria família de que eu não era uma criminosa. O que era ridículo. Eu, criminosa? Uma vez, quando fui assaltada, o ladrão pediu para levar meu celular e eu, não satisfeita, ofereci uma *bala de menta.*

Uma pessoa assim seria uma criminosa? Eu duvidava.

De qualquer maneira, precisei mostrar meus extratos bancários referentes às cartas, e eles disseram que me retornariam em breve. O delegado sabia que eu não era culpada, era óbvio por todos os pontos de vista, mas aquilo era necessário para a investigação, então eu apenas esperaria.

Enquanto isso, faltava um dia para o centro cultural me informar o futuro do meu emprego, e o sentimento não poderia ser pior. Não ter meu computador e dignidade? Ok. Não ter um salário no fim do mês? Impensável. Não de novo. Ter contas para pagar era mais assustador do que a possibilidade de encarar o delegado novamente.

— Eu tenho muito orgulho de você — Lavínia comentou subitamente quando voltei do banho e me joguei ao seu lado no sofá, já com meu pijama confortável e pronta para passar a noite conversando com minha prima.

Soltei uma risada sarcástica e apoiei o queixo sobre o joelho.

— Orgulho é tudo o que eu menos sinto agora, honestamente.

Lavínia revirou os olhos claros e se virou em minha direção, pausando o filme romântico que assistia.

— Você em momento algum pediu desculpas por ter escrito um conteúdo erótico — ela esclareceu. — Quando começou essa empreitada, ficava toda tímida e se recriminando por gostar de escrever e ler alguns livros com essa temática...

Encarei minhas mãos com um sorriso casto. Lavínia estava certa. Foi um alívio perceber que, a fim de escrever sobre um tema, mesmo estando fora da minha zona de conforto, eu não precisava exatamente ser parte daquilo, apenas pesquisar bem e me engajar na temática. Eu não tinha um pênis, e isso não me impediu de escrever uma carta homoerótica, contanto que houvesse ido atrás de fontes confiáveis de pesquisa. Isso me fez encarar a escrita com outros olhos e respeitar mais ainda escritores como Marina.

E ali estava ela novamente.

— Acho que fiz um pouco as pazes com o gênero erótico — admiti com um sorriso. — Não sei, fiquei tão cansada e estressada com todo mundo ao meu redor me perguntando sobre minha sexualidade o tempo todo que achei que me afastar desse gênero seria mais "fácil". Bom, eu estava errada, tá legal? Os romances eróticos podem ser muito divertidos, tem bastante história por trás dos que eu li — contei com uma risada, empurrando Lavínia de leve. — Mas você ainda precisa ler alguns livros de suspense, eles continuam sendo superiores em todos os níveis possíveis.

— Os homens dos suspenses não são nem de perto superiores aos dos livros de romance — ela contestou.

Durante os próximos minutos em que discutíamos homens de suspense e romance, senti-me normal novamente. Apenas eu e Lavínia em nossa bolha, privadas do mundo exaustivo lá fora. Quando ela foi dormir, algumas horas depois, permaneci quieta encarando a televisão. Na tela, uma série de comédia qualquer passava, mas minha mente estava distante.

O som do celular estourando ao meu lado foi o que me despertou do torpor. Já se passavam das onze horas da noite, e estava pronta para mandar o jornalista que me ligava à merda, até ver o nome de *nonno* no contato.

— *Nonno? Va benne? È successo qualcosa?* — perguntei se ele estava bem e se algo aconteceu assim que atendi a ligação, preocupada.

Mil cenários vieram à mente: mamãe me ligando porque um acidente acontecera, *nonna* dizendo que ele falecera. Pânico o suficiente cruzou minha mente antes que vovô me respondesse.

— Você só fala em italiano comigo pra dar bronca, *fragolina* — desdenhou.

Respirei aliviada. Ele continuava sendo um velho rabugento, pelo menos estava vivo e bem.

— Eu pelo menos falo italiano melhor do que Lavínia, que não sabe nem conjugar no *passato* — retruquei a contragosto. — No que posso ajudar, vô? Fiquei preocupada, o senhor nunca liga a essa hora.

A linha ficou silenciosa por alguns instantes. Tirei o celular da orelha, para me certificar de que a ligação não havia caído.

— Queria pedir desculpa — pigarreou, finalmente.

Pisquei diversas vezes para a tela com o nome de *nonno*, sem acreditar naquilo. Talvez aquela fosse a primeira vez que o via falando algo daquele tipo.

— Pelo quê? O senhor não fez nada.

Levantei-me do sofá e fui pegar uma água, já que minha garganta seca de confusão me trairia a qualquer instante.

— Todo mundo está falando coisas horríveis, e eu percebi que justo eu, seu avô, não deveria ser uma delas — ele comentou, sua voz entrecortada pelo sinal. — Você é uma boa menina, só queria me ajudar.

Fechei os olhos e respirei fundo, sem acreditar que aquelas palavras eram reais. Não queria atrapalhar o momento, então apenas o deixei continuar.

— A sua prima me contou tudo que aconteceu enquanto você estava tomando banho — ele reiniciou, sua voz mais clara do que antes. — Sinto muito pela situação com a Marina, por não ter sido útil nos últimos dias e... Desculpa por não ter sido um bom *nonno*.

As lágrimas já caíam sem pedir licença, e antes que pudesse me refrear, um soluço escapou. Meu avô ficou em silêncio, esperando que eu conseguisse dizer algo.

— Eu estou muito cansada, *nonno* — murmurei entre soluços. Apoiei a cabeça em um dos armários suspensos e deixei o celular no viva-voz no balcão. — Me sinto um lixo.

— Não diga isso, menina! — ele ralhou, retomando seu jeitão impessoal. — Eu e sua avó não te criamos pra você falar uma besteira dessas, oras.

Soltei uma risada entre as lágrimas e limpei minhas bochechas com as costas da mão, mais incentivada por aquela única frase do que por toda a autoajuda que pudessem me oferecer no mundo.

— Já passou uma semana se sentindo assim, agora é hora de reagir, não? — ele incitou, mais animado do que antes. — Sua prima me contou que ganhou vários seguidores nessas redes sociais aí que você mexe, então aproveita isso daí. Se as pessoas acharem que está com medo, vão continuar enchendo seu saco. Então se posicione. Ainda assim, alguns vão encher seu saco, mas quem te apoia vai sair em sua defesa.

— O senhor faz parecer fácil — comentei com a voz chorosa, já mais recomposta. — Talvez eu perca meu emprego que nem comecei.

— E daí, se perder? — ele ralhou novamente. — As coisas se arranjam, *fragolina*, tudo se arranja. Acha que eu também não me senti perdido quando descobri que seria pai do seu pai e da sua tia? Gêmeos! Eu estava sem emprego na época também.

— Não sabia disso — murmurei com um fungado.

— Poupo vocês de muita coisa — ele balbuciou. — Mas precisei me virar até me colocar em pé de novo, e você vai fazer isso também. Talvez alguns momentos sejam mais difíceis, acontece. O importante é que tem uma família pra te ajudar. Lavínia está aí, nós estamos aqui. Vai dar tudo certo, *fragolina* — ele assegurou com muito mais confiança do que eu esperava. — E se você quer mesmo esse emprego, então vá atrás, lute por isso. Bata na porta daquelas pessoas e mostre que vale a pena. Se não der certo, paciência. Vai ter uma oportunidade próxima, prometo também.

— Obrigada, *nonno* — agradeci de coração, uma bomba de entusiasmo passando por mim enquanto uma ideia se formava em minha mente.

— Por nada, *fragolina*. Agora, vá dormir. Você precisa ir cedo no consulado coreano resolver isso.

— Centro cultural japonês — corrigi.

— Isso que eu disse. Boa noite, filha.

Eu já sabia o que fazer.

Capítulo vinte e três

CARTA ABERTA

São Paulo, dia de julho do ano que estiver lendo isso.

Queridos leitores,

Escrevo em formato de carta, afinal de contas, é como me conhecem, não é? A garota dos e-mails, do Négligé *da República. Não posso dizer que o nome não me diverte, jamais teria a criatividade para pensar nisso, mas a questão aqui é a seguinte:*

Nos últimos dias, fui acusada de diversas coisas: de imoral, de suja, de absolutamente tudo que se pode imaginar. Fui julgada por escrever cartas eróticas. Não vim para falar sobre os casos extracartas, já que não estou envolvida. Mas venho falar sobre o que posso dizer a respeito.

A cada um que se divertiu e me apoiou por meio da expressão da sexualidade através da minha escrita, obrigada! Eu não me arrependo por um segundo sequer de oferecer serviços como esse, porque é justo e limpo. As pessoas podem e devem se expressar como quiserem.

Para todos que em algum momento se sentiram ultrajados e escandalizados pelo teor das cartas, por favor, busquem ajuda. Se você se sente incomodado com a sexualidade alheia, sinto muitíssimo, mas não tenho nada a ver com isso, o problema é todo seu.

Acima de tudo, gostaria de informar que meus serviços como escritora de cartas – eróticas ou não, como podem ver no meu portfólio – continuarão. Os interessados podem contatar meu e-mail oficial, da Penelope. Porque sou parte dela, então por que não aderir completamente, não é?

Apesar disso, a partir de agora, aceito contatos apenas de pessoas com CPF e CNPJ identificáveis, ok? Mas a confidencialidade permanece, sou uma pessoa séria e profissional.

Espero poder revê-los em breve.

Obrigada novamente.

Atenciosamente,

Penelope.

Capítulo vinte e quatro

CLEO PRECISAVA DE UM GUARDA-CHUVA

Cleo

Duas semanas depois da carta

Eu estava sem guarda-chuva, de novo. Mas em minha defesa, por que diabos estava chovendo no final de julho? A terra da garoa havia decidido permanentemente se tornar a terra da tempestade, já que relâmpagos iluminavam o céu em um dia atípico.

Lavínia combinara de me encontrar no Roller Jam, um restaurante com uma pista de patinação. Aproveitando minha nova personalidade, a que se permitia tentar algumas coisas novas, aceitei, ainda que reticente. Patins? Aquilo talvez fosse demais para mim, mas prometi para minha prima que estaria ali após o expediente.

Expediente esse que era feito de acordo com o meu horário.

Para minha completa falta de surpresa, o centro cultural decidiu não me aceitar como parte da equipe. Por ser um órgão governamental, um escândalo daqueles não faria bem para as relações entre os países. Apesar de chateada, forcei-me a me lembrar do que *nonno* me disse: tentar novamente, haveria outra oportunidade.

E antes que a festa da autopiedade me alcançasse, o Twitter me pegou. Duas semanas após ter postado minha carta final na rede social, eu já havia recebido mais de vinte pedidos de novas cartas – nem todas eróticas, para certo alívio. Havia cartas de amor, cartas de término (precisava entender um pouco melhor essa), cartas para familiares e, acima de tudo, surpreendendo-me ao máximo, uma proposta de ser colunista em um jornal digital. Todas as publicações seriam em formato de cartas é claro. Aquela grana por artigo me ajudaria em partes, mas de todas as consequências para minha postagem nas redes sociais, esta foi a mais absurda: com a visibilidade do caso, minha carta aberta foi reproduzida em horário nobre na BCN, uma das maiores emissoras do país.

Com todos os olhos voltados para a escritora que reagiu às acusações, recebi o retorno do e-mail do *podcast* sobre sexualidade. Aparentemente, foi justamente a polêmica que fez com que eles lessem as cartas divulgadas que escrevi para os meus clientes anônimos na época e se interessassem em como consegui mudar de estilo de escrita dependendo do pedido do remetente. A dona do *podcast* me contatou pessoalmente e ofereceu a vaga, com a informação de que meu perfil e minha história se comunicariam com o público e tornaria mais fácil para que eu criasse pautas para o programa e roteirizasse o *podcast*.

Um emprego fixo, porém, flexível, com alguns freelas pelos cantos. Uma frase que jamais pensaria se encaixar na minha rotina. Uma certa instabilidade, talvez, mas estava me habituando aos poucos. *Nonno* estava certo, novas oportunidades aparecem.

Apesar disso, estava levemente arrependida por ter dito que gostaria de testar essa nova personalidade para Lavínia. Minha prima já havia tentado de tudo para me fazer ler um romance erótico entre um lobisomem e uma esfinge, mas eu precisava ir aos poucos. Ainda preferia meus suspenses, no final de tudo.

Sem achar nada em meu computador, o delegado já havia devolvido minha máquina. Para minha felicidade, ainda funcionava, para minha mente paranoica, eu tinha certeza de que colocaram algum dispositivo de rastreio. Mas aqueles eram apenas os hábitos antigos falando.

— Olá — cumprimentei a moça parada em frente ao estabelecimento após fugir da chuva torrencial. Eu estava encharcada, meu vestido grudava em meu quadril e no tronco, o tênis empapado em meus pés me causava agonia e meu cabelo havia desistido de lutar, já parecendo um poodle raivoso. — Já estou com alguém, a Lavínia — informei sem tentar bater os dentes de frio. Meu casaco enfiado na bolsa também estava parcialmente molhado por conta da chuva.

— Cleo, não é? — ela confirmou após olhar em seu celular.

Assenti com a cabeça e acompanhei-a para dentro.

Eu estava pronta para brigar com minha prima por ter roubado meu guarda-chuva. Em um dos únicos acessos de inteligência relacionados ao clima de São Paulo, aprendi a mantê-lo à mostra para casos de emergência. Porém, há algumas semanas, não o via. Lavínia roubou para si, tinha certeza disso.

O ambiente ao meu redor era colorido, as luzes *neon* espalhadas por todo o lado faziam parecer uma realidade paralela. Talvez fosse. Algumas mesas acolchoadas ladeavam o ringue de patinação, que se encontrava parcialmente cheio. Famílias e casais patinavam, algumas pessoas caíram desajeitadas, enquanto outras pareciam ser profissionais. Senti-me automaticamente intimidada pelo ambiente.

Marina adoraria estar ali. Ela sempre gostou de patinar. E mesmo que houvesse tentado me ensinar enquanto ainda éramos apenas amigas, uma era atrás, eu passava mais tempo agarrada à grade do que deslizando. Controlei uma risada pequena com as lembranças, e o nome de Marina mais uma vez apertou meu coração.

Após tanto tempo sem nos falar, quase três semanas, não sabia como me aproximar novamente, como dizer tudo o que gostaria. Com todo o caos da mídia e o emprego novo, não consegui exatamente parar para refletir sobre Marina e eu. Naquele momento, torci para que algum dia pudesse trazê-la para cá comigo, mas eu precisava mandar uma mensagem antes disso.

Assim que chegasse à mesa, tentaria falar com ela. Talvez um "oi" simples fosse o suficiente para um começo, apesar de me sentir estranhamente ridícula com isso.

Com todo o estresse do escândalo, minha família me forçou a voltar a frequentar a psicóloga, que parei meses atrás para economizar. Como eu já tinha pensado realmente em voltar, não foi difícil. Duas vezes por semana, esse era o nível de preocupação dos meus familiares. E eu não podia culpá-los, no fim de tudo, a situação inteira era muito estressante.

Apesar disso, passei apenas uma sessão comentando sobre o escândalo e todas as outras destrinchando o que eu e Marina tivemos. Mais especificamente: nosso término. Meu problema nunca foi o tempo que passamos juntas, mas como eu reagi ao nosso final. A insegurança veio dali, de não ser querida, de me sentir um empecilho. Foram necessárias algumas sessões até que eu compreendesse um pouco melhor que meu valor precisava estar menos ligado ao que motivou Marina a terminar anos atrás.

Não que fosse fácil, ser acostumada a não ser primeira opção era algo normal para mim e para minhas outras amigas gordas ou negras, então lidar com as consequências de não ser desejada a vida toda demandava tempo e esforço.

Porém, no fim de tudo, Marina me queria, eu era sua primeira opção, assim como ela era a minha. Nós crescemos, nos tornamos pessoas diferentes, e me sentia muito mais aliviada por entender essa situação inteira melhor agora.

Não, entender não era a palavra certa, acho que estava mais para *acreditar*. Uma coisa é saber, outra é acreditar naquilo. Marina foi óbvia em dizer que me queria, que havia mudado, e eu *sabia* disso, mas não *acreditava*. E não porque não confiava nela, mas porque apanhei tanto que outra opção além de não acreditar me parecia improvável.

Ser desconfiada e arisca era parte de quem eu era por muitos anos, não importasse o quanto eu amava Marina, ainda tinha direito de me sentir daquela maneira. Mas não agi com toda a maturidade do mundo em nossa discussão, e estava pronta para admitir aquilo.

Assim que mandasse a maldita mensagem.

— A senhorita vai patinar? — a funcionária perguntou ao meu lado, tirando minha atenção da pista mortífera e de meus pensamentos conciliadores.

Observei mais uma vez a pista, as luzes *neon* e as risadas de todos se divertindo naquele ringue.

— Vai — uma voz respondeu por mim antes que me pronunciasse.

Virei-me para trás com a garganta fechada, e mesmo com o corpo inteiro molhado dos pés à cabeça, eu me sentia arder de febre e suor.

— Nós duas vamos patinar, por favor — Marina informou com um sorriso largo, seu piercing brilhando ainda mais sob as luzes coloridas.

Abri e fechei a boca incontáveis vezes, sem saber o que dizer.

— Você não é a Lavínia — balbuciei em choque.

— Não — ela gargalhou e balançou os cabelos lisos para o lado. — Ainda bem, porque ela te *mataria* por ter esquecido o guarda-chuva.

Marina estava ali, parada com toda a sua altura, os olhos meia-lua sorrindo em minha direção, lábios vertidos com felicidade e trajada perfeitamente para uma noite de patinação.

— Ela roubou o meu — defendi-me com cautela, mirando-a da cabeça aos pés. — Mas isso não explica você aqui.

— Vou trazer os patins de vocês — a funcionária, que eu sequer percebi estar ao nosso lado, informou com um sorriso amarelo antes de pegar nossos números e se afastar.

Eu e Marina permanecemos nos encarando por alguns instantes. Sentia-me uma completa tapada, sem conseguir reagir à minha ex-namorada me fitando como se eu fosse a única pessoa daquele local. Desviei o olhar primeiro para a mesa ao lado da qual estávamos paradas.

— A Lavínia não vem, não é? — perguntei de uma vez.

— Não.

— Vocês duas armaram isso?

— Sim.

— Por quê?

— Porque não terminamos o nosso terceiro encontro.

Segurei um sorriso instantâneo, mas desisti ao perceber que não adiantava esconder nada de Marina. E então comecei a gargalhar, sem conseguir me impedir.

— Você não está prestes a virar o Coringa, não é? — ela ecoou a frase que eu também lancei em sua direção semanas atrás, quando estávamos prestes a transar na casa do caseiro. Neguei com a cabeça e tentei me controlar.

— Só é completamente surreal pensar nos encontros e nas cartas a esse ponto — justifiquei. — Absolutamente tudo virou de cabeça para baixo nos últimos dias — esclareci com um suspiro. — É loucura.

Marina se aproximou de mim ao me puxar pelo laço do vestido, seus lábios próximos aos meus por poucos centímetros.

— Senti saudades do seu sorriso — sussurrou e depositou um beijo no canto de minha boca. — Quer comer?

E subitamente ela estava sentada à mesa. Preparei-me para sentar-me de frente para ela, mas Marina negou com a cabeça e apontou para o lugar ao seu lado.

— Por quê? — perguntei desconfiada. Marina revirou os olhos e deu um tapinha no estofado.

— Porque assim eu tenho mais chances de colocar a mão por dentro do seu vestido — brincou com a língua afiada. — É porque eu já passei tempo o suficiente longe de você, agora senta aqui logo, mulher.

Gargalhei, mas não neguei, apenas aproximei-me de Marina, nossas coxas se encostaram sob a mesa, minha mão pousada sobre meu colo parecia errada, e fui rápida ao cruzar meus dedos com os de Marina.

— Deuses, você está gelada — ela comentou com assombro. Assenti com a cabeça e coloquei meu casaco sobre meus ombros com uma mão só, sem querer por um segundo sequer desviar de Marina.

— Agradeça a Lavínia, a ladra de guarda-chuvas — murmurei, mas sem perder o sorriso.

Não poderia me importar menos com Lavínia e seu furto, com a corrupção no mundo, com nada. Apenas Marina ali, parada ao meu lado, sorrindo e se aproximando de mim para tirar meu cabelo molhado do rosto.

— Você vai ficar doente — pontuou com preocupação.

Dei de ombros.

— Não ligo.

Levantei a mão de Marina até os lábios e beijei os nós de nossos dedos entrelaçados.

— Como devemos começar nosso terceiro encontro, *milady*?

— Vamos patinar, depois podemos comer algumas batatinhas e depois...

— Você está no cardápio também? — interrompi a sentença com um deitar de cabeça. Marina gargalhou e assentiu.

— Marina à milanesa com certeza é uma opção.

— Prontinho, meninas. — A funcionária apareceu ao nosso lado com os patins em mãos. Afastei-me de Marina apenas para pegar o meu par e os equipamentos de segurança.

Seríamos instruídas por um treinador até que conseguíssemos andar por conta própria. Na verdade, aquelas orientações seriam apenas para mim, já que Marina voaria pelo ringue como se estivesse andando normalmente na calçada com tênis confortáveis.

Quando coloquei os patins assassinos, Marina já me aguardava dentro da pista. O moço calvo que me ajudava a caminhar tinha um sorriso gentil e contemplativo, como se já estivesse acostumado com garotas péssimas no patins por tempo o suficiente.

— Contrair o abdômen ajuda — ele explicou quando já estávamos patinando. Marina não saiu do meu lado por um segundo sequer, sorrindo o tempo inteiro e pacientemente me esperando dar duas deslizadas sem me agarrar à parede.

Uma criança passou por nós patinando como se tivesse nascido para aquilo.

— O importante é o peso, não jogue tudo para trás e nem para frente, postura reta e contração de abdômen para não se desequilibrar — ele guiou ao meu lado.

Respirei fundo com a música ao nosso redor. Taylor Swift preenchia os sons espalhados pela pista, e algumas meninas sentadas em uma das mesas cantaram a música em uníssono. Quis largar tudo e me juntar a elas.

— Pronta? — o instrutor me incentivou. Assenti temerosamente e me soltei da parede, deslizando para frente como ele me ensinou, levando os pés para dar mais estabilidade ao movimento.

Com muita surpresa, não caí. E com ainda mais assombro, consegui me movimentar sem problemas. Marina comemorou comigo e patinou ao meu lado, dando voltas pelo ringue até que eu estivesse tranquila para balançar os braços e dar as mãos para minha ex-namorada (o termo estava começando a me irritar).

Gargalhei quando caí a primeira vez, e Marina estava lá para me dar a mão e me ajudar a levantar.

— Eu duvido você dar uma pirueta — cantarolei quando a pista esvaziou um pouco.

Marina arqueou a sobrancelha em minha direção e me deu um selinho apressado antes de se afastar e, não satisfeita em dar uma pirueta, ela também girou com as mãos para cima como uma verdadeira patinadora profissional. Cerrei os olhos para ela e mostrei a língua, chamando-a de convencida, mas na verdade estava encantada.

Por ela, por aquele momento, por tudo.

Por saber que eu e Marina daríamos certo.

Por mais trinta minutos, continuamos patinando. Eu caía várias vezes, mas me levantava sem problemas. A verdadeira preocupação veio quando Marina caiu de costas no chão após se distrair com minha queda. Andei ajoelhada até ela e coloquei as mãos em suas bochechas vermelhinhas pelo suor.

— Você está machucada? — perguntei preocupada.

Marina assentiu e cobriu o rosto com as mãos. Afastei-as e me assustei quando ela se sentou rapidamente, e me roubando um beijo antes que pudesse reagir.

— Você é uma raposa! — ralhei com um tapa em seu braço.

Marina gargalhou e deu de ombros, um olhar dissimulado voltado para mim.

— Beijo de amor verdadeiro cura tudo, você não sabia?

Revirei os olhos e a ajudei a se levantar, mas não sem antes perceber sua careta de dor.

— Machucou mesmo, não é? — sondei e coloquei a mão na base de sua coluna, onde parecia ter doído mais. — Vamos embora, podemos comer em outro lugar.

Marina apoiou a mão sobre o peito e arregalou os olhos em escândalo.

— Essa é a sua maneira de dizer que quer me comer, Cleo Rodrigues? Não que eu não vá aceitar, mas seja mais sutil…

— Pelo amor de Deus — ralhei com uma risada. — Estamos em público.

— E isso te impede?

Desviei o olhar para evitar a risada desesperada em meu peito. Estar com Marina era uma mistura tão grande de felicidade e carinho, eu só gostaria de passar a noite inteira rindo sem motivo aparente, só porque ela estava comigo.

Após agradecer o caixa e sairmos do estabelecimento, voltei-me para Marina com o maior sorriso do meu arsenal, sem reserva alguma para ela.

— Eu estou de carro, vamos — ela convidou e estendeu a mão em minha direção. Entrelacei nossos dedos novamente.

Agora, com a rua praticamente vazia, o chão molhado pela chuva e apenas algumas gotas caindo das copas das árvores, caminhamos lado a lado. Os prédios da zona nobre da cidade se expandiam, alternando-se com pequenas lojas de fachadas coloridas e limpas.

Quando nos aproximamos do carro, Marina mal teve tempo de reagir antes que a encostasse contra a porta ainda um pouco molhada.

— Você me deve uma blusa nova — sussurrou entre meus lábios.

Deslizei com meu polegar por seus lábios em formato de coração, beijando-os em seguida. Marina suspirou, embrenhando sua mão por entre meus cabelos enquanto a segurava pela cintura, aproximando nossos corpos o máximo que conseguíamos.

Encostei nossas testas, por fim, respirando entre um beijo e outro. Dei-lhe um selinho rápido antes de voltar meu olhar para Marina por inteiro. A janela do banco de trás se tornou alvo de meus olhos tímidos.

— Ei! Espera aí! Aquele ali é meu guarda-chuva? — Afastei-me de Marina e fiz uma proteção ao redor de meus olhos antes de colar o rosto no vidro.

— Você estava tão adorável culpando a Lavínia, não sabia como dizer que você esqueceu na minha casa semanas atrás — ela se desculpou ao coçar a nuca.

— Tadinha da minha prima, deve estar com a orelha queimando a essa hora — lamentei com uma risada.

Marina abriu a porta do carro, e entramos com rapidez, para fugir do vento gelado do inverno. Estiquei-me para trás no banco e peguei meu guarda-chuva com a sobrancelha arqueada.

— Eu comprei esse aqui daquele vendedor depois do fiasco na estação, sabia?

— Nunca agradeci tanto um acidente... — Marina cantarolou ao ligar o aquecedor. Senti-me automaticamente mais confortável e tirei o casaco.

— Obrigada pela surpresa de hoje. Eu não merecia.

— Cleo...

— Não, me ouve — interrompi-a com as mãos para cima. — Eu não merecia porque fui extremamente imatura na nossa última conversa. Eu reagi mal. Passei tempo demais tentando superar nosso namoro, mas não havia superado o término — suspirei ao passar os dedos pelos cabelos já mais secos. Marina me encarava com o semblante concentrado. — Sei que você mudou, eu também mudei.

— E ainda bem — ela completou. Assenti timidamente e coloquei uma mecha de meus fios atrás da orelha, tentando ganhar tempo.

— Sinto muito por ter sumido e por não ter dado sinal de vida depois de todo o escândalo.

Marina batucou com os dedos esguios no volante antes de deitar a cabeça no estofado e me encarar.

— A Lavínia me passou relatórios diários de como você estava. Quando me contou que vocês conversaram sobre mim, achei que era hora de voltar à cena — riu pelo nariz. — Mas preferia que você tivesse me chamado, não vou mentir.

— Acho que fiquei tímida, e também com tudo o que aconteceu... — justifiquei-me. — Estou muito feliz por estar aqui, por você ter vindo atrás de mim.

Aconcheguei o rosto de Marina em minha mão e depositei um beijo em seus lábios antes de suspirar.

— Eu te amo.

— Também te amo, Cleo — ela sussurrou, voltando a me beijar. — E tenho um presente pra você — ela me interrompeu entre os beijos para esticar a mão no banco de trás, tirando dali um montante de páginas encadernadas.

— Isso é... — refreei-me quando ela assentiu, mordendo a ponta do polegar. Abri um sorriso enorme ao segurar o material pesado em mãos. — O próximo livro de Marina Fonseca diretamente em minhas mãos. Que honra!

— Abre a dedicatória — ela comandou, apontando com a cabeça para o livro.

— O título… — murmurei, passando o dedo pelas letras impressas. Virei a página e controlei a boca escancarada ao observar a tinta pintada no papel.

> *A Ela, que continua a manter meu coração a dez mil pés,*
> *mas agora mais próxima de casa.*

Soltei uma risada esganiçada, sem conseguir me controlar. O peito fechado de tanto amor que poderia explodir, era daquela forma que me sentia enquanto tentava abraçar Marina naquele carro pequeno.

— Acho que você vai ficar mais feliz se ler mais um pouquinho da história. — Marina bateu com os dedos sobre as páginas. Afastei-me apenas o necessário para folhear o livro, passeando pelos títulos e parágrafos espaçados.

— Obrigada por me entregar isso — murmurei, sentindo minha voz um pouco chorosa.

— Eu quero que você seja sempre a primeira pessoa a ler minhas obras. Sempre. Agora, olha só os agradecimentos.

Virei o calhamaço para baixo e abri a última página. Meus olhos desceram por todos os nomes ali e pousaram no final da folha.

— *Agradeço, por fim, à pessoa que me acompanhou em todo o processo deste livro, me levou para lugares que jamais pensei visitar, que me amou exatamente como uma personagem de livros de romance gostaria de ser amada, à minha namorada, quer dizer, isso se ela aceitar. O que me diz, Cleo Rodrigues?* — li em voz alta, sem acreditar. Abri um sorriso imenso para Marina, que me aguardava com um ainda maior.

— E aí, Cleo? — ela incentivou. — Aceita ficar comigo pelo resto das nossas vidas?

— Isso me parece uma quantidade ínfima de tempo, talvez a eternidade seja um termo melhor — gargalhei e fui esmagada rapidamente por seu abraço, por seus beijos e por seus sorrisos.

Marina me afastou apenas para acariciar minha bochecha com o polegar.

— Você ainda não disse se aceita, lindinha — cantarolou ao beliscar minha barriga.

— Como poderia negar algo para Aquela que me deixa a mil pés do chão?

Por fim, quando Marina me beijou mais uma vez, senti-me vivendo, sem dúvida alguma, o melhor livro de romance escrito na história.

EPÍLOGO

Eu amava sessões de autógrafos na mesma proporção que odiava. Amava porque, bem, não havia nada melhor do que a estreia de seu livro cercada por pessoas que adoram seu trabalho e sua família. Odiava porque, às vezes, a ansiedade era minha maior inimiga. Por sorte, eu sempre tive minha própria líder de torcida, que afastava para longe a angústia e me ajudava a focar apenas no melhor. E ela estava *atrasada*.

— Desculpa! — A voz dela se estendeu pelo espaço reservado para mim e os outros autores da editora.

Corri para abraçá-la, afundando meu nariz em seu cabelo cheiroso, que me lembrava casa, lavanda e shampoo para cabelos cacheados.

— Tive um problema no estúdio do *podcast* — ela se desculpou de lado, dando um selinho rápido em meus lábios pintados de vermelho.

— Todo mundo legal? — perguntou um funcionário da editora. — Meu bem, você vai primeiro. — Apontou para mim antes de se afastar.

Atrás de nós, uma plateia inteira gritava com o alvoroço da palestra marcada para dali um minuto.

— Boa sorte. Minha mulher vai arrasar — ela me incentivou com um sorriso e polegares para cima.

— Você vai comigo — informei com um dar de ombros, mas minha namorada não estava pronta para aquilo, porque negou com a cabeça veementemente. — Quero que eles a conheçam — confidenciei enquanto outros autores estavam ao nosso lado.

— Meu amor…

— Vamos, é importante pra mim.

— Você já vai entrar — informou a assessora à porta.

Nós trocamos um daqueles olhares aos quais estávamos acostumadas há muito mais tempo do que poderíamos contar, então suspirou e assentiu.

— Vamos.

Caminhamos juntas pela porta, em direção à pequena multidão que nos recebeu com acenos e gritos. Abri um sorriso imenso, constrangida diante de tanto carinho. Ao meu lado, minha namorada acenava também, um sorriso tímido em seu rosto lindo.

— Obrigada por virem à estreia — falei pelo microfone, sendo interrompida pelas vozes novamente. — Obrigada por lerem uma história de amor guiada por cartas eróticas, ex-namoradas que tentam se odiar, mas somente conseguem se aproximar, e acima de tudo, uma história real. — A plateia se silenciou antes que eu voltasse a falar, confusão em seus semblantes. — Esta é minha história. E obrigada por darem uma chance para mim e para a mulher que tornou este romance possível. — Encarei-a de soslaio, seu olhar preso no meu, um sorriso majestoso em seus lábios cheios, e inteiramente meus, porque ela aceitou que assim fosse. — Obrigada por virem à estreia de *Querida Penelope*!

NOTA DA AUTORA

Agora que você terminou o livro, talvez seja hora de esclarecer algumas coisas. Eu sou uma escritora que estava há meses sem escrever quando comecei *Querida Penelope*, a única coisa que eu sabia era que eu gostaria de um livro com ex-namoradas que se apaixonavam e que, no final, uma das protagonistas fosse a escritora do próprio livro (deu tela branca na sua mente? Na minha também).

Por isso, gostaria de deixar algumas pistas para você em lugares onde ficava claro que este livro sempre foi escrito pela Marina:

- Todos os parênteses eram intervenções da Cleo. Se você reler os parênteses, vai perceber que as informações neles são lacunas que ela preencheu durante a leitura do manuscrito (aquele que recebeu no carro) e a Marina decidiu deixar como parte da história;
- A Marina só tinha seu ponto de vista explícito quando era algo relacionado ao seu processo de escrita. Desde a primeira vez que ela começou a escrever a história (no capítulo sete) até a finalização do livro (antes do epílogo);
- Durante o livro, em alguns momentos, a narradora da Cleo fala muito "eu presumia isso", ou "eu achava que a Marina pensava isso". Essa era uma forma da Marina apresentar o ponto de vista da Cleo, mas deixar claro que não era 100% verdade. Afinal de contas, a Cleo não tinha como saber o que se passava na cabeça da Marina, por isso ela usava dessas brincadeiras linguísticas.

Apesar de você ter lido o livro, de certa forma, do ponto de vista da Marina, eu garanto que as informações são corretas e que a Cleo se sentiu completamente da maneira como era descrita (afinal de contas, ela leu todo o manuscrito antes de ser publicado e deu todos os pitacos possíveis).

ANOTAÇÕES DE CLEO

Especialmente pra você, vou revelar algumas anotações da Cleo para Marina ao longo da revisão deste livro. Um gostinho do que foi essa aventura. As demais, estão de forma oculta no texto original, você pode voltar e descobrir cada uma delas ou imaginar o que essas duas aprontaram ao longo da escrita dessa história!

— O que está acontecendo de verdade, Cleo? — ela praticamente murmurou.

— Eu não fui aprovada no emprego.

— Tem mais.

Desviei o olhar para a pia, as gotas d'água molhando o mármore eram um ponto de interesse muito maior do que os olhos inquisitivos de Marina.

— É só isso — assegurei-a novamente.

— Vou começar a cobrar cinco reais toda vez que mentir pra mim. — Marina estava tentando quebrar o gelo, a cada segundo seus passos se aproximavam de mim. Pairando ao lado de minha mão, seus dedos tracejavam os contornos da pia, as unhas se arrastavam até que o destino final, a ponta dos meus, fosse encontrada.

— Eu li seu livro — disparei. Levantei o olhar, Marina estava com um sorriso adorável, os olhos brilhavam com felicidade genuína. Não pude evitar sorrir de volta.

— E o que achou?

Por mais que conversássemos normalmente, cada palavra parecia sussurrada, íntima. Uma bolha na qual ninguém poderia nos ouvir ou espiar.

— Eu acho que você poderia ter me dito que tinha uma personagem demissexual — brinquei. Marina agora arrastava seus dedos sobre os meus, alcançando meu pulso delicadamente. Seu cabelo era tão cheiroso, eu estava perdida e inebriada. Poderia discorrer sobre as 95 teses de Lutero e ainda assim não compreender palavra alguma, vivendo no automático até que Marina finalmente acabasse com o meu sofrimento e me deixasse sentir o cheiro de seu pescoço, de sua pele, de tudo. Marina por inteiro era tudo o que eu queria.

— O que você achou sobre o primeiro encontro delas?

— Que a Felícia deveria ter beijado a Simone — respondi, mas minha voz já não parecia minha. A garganta seca denunciava a sede por Marina, as piscadas lentas tentavam marcar o máximo de tempo com os olhos abertos para vê-la. Era viciante. — E você vai perder pelo menos uns quinze reais por fazer isso. — Apontei com a cabeça para sua mão, que subia por meu cotovelo e se aconchegava em minha cintura.

Marina sorriu, prestes a dar uma resposta engraçadinha, mas eu já havia esperado demais. Sem pensar, com uma taça de vinho correndo em minhas veias e o desejo desenfreado de, por uma vez na vida, não esperar que o universo fizesse algo por mim, segurei Marina pela nuca e a beijei, silenciando sua voz para despertar uma multidão em minha cabeça. Derreti-me em seus braços, suspirando quando sua mão se embrenhou por meus cabelos e me segurou com força. Aquilo era tão bom, tão cheio de intimidade que parecia nunca ter sido quebrada. Marina tinha gosto de estrelas cadentes e pôr do sol. E perto dela eu me sentia incandescente. *u a u?*

eu não acredito que vc colocou isso... pelo menos foi fofo

Puxei-a para perto, inspirando seu sorriso entre os beijos e expirando pequenos gemidos toda vez que ela decidia segurar minha coxa.

— Dentro do banheiro, agora — consegui formular entre um beijo e outro.

Afastei-me de Marina apenas para encará-la sorrindo, os olhos exalavam loucura e saudade. Deveria ser um reflexo do meu próprio rosto, porque voltei para seus braços,

— Quero que você me guie exatamente como quiser, Cleo — ela pediu, sua respiração reverberando entre minhas pernas abertas.

Segurei os cabelos de Marina com força quando ela me lambeu uma, duas, três vezes, todas em locais tão certeiros que me fizeram cogitar ficar ali para sempre. E eu queria. Arrastei as pernas para cima e para baixo no colchão quando ela deslizou um dedo para dentro de mim, o movimento de vai e vem calmo.

— Quer puxar meu cabelo do jeito que só você faz? — ela sondou antes de mordiscar minha coxa. Apoiei-me em um cotovelo e segurei seu cabelo com a outra mão em um rabo de cavalo, sem desviar meu olhar do seu.

— Continua me chupando assim, e eu puxo o seu cabelo quantas vezes você quiser.

Marina riu e adicionou mais um dedo ao jogo mortal que acontecia entre nós. Deixei que um gemido sonoro escapasse por meus lábios quando os movimentos se intensificaram e sua língua atingiu um ponto tão gostoso em meu clitóris que joguei meu quadril para cima, incapaz de respirar. Puxei seu cabelo com mais força quando o orgasmo me preencheu, e a consequência foram gemidos tão unidos que poderiam ser um só. Aquela era a porra do som mais gostoso que já ouvi na vida.

Fechei os olhos, sentindo meu corpo inteiro tremer em espasmos. Marina continuou pressionando o polegar em meu clitóris, prolongando meu prazer. Minhas pernas se moviam sozinhas, buscando mais contato com seu corpo em meio à névoa em minha cabeça.

Abri um sorriso preguiçoso e sentei-me na cama novamente após respirar um pouco, sem conseguir acreditar no quanto aquilo era bom. Marina estava me encarando, os olhos completamente alucinados enquanto passava o polegar pelos lábios.

A minha mãe vai ler!!!

— Eu gosto pra caralho do seu gosto, Cleo — ela murmurou e me beijou lentamente. Meu coração ainda estava acelerado quando abri suas pernas, lado a lado, e desci meu polegar por seu tronco, sem parar de acariciá-la por um segundo.

Marina era viciante, e eu não estava pronta para deixá-la ir.

— Olha pra mim — pedi com um fio de voz.

escolha lexical interessante

Marina ainda estava me encarando quando comecei a fodê-la com os dedos. Seus olhos se fechavam aos poucos, mas eu não permitiria. Queria ela presa o tempo todo dentro dos meus olhos. Queria ver cada reação de seu corpo.

O que eu não esperava era que ela apoiasse uma mão mais próxima a mim e voltasse a me penetrar com dois dedos também. Derreti-me em sua boca em um beijo desesperado quando nós duas achamos um ritmo satisfatório.

— Ah, porra — Marina gemeu exasperada ao se ouvir molhada em meus dedos.

Você tiro alguns detalhes disso, hei

Eu mesma já não conseguia ficar de olhos abertos, então apenas deitei a cabeça no ombro de Marina e tentei não colapsar quando ela gozou em meus dedos, os gemidos abafados por nossas bocas desesperadas. Deitei a cabeça na curvatura de seu pescoço, sem tirar meus dedos dela, apenas fazendo carinho em seu corpo mole.

— Não acabei com você, Cleo — ela murmurou em meu ouvido. Soltei um gritinho quando aumentou o ritmo das investidas, agora de joelhos em minha frente.

estou te esperando aqui em casa

Nossos lábios se resvalavam, uma confusão tão grande de dentes e línguas, mas igualmente gostosa. Foi completamente imersa no universo castanho de suas orbes, que gozei mais uma vez, implorando que alguma vida lá fora ouvisse meu clamor para que ela não quebrasse meu coração de novo, porque ele era novamente seu.

convencida!!!

— Não, eu passo do ponto quando sou grossa com minha mãe sem motivo. — Cerrei a mandíbula em pura raiva. — Alguém passa do ponto quando bebe demais. O que você fez foi muito mais do que passar do ponto. Você disse pra todos os meus amigos do intercâmbio que eu roubei da sua casa porque, aparentemente, isso faria com que eles se afastassem de mim. Você violou a minha privacidade, mentiu, tentou manipular a minha vida, me pintou como doida! — cuspi as palavras, minha voz embargada mesmo após tanto tempo lidando com aquela questão na terapia, com o quanto Namíbia tirou de mim algo que era somente meu.

odeio essa menina!!! obs.: Vc merec mais... Eu! =)

— Marina, eu sinto muito — ela pediu novamente, sua voz tão baixa que somente a ouvi porque estava focada intensamente naquela conversa, torcendo para que Namíbia tropeçasse na rua e quebrasse as duas pernas. — Não espero nada com essa ligação, só queria pedir desculpas, queria dizer que eu entendo agora o que fiz e...

— Fale isso pra sua psicóloga, eu não poderia me importar menos.

você fica linda se impondo...

Desliguei a chamada, sem querer ouvir mais nada. Respirei fundo, tentando refrear as lágrimas quentes que sequer pediam permissão para sair. Apoiei o rosto no joelho, controlando minha respiração, sentindo minhas pernas tremerem de ódio, cansaço, raiva, tudo ao mesmo tempo. Eu odiava Namíbia com toda a minha vida por ter criado traumas em mim que eu já havia superado há tanto tempo. Eu a odiava mais ainda por me deixar daquela maneira, desestabilizada e completamente fora de mim. Ela não tinha o direito de fazer aquilo comigo. *:(*

Stephanie bateu à porta, mas não consegui responder, apenas continuei a chorar. Sozinha. Deitada na minha cama e torcendo para que o mundo me engolisse. Eu sabia que o dia seguinte seria melhor, que aqueles momentos de gatilho não duravam tanto tempo, mas isso não os impedia de doer e me destroçar enquanto estavam ali.

não sabia disso...

— Eu ia te deixar quieta chorando, mas eu preciso perguntar... — Ouvi a voz de Stephanie à porta e virei-me para encará-la, uma confusão de dor e lágrimas. — Você precisa de um abraço?

— Sim — chorei manhosa e me sentei na cama, abraçando minha mãe antes que ela se sentasse no colchão. Apoiei a cabeça em seu ombro e deixei que o choro dolorido me embalasse.

eu te amo e est aqui pra todas vezes que doer demais

Doía tanto que parecia não acabar nunca.

Doeu até que Stephanie se deitasse comigo, suas unhas recém-pintadas fazendo carinho em meu cabelo, sua voz cantando uma música do Toquinho, seu abraço me lembrando que eu não estava sozinha.

Quando acordei no dia seguinte, com o peso do braço dela ao meu redor, abri um sorriso cansado. O pior havia passado. O dia seguinte era sempre exaustivo, lotado de pensamentos intrusivos, mas melhor. Melhor porque eu podia simplesmente ficar sentada no sofá abraçada com minha mãe, vendo filmes bobos e pensando no meu próximo livro, invejando meus personagens por não sentirem o que eu sentia naquele momento. Eles tinham um desfecho decidido, havia uma luz para eles no final... Mas e eu? Qual era a minha garantia de que aquela sensação sufocante passaria?

— Um dos meus defeitos é chegar cedo demais ou atrasada demais — brinquei, tentando afastar de mim a ansiedade.

— Eu acho que isso é simplesmente natural de quem mora em cidade grande, é tempo demais para se locomover, as únicas opções são os extremos.

Permaneci em silêncio, apenas assenti com a cabeça. Marina me estudou por alguns instantes, um leve desconforto surgia em mim. Havia tanto a ser dito e nada. Eu não sabia por onde começar, o que falar, como enunciar... E se eu discorresse sobre a inflação? Ou sobre as traições de uma família de influencers que Lavínia não parou de comentar?

— Vamos? Eu pesquisei o caminho até a trilha na internet, é tranquilo chegar. — Marina quebrou o silêncio, indicando a saída da catraca com o queixo.

Segui-a de perto, comentando sobre o caminho até ali, sobre a saúde de vovô (melhor, obrigada, mas o médico pediu mais exames, para os quais não tínhamos dinheiro), sobre Lavínia (ela estava indo para a casa do namorado) e, por fim, sobre a família de influencers (Marina disse que era um absurdo dar atenção para famosos estúpidos, mas que era viciante demais fofocar). Quando chegamos à entrada da trilha, eu já estava sorrindo e dando risada da forma como ela se indignava com figuras midiáticas.

— E como alguém tem coragem de falar mal da Katy Perry? Quer dizer, ela revolucionou o pop.

— Você sabe que eu vou discordar disso, não é? — argumentei de volta ao passarmos pelo pequeno estacionamento até a subida de visitantes.

— Mas contra fatos não há discordância — ela rebateu.

— A Katy Perry pode ter sido interessante, mas ela não *revolucionou.* *minha mãe vai ler isso...*

— Fala isso pro canhão de peitos que ela fez. Você não reclamou quando eu me fantasiei de Katy Perry e coloquei uma lata de chantilly nos meus mamilos.

Precisei encarar o chão para que ela não visse o quanto meu rosto estava contorcido em um sorriso. Eu jamais reclamaria de Marina vestida de Katy Perry, era uma de minhas memórias favoritas.

— Bom, você quer parar um pouco aqui antes de subirmos? — Marina perguntou quando finalmente nos encontramos com outras pessoas na placa de início da trilha. Dali, subindo diversos degraus, estava a nossa caminhada. Naquele dia, o sol decidira brilhar, felizmente.

— Hã? Por quê?

— Você precisa escrever sua carta, não é? Não tem nada mais romântico do que uma placa de início de trilha — Marina comentou com um sorriso, apontando para a placa de madeira vermelha. Peguei meu celular do bolso e tirei uma foto, guardando em seguida.

— E você? — questionei ao adentrarmos na área estreita e tortuosa. As folhas e galhos se quebravam sob nossos pés até chegarmos aos degraus iniciais. O cheiro de natureza impregnou em minhas roupas, meu suor e meu ar, revolvendo meus pulmões com a atmosfera mais limpa que ele veria.

— O que tem eu?

— Nós viemos aqui para te ajudar a pensar em cenários para o seu livro novo, não é? — sondei. Marina assentiu. — Então, alguma ideia já despertou na sua cabeça criativa? *ah... se eu soubesse*

— Talvez eu coloque minhas personagens para discutir sobre a relevância da Katy Perry.

— Eu quero créditos nessa discussão.

— Você vai sair como vilã.

— Então eu vou estar no livro? — a pergunta saiu antes que eu pudesse me refrear. Marina sorriu de canto e deu de ombros.

— Se você não me matar até o final desse passeio, eu ficaria mais do que honrada em te ter na minha história.

aqui você já sabia que eu era o amor da sua vida, não é?

Eu ainda odiava trilhas, mas talvez um pouco menos. Eu e Marina passamos os últimos vinte minutos conversando, nossos braços se encostando quando eu precisava desviar de algum pedregulho, um sorriso contido em meu rosto cada vez que a via suspirar e olhar o mapa em seu celular, verificando quanto tempo faltava para chegarmos.

— Quanto mais você olhar, mais longe vai parecer — alertei em algum momento, quando já chegávamos à metade da trilha. Estávamos ali por mais de quarenta minutos, e já observávamos algumas pessoas descendo, seus sorrisos contentes por terem finalizado aquele desafio.

— Ei, você está ouvindo esse barulho d'água? — ela perguntou subitamente. Parei de caminhar, os sons da natureza se mesclando à minha própria respiração ofegante. Ao fundo, quase como um sussurro, ouvi a água correndo na pedra.

— O meu contratante falou desse lugar — comentei, virando-me em direção à nascente sobre a qual Hércules havia mencionado.

Marina e eu saímos do caminho da trilha, seguindo por outra menor mais adentro da floresta. Observei os galhos das árvores mais baixos, os troncos retorcidos no chão e as folhas esparramadas como um lençol sobre a terra. No fundo, a água correndo. Antes de chegarmos à nascente em si, o terreno se abriu em uma clareira, com alguns bancos de pedra para os visitantes se sentarem e descansarem da caminhada cansativa. Ali, as copas das árvores ainda eram baixas, mas pareciam podadas.

Deixei a bolsa apoiada sobre uma das mesinhas de pedra e olhei ao redor, absorvendo um pouco da sinfonia daquele local.

— Eu consigo imaginar minhas personagens se apaixonando aqui — Marina comentou baixo ao meu lado. Não olhei para ela, evitando que meus olhos me traíssem. Eu queria perguntar como ela escreveria essa cena, o que as personagens sentiriam, mas me controlei e apenas peguei a garrafa d'água em minha bolsa, além do pequeno bloco de anotação. — Você trouxe papel para escrever?

AGRADECIMENTOS

Estou escrevendo este agradecimento no mesmo dia em que recebi a notícia de que a Qualis queria publicar um livro meu. Mesmo sem nem 30 páginas escritas agora (quando você estiver lendo, talvez estejamos em umas 200, talvez), quero agradecer algumas pessoas.

Primeiramente, este livro não existiria sem a bendita Janaína, minha psicóloga. Meus personagens só conseguem tomar boas decisões agora porque *eu* também consigo tomar boas decisões. Obrigada pelos conselhos e por me ajudar a construir personagens com diversas nuances.

Escrever é um trabalhão, mas obrigada ao papai e à mamãe, as primeiras pessoas pra quem eu surto sobre minhas conquistas. Amo vocês.

Para a Ana Luiza, minha irmã. Eu espero que você não tenha lido esse livro levemente obsceno (na minha cabeça, você é menor de idade), mas saiba que o motivo pra eu escrever essa história foi pensar que você teria uma boa representatividade de romances sáficos para ler. Te amo.

Às minhas garoutas: obrigada por absolutamente tudo. Tudo. Vocês estão em cada traço desta história. Amo vocês!

Cora Menestrelli e Bianca Jung, autoras que me acompanharam em todos os surtos deste livro, obrigada pelos gritos no WhatsApp e por me ajudar nas mazelas de escrever um romance do zero. Vocês são as maiores!

À galera da Qualis, obrigada por acreditarem nas minhas meninas. Vocês têm pra sempre um lugar no meu coração.

Por último, obrigada a você, leitor, que acompanhou toda a trajetória de Cleo e Marina. Segundas chances são difíceis, então te agradeço por seguir até o final a segunda chance da Cleo e da Marina.

Te espero na página de avaliação da Amazon e do Skoob.